Roman Markus

Dings

oder

Morgen zerfallen wir zu Staub

Roman

Literaturverlag Droschl

Für D. und O.

Prolog

Ihre Zunge war ein ledriges Werkzeug, mit dem sie routiniert eine verbrauchte Stimme aus der Mundhöhle schabte. »Steh auf, Trankler, gemma. Schleich di endlich!« Die Worte waren mir ein Navigationsgerät aus der Dunkelheit, für mich hörten sie sich an wie »hier links abbiegen« und »Sie haben Ihr Ziel in hundert Metern erreicht.« Dort wartete der stechende Geruch von Erbrochenem auf mich. Ein Stückchen klebte mir im Mundwinkel, ich fuhr mit der Zunge darüber, tastete danach; ein runder, weicher Fremdkörper, wie eine unförmige Warze, die sich aus meiner Haut herausgeschält hatte und jetzt mein Unwohlsein nach außen demonstrierte. Unter großen Anstrengungen öffnete ich die Augen. »Heast, wos is? I glab, der heart mi gor net.« Die Frau hatte recht, ich verstand sie kaum, es war, als ob sie hinter einem dicken Stoffvorhang stand und von mir abgeschirmt wurde. Uns verband nichts, außer die zufällige Anwesenheit an diesem Ort.

Apropos: Ich lag in einem U-Bahn-Waggon, über mir sah ich die baumelnden Haltegriffe, die wie verstörte Papageien auf mich herabblickten. Zum Erbrochenen mischte sich der Gestank von kaltem Schweiß, und obwohl ich davon ausging, dass ich es war, der ihn verströmte, mochte ich lieber nicht an mir riechen. Schwerfällig rappelte ich mich auf, was einer Prüfung biblischen Ausmaßes entsprach und in einer allfälligen Neufassung unbedingt berücksichtigt werden sollte. Ich saß fast aufrecht, als meine Hand im Erbrochenen wegrutschte und ich auf die Sitzbank knallte, Kopf gegen Hartplastik, wir litten wohl beide.

Ich hätte weniger lächeln und weniger trinken sollen, aber das dachte ich mir nachher immer. Meine Lernfähigkeit in manchen Dingen war immer schon beschränkt, womöglich legte ich Erfahrungen auch nur im Arbeitsspeicher ab und verlor sie mit jedem Zubettgehen. Was ich dagegen nicht vergaß, war, wie sehr ich solche Abende hasste. Da traf ich auf Menschen, deren Bücher schlecht und wertlos wären, wenn jemand wie ich sie geschrieben hätte.

Der Waggon war scheinbar leer. Da stand nur diese Frau, die schrie und stampfte und spuckte. Am anderen, mir gegenüberliegenden Ende erkannte ich zwei Umrisse, sie wirkten wie aus Karton geschnitten, so flach und unwirklich sahen sie aus, und vermutlich blickten sie in meine Richtung. Die U-Bahn stand auffallend lange in der Station und machte keinerlei Anstalten weiterzufahren. Der Grund war natürlich ich. Schlagartig fuhr die Erkenntnis in mich rein, der Schock kam in Wellen und nahm für kurze Zeit den Umhang des Alkohols von mir. Kopfschmerzen drangen in mein Bewusstsein, hinter dem Bühnenbild meiner Stirn pochte eine Ader, die so dick war wie eine Schlange, die gerade ein Opossum fraß, und während diese Ader pulsierte, trieb sie mir nur einen Gedanken ins Hirn: Ich musste weg.

Ich stolperte an der schreienden und stampfenden und spuckenden Frau vorbei und schaffte es sogar auf den Bahnsteig. Dort kam ein glatzköpfiger Mann auf mich zu, er hatte einen bulligen Oberkörper und sein Pullover rang mit jeder Masche, um nur ja nicht aufzuplatzen. Den Kopf hielt er nach vorne gebeugt, als wolle er wogegen laufen, seine Fäuste schwang er wie Gewichte und dazu trug er noch so etwas wie eine Uniform. Und ich musste immer noch weg.

Ein paar Schritte stolperte ich rückwärts. »Da, sehen S' das Gsindl!«, schrie die Frau und zeigte anklagend mit ihrem ausgestreckten Finger auf mich. »He, halt!«, rief der Mann oder auch nicht, da war ich mir nicht sicher, meine Wahrnehmung konnte mich täuschen, aber er rief irgendetwas. »Tschuldigung«, erwiderte ich murmelnd oder rülpsend und ging weiter rückwärts. Wie Eisschollen drifteten wir auseinander. Die Frau schrie, der Fahrer schrie, ich murmelte. Sie schrie, er schrie, und plötzlich hob ich den Arm, obwohl ich das nicht vorhatte, war selbst davon überrascht. Es sah so aus, als ob ich mich von jemandem verabschieden wollte, einem guten Freund. Aha, interessant, dachte ich. Dann Schreie, Schreie, und ich rannte los. Ich lief den Bahnsteig entlang, meine Schuhe hallten nicht wie in Filmen oder Hörspielen, Geräusche, die ja doch nur digital erzeugt wurden; stattdessen klatschten meine abgelaufenen Sohlen auf den glatten Boden, das Geräusch klang wie zwei Körper beim Sex. Spontan änderte ich meinen Kurs, ich bog nicht zur Treppe ab, sondern hielt stattdessen auf den Lift zu. Ich schlug auf den Knopf mit den zwei Pfeilen, die Türen öffneten sich und ich prallte hart gegen das Innere der Kabine. Mein Verfolger hatte auf den letzten Metern aufgegeben, er verfiel in einen Trott und sah mir in einer Mischung aus Müdigkeit und Erleichterung hinterher. Die Türen des Aufzugs hatten sich bereits geschlossen, es war zu spät für ihn.

Ich fuhr an die Oberfläche, raus aus dem künstlichen Licht, rein in die Dunkelheit. Ein halb abgelöstes Pickerl mit einer durchgestrichenen Zigarette sollte mich an ein Verbot erinnern. Früher durfte man hier noch rauchen. Früher war vieles anders.

Der Beginn einer guten Geschichte sollte einem Filmanfang ähneln. Gleich nach dem Aufblenden aus dem Schwarz geht es los mit diesen langen, sanften Hubschrauberflügen, die kilometerweit über den Boden hinweggleiten, sich aus der Vogelperspektive zuerst etwas hinabdrehen, um dann, nach links und rechts schaukelnd, zwischen Wolken wie Eiscremekugeln hindurchzutauchen, und sich schließlich zu den Hausdächern hinablassen, bis sie wenige Meter darüber verharren.

So auch hier. Unser Flug beginnt ganz oben, knapp unter der letzten Hülle der Atmosphäre, große Leute schlagen sich hier schon den Kopf am Weltraum an. Die Erdkrümmung ist deutlich zu sehen, da hinten ein UFO, die grünen Wesen, sie kommen übrigens von der Venus, winken uns zu, und weiter oben wird es dunkel, die russische Raumstation zieht über uns hinweg, doch wir kippen nach vorne und stürzen wie auf einer Achterbahn ungebremst nach unten. Ein Zischen in den Ohren macht uns klar, wir sind rasend schnell unterwegs und durchbrechen ein paar Schallmauern und Wolkenschichten aus Fernsehwerbungen – für Weichspüler, Brotaufstrich und Latexhandschuhe –, und dann geht es auch schon übers blaugrüne Wasser, wir fliegen einen Fluss entlang, mäandern von einer Biegung in die nächste, und schlussendlich schleudert es uns aus den unsichtbaren Bahnen, wir schweben über einer Stadt, nennen wir sie Wien, und kommen über Hausdächern zum Stehen, hinter denen gerade die Sonne untergeht. Das rote Ziegeldach wirkt selbst in der Dämmerung verwahrlost, eine Zeit, in der es das Licht mit den Tatsachen sonst nicht so genau nimmt. Moos, vereinzelte Blätter und Ruß haben sich wie ein passgenauer Mantel angelegt, Vogelnester liegen in der Dachrinne und jede zweite Schindel wurde durch eine überdimensionale Satellitenschüssel ersetzt. Jetzt regnet es zwar hinein, dafür ist aber das Fernsehprogramm gut. Blickt man die Fassade hinab, entdeckt man dicke Efeuranken, an denen wir uns nach unten hangeln können. Wir gelangen in einen gemütlichen Gastgarten, flackernde Lampions baumeln an etwas, das wie eine Wäscheleine aussieht, und darunter stehen bunte Gartenstühle aus dickem Draht, die knirschen, wenn sich jemand draufsetzt; außerdem haben viele von ihnen durch Zigaretten angeschmorte Stellen. Dazwischen steht ein Tisch mit einem rot-weiß karierten Wachstuch, der Stoff fühlt sich speckig bis klebrig an, niemand möchte in diesem Sommer seine nackten Unterarme darauf ablegen. Obenauf ist ein Aschenbecher drapiert, Zigarettenstummel und graue Aschereste formen einen Hügel, der an eine Mondlandschaft mit braunen Einsprengseln erinnert, die abgebrannten Filter als verbrauchte Raketenteile, daneben stehen zwei Biertulpen und vollgeschriebene Untersetzer. Kann sein, dass da auch etwas über lange literarische Beschreibungen steht, aber das kümmert uns nicht, und überhaupt: Ich bin ja noch gar nicht da und bewege mich erst auf die Biergläser zu.

»So kann es nicht weitergehen.«

Das ist ein seltsamer Anfang für ein Gespräch, aber seltsam ist zugleich auch die passende Beschreibung für meinen Chefredakteur und jedes einzelne unserer Aufeinandertreffen.

Der Gestank von kaltem Rauch dominiert die schwüle Luft in diesem Büro, er kann quasi von überall herkommen: aus den Wänden, aus der Kleidung, aus dem Tisch und vermutlich sogar aus den Körpern aller, die einmal in diesem engen Kabuff mit seinen rissigen Kalkwänden einen Teil ihres Lebens weggeworfen haben. Ich versuche mir den Gesprächsanfang zu merken, um der langen Pause, die da folgt, entgegenzutreten, und kämpfe gegen einen tief in mir sitzenden Würgereiz an, der wie ein Bergwerk Galle zutage fördern möchte. Währenddessen steht er am Fenster, M., mein Chef, aber er hat nichts mit dem britischen Geheimdienst zu tun, verwendet nur gerne Abkürzungen, und kann auch Sean Connery und Roger Moore nicht auseinanderhalten. Mit den Fingern seiner linken Hand, die wie abgeschnittene Burenwürste aussehen, lockert er seinen Krawattenknoten, die Finger der anderen Hand stecken zwischen den vergilbten und mit einer Fett- und Staubschicht bestrichenen Lamellen der Jalousie, die ihn davor schützen soll, auf den grauen Parkplatz gegenüber zu blicken. Jetzt räuspert er sich, gleich geht es weiter. Ich stehe neben ihm, sein Profil zeichnet sich für mich vor einer Wand aus dicken Mappen und Ordnern ab. Mit Lackstift sind auf den Rücken Daten vermerkt, Tag für Tag, Woche für Woche, eine Zeitreise in die Geschichte der Welt, verpackt auf mehrere hundert Seiten, die wir täglich wie ein Feld bestellen und in vier bis fünf Hauptsätzen in den Äther gießen.

»Als Teilzeitteletextredakteur haben Sie Pflichten. Zu diesen gehört das Formulieren von Meldungen, die Prägnanz, Kraft und Stärke besitzen sollen. Dies ist unabkömmlich«, sagt M.

Ich finde es wie immer witzig und zugleich bemerkenswert, wie er seine Alltagssprache dem gleichen Aufbau unterwirft, mit dem wir hier den Teletext produzieren. Eine Handvoll Hauptsätze, nur nicht zu viele Worte, am wichtigsten ist die Nachricht.

»Deshalb gibt es nur eine Konsequenz: Kündigung.«

Moment, Stopptaste, Rewind, das Band läuft nochmal zurück. Was hat der da gerade gelabert?

»Deshalb gibt es nur eine Konsequenz: Kündigung.«

In meiner Zeit beim Teletext habe ich viel erlebt. Gerade die letzten Monate hatten es in sich: Glasnost, Perestroika (hab ich einmal falsch geschrieben, ist aber niemandem aufgefallen), die Wende, Popstars und der Mauerfall, alles ist neu. Die 100er haben wir an manchen Tagen so oft mit neuen Schlagzeilen bestückt, irgendwann hab ich aufgehört zu zählen. Und dann war da der Kollege, mit dem ich einmal Nachtdienst hatte. Es gab vermutlich neue Entwicklungen im Ostblock, kurz nach Mitternacht haben wir erste Meldungen von internationalen Nachrichtenagenturen erhalten. Die Bestätigung der Beschlüsse irgendeiner neuen Verhandlungsrunde war noch ausstehend, wir aber müde und ungeduldig, also haben wir schon was vorgeschrieben. Titel fiel uns noch keiner ein, was war daher naheliegender als »Irgend so ein Schaß«? Fanden wir komisch. Stunden später wurden wir von der nächsten Schicht abgelöst. Und die hat dann sogleich die unbestätigte Meldung mit dem als Provisorium gedachten Titel ins System gespielt. Das war zwar nur eine 130er-Meldung, aber komisch fand das dann niemand mehr. Einzig unser Chefredakteur hat erstaunlicherweise stumm darüber hinweggesehen. Und jetzt die Kündigung. Weswegen? Die Frage finde ich gut.

»Weswegen?«, frage ich also.

Da setzt er zum nächsten Block einer Teletextmeldung an, beginnt natürlich mit der Überschrift, schürzt seine Lippen unter dem Schnurrbart: »Kreativität und Mut sind gefragt.« Endlich dreht er sich vom Fenster weg und sieht mich an, mit seinen Burenwurstfingern nestelt er in seinen Hosentaschen. Ich unterbreche ihn sogleich.

»Beim Teletext? Wir kommen doch über fünf Hauptsätze nicht hinaus. Sie sagen doch selbst immer: Jedes Wort ist zu viel!«

Das scheint ihn zu überraschen, aber eine Unterbrechung nach der Überschrift geht gerade noch, da ist sowieso eine

Leerzeile als Abstand dazwischen. M. schnappt nach Luft, da sind wieder seine Burenwurstfinger. »Gerade beim Teletext sind Mut und Kreativität unabkömmlich.« Da ist er schon in seinem Meldungsblock. »Mit diesen Hauptsätzen wird Geschichte berichtet. Umso mehr braucht es Männer, die die Geschichte verstehen und sich etwas herausnehmen. Ich habe genug Redakteure, die meine Anweisungen ohne nachzudenken wortwörtlich ausführen. Dieses Jahrzehnt verlangt nach etwas Neuem, nach Mut und Leidenschaft. Nicht nach jemandem wie Ihnen.«

Damit ist der letzte Meldungsblock beendet. Ich rausche aus dem Büro, aber nicht ohne vorher noch die einfallslosen Berichte zu kritisieren, die seinen Wurstfingern entsprungen sind. In puncto Rhetorik, Schlagfertigkeit und Diskussionskultur sicher keine Glanzleistung von mir. Ich will dann noch eine letzte Meldung in den Teletext stellen und wenigstens einmal für Furore sorgen, aber mein Kollege meint nur, ich soll nicht nerven und ob ich eh weiß, wo die Tür ist.

Also gehe ich. Nie wieder Teletext.

Eine Faust kommt selten allein. Was nach einem Film von Bud Spencer und Terence Hill klingt, ist in meinem Fall zwar nicht auf Zelluloid gebannt, dafür aber auch nicht weniger schmerzhaft.

Eigentlich wollte ich zum Würstler und mich standesgemäß betrinken, aber ich hatte kein Kleingeld und dann war mir zu viel los. Ich hätte von einer der Wientalbrücken brunzen sollen, habe aber nicht mal in den Kanal gespuckt. Ich komme also nach Hause, früher, weil ich bin ja gekündigt. Es ist ganz frisch, und ich habe noch Spuren an mir, wie ein Säugling nach der Geburt: Blut, Nabelschnur, Fruchtwasser. Bei mir sind die Zeugnisse von etwas Früherem allerdings die Hose mit Bügelfalte, das lachsfarbene Hemd, die breite Krawatte mit Fischmuster und das beige Sakko, das in Übergröße an mir herunterhängt wie ein Jutesack. Dabei war ich niemals begeisterter Anhänger der restriktiven Kleiderordnung im Büro, aber als lebende Gegenthese dazu musste ich täglich durch das Rundfunkgebäude gehen und traf auf Direktoren, Politiker, Publikumsräte und Sektionschefs in Maßanzügen, den Kugelbauch vor sich herschiebend wie die tödliche, alles zermalmende Steinkugel in Indiana Jones. Einzige Rettung bot eine bürotaugliche Rüstung, Zeichen dafür, dass ich nicht aufbegehrte und »ihre« Spielregeln anerkannte. In Jeansjacke, T-Shirts mit pazifistischem Aufdruck oder zerrissenen Hosen wäre ich unten durch gewesen und als Feind gebrandmarkt worden. Aber das Kapitel, das mit der Arbeit, habe ich gerade hinter mir, also keine Anpassung mehr.

Ich sperre die Wohnungstür auf und will gerade mein Sakko wie ein kaputtes Schwert von mir werfen, stolpere aber sofort über einen offenen Koffer, krache gegen den Schrank und bruchlande am Boden. Autsch. Was zum Henker soll das? Da spricht doch jemand. »Doreen?«

Ein Nuscheln, dann das Klappern von Plastik, könnte ein aufgelegter Telefonhörer sein. Die Tür öffnet sich ins dunkle Vorzimmer wie das Tor zu einer anderen Dimension, Licht fällt herein und eine schmale Silhouette zeichnet sich ab.

»Was machst du denn schon hier?« Die Stimme trägt einen weit geschnittenen Zweiteiler, die blonden, lockigen Haare hochtoupiert, Hände in die Hüften gestemmt. Meine vorangestellte Frage hatte sich gerade von selbst beantwortet: ja, Doreen.

Ich will auch ihre Frage beantworten und lege ihr kurz die Lage dar, dabei bleibe ich so verrenkt liegen, das Kinn knapp über dem Boden, der Rumpf im Koffer, die Beine verdreht im Garderobenschrank. Mein Nacken beginnt zu schmerzen, weil ich in einem steilen Winkel zu ihr aufschauen muss.

»Warum wundert mich das nicht.« Das ist eine Feststellung, keine Frage. Ein schlechtes Zeichen, von dem Koffer, in dem ich gerade liege, mal abgesehen. »Doreen, was machst du da?«

»Scheiße«, flucht sie und wiederholt es gleich ein paar Mal, sie zischt das Wort vor sich hin, »scheiße, scheiße, scheiße.« Dann geht sie in die Hocke, faltet unschlüssig ihre Hände, streichelt mir dann doch den Kopf wie den eines kranken Hundes, kurz vor dem Einschläfern. Sie setzt an und ich frage mich gleichzeitig, wie lange wir jetzt eigentlich zusammen waren. »Schau, es ändert sich so viel in der Welt. Gleich um die Ecke, hier, bei uns. Jetzt steht uns erstmals die ganze Welt offen, diese Möglichkeiten hatten unsere Eltern nicht. Der Kalte Krieg steuert auf ein unaufgeregtes Ende zu, offene Grenzen, neue, sich ausbreitende Kunstrichtungen und Elektronik, die Wunder vollbringt. Es gibt keine Grenzen mehr, keine Gründe, uns etwas nicht vorzustellen und es dann zu verfolgen, bis wir es erreicht haben.« Doreen sieht mitleidig auf mich hinab. Und ich vermisse die Teletextmeldungen.

»Die Chancen will ich ausnützen. Alle. Oder zumindest möglichst viele. Ich mag hier nicht versauern, nicht jetzt schon. Ich will mich auch noch nicht festlegen, wer weiß, vielleicht will ich das ja auch nie. Schon gar nicht festlegen will ich mich auf jemanden, der sich am liebsten nur festlegen möchte – auf seine Arbeit, sein Zuhause, seinen Lebensstil, die Lieblingsspeise und das Fernsehprogramm. Wie eine magnetische, klammernde Krabbe. Auf jemanden wie dich.«

Doreen geht nach Berlin, und zwar jetzt. Dort existiert der Zeitgeist, dessen Teil sie um jeden Preis sein will, zu dem sie werden will, den sie mitgestalten, in sich spüren und wo sie sich spüren will. Vielleicht will sie sich auch von einem Künstler vögeln lassen, zumindest vermute ich das, würde es ihr gerne unterstellen. Tue es aber nicht.

Am Boden liegend denke ich nach, lasse die Frau über mir Revue passieren, sehe Gedanken an mir vorbeirauschen. Ich sage dann nur: »Okay.« Ihr Parfüm werde ich nie vergessen, genauso ihren oberösterreichischen Dialekt. Unsere Liebe zieht vorbei wie ein davoneilender Zug, das Rauschen verklingt in der Ferne, wie eine angeschlagene Saite in einem Klavier, die immer leiser wird und mit dem letzten Vibrieren aus der Wahrnehmung entschwindet und stirbt.

Crescendo.

Doreen küsst mich auf die Stirn und steigt über mich hinweg. »Kannst du bitte von meinem Koffer runtergehen?«

Ich liege immer noch am Boden.

»Du bist beim Teletext rausgeflogen, weil du zu wenig kreativ und risikofreudig bist?« Mein vermeintlich engster Freund, er ist auch gleichzeitig mein unzuverlässigster Freund, spuckt mir die Worte mit Speichel- und Bierfetzen entgegen. Mittlerweile habe ich drei Bier getrunken, auf die Adjektive und den Tröpfchenangriff kommt es mir nicht mehr an.

Jetzt sind wir also in diesem gemütlichen Gastgarten angekommen, flackernde Lampions baumeln an einer Wäscheleine und die bunten Gartenstühle haben Sitzflächen aus dickem Draht, der knirscht, wenn man sich draufsetzt. Auf dem Tisch mit dem rot-weiß karierten Wachstuch stehen ein halbvoller Aschenbecher und mehrere Biertulpen.

So beginnt mein Sommer in den frühen Neunzigern.

Vielleicht beginnt er aber auch ganz anders und ich bin bloß ein schlechter Erzähler.

Vielleicht stimmt nur ein Teil, ich sitze tatsächlich in diesem Gastgarten, eingepfercht von Plastikstühlen und Gute-Laune-Musik vom Band. Die junge Frühsommerluft zieht wie ein unlustiger Entertainer zweiter Klasse von Tisch zu Tisch, der sich zu viel Mühe gibt, sein eigenes Untalent und Scheitern allerdings erkennt und daher zu einer traurigen, mitteilsamen Gestalt wird. Es ist warm, die Nikotinschwaden in diesem Innenhof wabern an mir vorüber wie dicke Meereswellen samt Walfischen, Algen, Öl und einigen anderen Chemikalien.

Ich schwitze, ekelerregend. Schweiß steht mir auf der Stirn, sammelt sich unter den Achseln und dicke, fette Perlen rollen mir den Rücken hinunter und in die Arschritze. Ich lecke mir über die Lippen, will den Salzgeschmack spüren, doch da ist fast nichts, mir fehlt die Fantasie zum letzten Deut. Stattdessen nehme ich einen Zug von meiner Zigarette. Ich bin durstig und mir fällt ein, dass ich bereits etwas bestellt habe.

Vor mir stehen drei Biergläser.

Das erste Bier habe ich bestellt, um meine Zeit beim Teletext zu betrinken.

Das zweite Bier habe ich bestellt, um meine Zeit mit Doreen zu betrinken.

Das dritte Bier habe ich bestellt, um meine eigene Zeit zu betrinken, und damit der sanfte, beruhigende Rausch schneller kommt und mich wie eine kühlende Decke auf eine Parkbank schleppt.

Gerade, als ich zum ersten Glas greife, klopft mir plötzlich jemand auf die Schulter. »Das ist aber großzügig von dir!« Jan-Christian grinst sein Zahnarztzahnpastawerbelächeln, er krempelt die Ärmel hoch, als gäbe es schwere physische Arbeit zu erledigen und nimmt Platz. Jan-Christian, kurz: JC, ist mein engster Freund. Nicht mein bester, mein engster. Engster. Bester. Es gibt Unterschiede.

»Abend«, murmle ich knapp. Das ist unser Stammbeisl, ich

habe ihn nicht angerufen und eingeladen, auch wenn ich mit dem Gedanken gespielt und ihn schlussendlich getötet habe. Schlussendlich, was ist schon schlussendlich? Es wundert mich nicht, ihn zu sehen.

»Aber ernsthaft«, er lacht und begutachtet fachmännisch die drei Gläser, »erwartest du noch jemanden, oder was?« Er zögert, greift nicht gleich zum Glas. Ich bemerke das und überlege mir, welches soziologische Experiment sich daraus entwickeln ließe. Soziale Interaktionen halte ich für etwas Seltsames, dabei glaube ich immer, sie durch gezielte Manipulationen bereits vorab planen zu können.

Gönnerhaft deute ich der Reihe nach auf die drei Biertulpen und erzähle ihm die Geschichten dahinter. Kein Teletext. Keine Doreen. Rauschbeschleuniger. Beim letzten Wort schmunzle ich, ärgere mich aber gleichzeitig, drei Biere auf einmal bestellt zu haben, das dritte wird doch warm, bis ich so weit bin. Oder ich muss schneller trinken.

Langsam, als handle es sich dabei um eine königliche Geste in einem sechsstündigen Schlachtenfilm, schiebe ich ein Glas zu JC. Ich überlege, ob ich ihn einladen soll, aber mir wird bald das Geld ausgehen.

»Mir wird bald das Geld ausgehen«, sage ich dann auch laut. JC nickt, ich nicke. Wir trinken.

Die nächste Runde geht auf ihn, sagt er zumindest, so wie fast immer. Wir bestellen uns noch vier Bier, jeder trinkt zwei. Es schmeckt, ich stelle mir meinen Rachen vor, wie er in Zeitlupe, ganz wie in einer dieser Bierwerbungen, von flüssigem Gold mit Luftbläschen geflutet wird. Dabei hasse ich den Ausdruck, flüssiges Gold ist bestimmt heiß, hätte mir den Rachen verbrannt, verätzt und hätte sich wahrscheinlich binnen kürzester Zeit durch meinen Körper gefressen und tödliche Löcher hinterlassen. Was die Menschen nur so am Gold fasziniert.

Wir sprechen kaum, JC hat Respekt, er umschifft die brenzligen Themen gekonnt wie ein erfahrener Steuermann Seeminen. Dann scheint er den Kurs allerdings zu ändern, hält direkt auf mich zu und geht auf Konfrontationskurs. Im Sturm der dritten Runde fragt er: »Und was machst du jetzt?« Danach stützt er sich auf seinen Unterarm wie ein Nachrichtensprecher aus den 70ern, spricht im Flüsterton: »Du könntest die Gelegenheit nützen und an diesem Zeugs da weiterschreiben.«

Den Gesprächsfetzen verscheuche ich wie eine lästige Gelse, der Einwurf ist mir nicht mehr als eine Handbewegung wert, ich schreite stattdessen zur vorangegangen Frage, die habe ich mir nämlich schon den ganzen Nachmittag bis zur Erschöpfung gestellt. »Keine Ahnung.«

»Aber du hast dir doch sicher schon was überlegt?«

»Ja, eh. Ich werde die Tage aus Doreens Wohnung ausziehen. Sie steigt noch heute in den Flieger, sucht sich dann spontan was. Ich will da nur noch raus, schon aus Prinzip.« Das ist zumindest das, was ich JC erzähle. In einer parallelen Wahrheit wollte ich einstweilen in der Wohnung bleiben, ich hab ja sonst nichts. Doreen hat mich gebeten zu gehen, irgendwer zieht bald in unsere Wohnung, eine Freundin oder eine WG, ich weiß es nicht mehr, es ist mir auch egal.

»Bist du dir sicher?«, könnte JC fragen, stattdessen rülpst er in sein Bier. »Warum eigentlich?«, fragt er dafür, einen Finger gerade ins Ohr drehend. Sein Hemd sieht schon durchgeschwitzt aus, scheiß schwüles Wetter, aber soll er ruhig auch leiden.

»Hab ich dir doch schon alles erzählt«, wehre ich die Frage wie ein gelangweilter Tischtennisprofi den Ball ab. »Anscheinend bin ich allen Menschen, die irgendwie mit mir zu tun haben, ganz einfach zu angepasst, zu wenig spontan. Das muss alles mehr so zack zack zack kommen«, und währenddessen stelle ich einen Croupier dar, der unsichtbare Karten austeilt.

Dann schreien wir irgendwann laut »Prost!«, knallen unsere

Gläser gegeneinander, Bier schwappt über und bekleckert meine Hose. Dann das übliche Männergerede, wir tapezieren uns mit Klischees aus, neuer Job muss her, neue Frau auch. Soll mir gleich eine aussuchen, die oder die – nein, die da! Später werde ich mich für das Verhalten genieren, im gefährlichen Mix aus Hitze und Alkohol und JC kann ich gerade nicht genug prahlen und männlich sein; uga uga.

Wir sind am Start von Runde vier, immer noch doppelte Bewaffnung, zumindest sehen wir es so, als JC, kreidebleiches Gesicht, plötzlich mein Handgelenk packt.

»Alles in Ordnung mit dir?«, stoße ich auf.

»Ich hab die Lösung«, keucht er wie in einem Asthmaanfall, »ich hab die Lösung für dich. Und sie.«

»Sie? Welche Sie? Sie sie?« Ich lache, zuerst denke ich nämlich an einen Hund, dann an die Kaiserin und dann an einen Briten, der die See sieht. Herrlich.

»Nein, ohne Scheiß, ich hab die Lösung. Für dich, für sie, für mich. Uns alle!« Begeistert springt JC auf, stopft Brieftasche und Pager in die Hose und fordert mich hektisch auf, es ihm gleich zu tun. Mit der Ergänzung: »Du zahlst, ich organisier uns ein Taxi!«

Bereitwillig torkle ich zur Kellnerin. Über den Lampions ist es bereits dunkel, und ich habe endlich den erwünschten Grad meiner Trunkenheit erreicht, bin daher ohne Einwände zum Zahlen bereit.

Vor dem Lokal treffe ich auf JC. Ein Taxi gibt es nicht, stattdessen drückt er mir ein Bier in die Hand und wir steigen in die nächste U-Bahn.

Niemand schmeißt uns raus, obwohl wir es lustig haben und uns nicht gerade zurückhalten, selbst oder gerade dann, als das Bier wie ein Geysir aus der Dose schießt. Wir lachen, wir stinken, und dann packt JC mich an der Hand. Er hat schöne Hände, denke ich mir, so zart, und dann fällt mir ein, ich habe gar keine Ahnung, wann Männerhände schön sind.

Wir schlagen in einen Klub ein, und zwar wie eine auf den Erdboden fallende Antriebsstufe einer Rakete.

Von außen wirkt er schick und teuer, womöglich ist meine Wahrnehmung aber auch durch Alkohol und Neonlicht getrübt. Wir blechen für den Eintritt, dann geht es über eine steile Wendeltreppe runter in den Keller. Menschen stehen eng aneinandergeschoben und wirken dabei wie industriell kultiviertes Obst, sie tauschen sich und ihre Körperflüssigkeiten aus, momentan vor allem Schweiß durch Verdunstung. Andere atmen den Stoff wieder ein. Alle sind sich sehr nahe. Uns ist das egal, wir stürmen durch die Menge wie zwei Kinder, die das Zuckerlgeschäft überfallen wollen. Durch eine schwere Stahltür geht es in einen schmalen Gang, an dessen Ende erwartet uns ein roter Raum. Nein, er wird grün. Blau. Gelb. Die Leute tanzen lethargisch, Elektropop schlägt blechern aus den Lautsprecherboxen, mehrere Lieder scheinen sich zu überlagern, es ist kaum etwas zu verstehen. Vielleicht liegt das aber nur an meinem Zustand. Zum Glück strahlt mich JC wie ein Autoscheinwerfer an, voller Vorfreude. »Wir gehen zu Kairos«, sagt er endlich, das erste verständliche Wort seit gefühlten Stunden.

»Kairos?«

»Eigentlich ja Katka.«

»Katka?«

»Eigentlich ja Katja, aber egal, irgendwas mit K halt, komm!«

Wie ein Bulldozer schiebt uns JC mit suchendem Blick durch die Menge, dann landen wir in einer Ecke bei Kairos oder Katka oder Katja. Eine Frau in unserem Alter, also relativ jung, rote Haare, sie liegt ausgestreckt auf einer Sitzgruppe, daneben ein Tisch. Während ein Arm auf der Rückenlehne ruht, stützt der andere sie ab. Ein Bein liegt ohne Schuh auf der Bank, das andere ist vermutlich unter den Tisch gerutscht. In ihrem Mundwinkel hat sie etwas Zigarettenartiges stecken, bemerkt es scheinbar gar nicht. Die Frau sieht aus, als ob sie in der stickigen Hitze dieses Kellers zerlaufen wäre und sich wie eine klebrige Süßigkeit über die Sitzgruppe verteilt hätte.

»Was?« Ihr Blick ist unerwartet hart für so eine zerflossene Person, ihre klirrenden Worte gelten JC. Mit dem Wechsel der Musik ändert sich auch die Situation, ich fühle mich wie bei der Anbetung einer Göttin, womöglich sollen wir auch noch geopfert werden. In meinem Kopf tauschen wir unsere Kleidung gegen kratzige Leinengewänder, die Turnschuhe gegen Sandalen. Katka oder wie auch immer wird palmgewedelt und mit Trauben gefüttert, sie hat ein geflochtenes Diadem aus Gold auf dem Kopf, ein Haarschopf hängt ihr in die Stirn, dahinter versteckt sich ein Undercut. Sie trägt ebenfalls Sandalen und verhüllt ihren Körper in feinster Seide und geschwungenen Metallstreifen; eine griechische Gottheit macht auf Punk, ihr Outfit erinnert mehr an B-Movie als an historische Authentizität. JC redet mit mir, flüstert fast, so gut das bei der Lautstärke der Musik halt geht:

»Schlechtes Timing, hätte ich dir früher sagen sollen. Aber Katka ist so eine Sache, ist auch nicht immer leicht aufzutreiben. Sie studiert schon seit Jahren an der TU und der WU und überhaupt an der Uni. Kunst vermutlich auch. Interessiert sie alles Möhre, aber ihr Stiefvater rückt dafür Geld raus. Der Typ muss stinkreich sein, Immohai, New Economy, whatever. Jedenfalls hat er wohl irgendeinen Komplex, steht angeblich auf sie. Sie nützt das eiskalt aus und wirft sein Geld mit beiden Händen raus.«

Ich verstehe langsam, zumindest glaube ich das. Aus meinem Mund kommen aber erst wieder andere Worte, ganz konkret nur eines: »Was?«

»Oida, bitte!« Genervt schnellen JCs Pupillen an den oberen Rand seiner Augenhöhlen, ich warte auf ein Scheppern der Jalousien, aber wir sind halt in keinem Zeichentrickfilm. Schade. »Du checkst auch wirklich nix, oder? Halt die Klappe und schau zu, ich schenk dir jetzt einen Sommer.«

Und er tut es wirklich.

Es verhält sich nämlich so: Zu den vielen Nebenbeschäftigungen von Katkas Stiefvater zählen tatsächlich auch Immobilienspekulationen. Aus diesem Grund gehört ihm seit Kurzem ein altes Eckhaus in einem der inneren Bezirke, früher war das mal ein rege besuchtes Kino. Das Haus sollte längst abgerissen werden und einem neuen Apartmentbau Platz machen, doch Katka hat mit den Augen geklimpert und eine klare Wunschliste aufgesetzt. Autonom zu sein lag mit einiger Verspätung auch hier im Trend, also baute sie ihre Clique in eine Zelle um, wechselte die Musikkassetten und benötigte nur noch ein Haus zum Besetzen. Statt den Abbruchbaggern bei der Arbeit zuzusehen, darf sie mit ihren Freunden nun Hausbesetzer spielen, das Gebäude wird im Bezirk sogar liebevoll »Klein-Berlin« genannt. Also behaupten zumindest die Hausbesetzer. Dummerweise ist das Leben in einem besetzten Haus aber gar nicht so angenehm, gerade im Kontrast zu einer frisch bezogenen Dachgeschoßwohnung im 1. Bezirk. Das hat dann wiederum doch noch Katkas Stiefvater verärgert, weil er das Gebäude schon längst hätte verschwinden lassen können. Es verhält sich in ihrer Beziehung nämlich so: Wenn sie das Spielzeug nicht mehr benützt, wird es von ihm ohne Umwege ausgemustert. Findet Katka also unter ihren wohlernährten Freunden mit den goldenen Löffeln im Rektum keinen Trottel, der sich ein bisschen um das Kino kümmern möchte, ist Klein-Berlin Geschichte.

Ich bin perfekt.

JC tritt vor, er hat in meiner Vorstellung noch immer Sandalen und kratzige Leinengewänder an. »Katka, hör mir zu. Ich sehe hier zwei Probleme und eine gemeinsame Lösung. Hier, es geht um den armen Tropf da, Dings«, dabei deutet er abschätzig auf mich. Und dann holt er aus und rattert einen Monolog runter, von dem ich nur die Hälfte mitbekomme, wobei ich mir nicht sicher bin, ob das an meinem alkoholgetränkten Zustand liegt oder an seinem. Ein paar Stichworte schießen aber wie Feuerwerke daraus hervor und bleiben beim Herunterfallen in meinem Sieb von Hirn hängen: Schicksalsschläge, Getreide, Fürsprecher, Eisenbahnbrücke, Donaudampfschifffahrt, Helden.

Mein Blick geht ungläubig zwischen JC und Katka hin und her, ein Tischtennisspiel wäre für meine Augen weniger anstrengend. Was geschieht hier gerade? Die Frau bewegt sich nicht, blinzelt nicht einmal. Ist sie etwa tot?

Ein Raunen entfährt ihrer Kehle, ein Ton, er baut sich auf und verebbt wieder. JC schaut mich an, er lächelt und ich begreife. »Das heißt ja«, flüstert er, was in einem Klub mit Musik dieser Lautstärke allerdings wenig Sinn ergibt. David Bowie ist lauter als er, aber mir genügt die Mimik.

Die Szene verwandelt sich wieder zurück in die Normalität, wir sind unauffällig gekleidet wie am Anfang der 90er und nebenbei: völlig durchgeschwitzt. JC beugt sich zu Katka runter und flüstert ihr etwas ins Ohr, dann mustern mich beide kurz. Schließlich nickt er, greift unter den Tisch, dann sieht er ihr in die Augen. Noch ein Murmeln, ihr Mundwinkel zuckt, dann stellt er sich wieder auf, macht eine angedeutete Verbeugung. Ich mache es ihm nach und verstoße gleich gegen JCs Rat, nämlich die Klappe zu halten. »Danke für die Hilfe, ich …« Weiter komme ich nicht, JC boxt mir auf den Arm und schleift mich sofort von Katka weg und wir verschwinden in der Menschenmenge. Das Licht wechselt wieder die Farben, rot, grün.

»Was war das denn jetzt?«, will ich wissen.

»Sie mag es nicht, wenn man sich bei ihr bedankt. Das tut man nicht. Übrigens, hier.« Er drückt mir einen spitzen Gegenstand in die Hand, beim nächsten Lichtwechsel erkenne ich einen Schlüsselbund. »Aha.«

»Aha?«

»Hilf mir mal schnell. Was mach ich damit?«

»Du bist wirklich die Härte, ehrlich.« In JCs Synapsen muss es funken, die Dinger glühen bald wie Sternspritzer, wenn er nicht aufpasst. »Glückwunsch, du bist jetzt Kinobetreiber.«

»Warte, was?«

Und da lässt mich JC auch an dem Deal teilhaben, den er gerade in meiner Anwesenheit ausgehandelt hat, ohne dass ich auch nur das Geringste mitbekommen habe: Ich ziehe bis zum Ende des Sommers in das alte Kino, lege hin und wieder eine Filmrolle ein und achte auf das Gebäude, damit es nicht vorzeitig in sich zusammenfällt. »Über den Kinosälen gibt es ein paar Wohnungen und Büroräume, da wirst du schon was Passendes finden. Außerdem gibt's jede Woche eine Handvoll Schillinge bar auf die Hand, quasi Kost und Logis plus Taschengeld. Was willst du für den Sommer mehr?« JC bricht ab, er nimmt zwei Cocktails von einem vorbeiwandernden Tablett. Die Kellnerin dreht sich zu ihm um, doch er reckt nur den Daumen nach oben.

»Was?«, frage ich erneut, scheinbar in einer Zeitschleife steckend.

»Schau, es ist ganz einfach. Du passt auf das alte Kino auf, dann lässt der Alte Katka in Ruhe. Als Belohnung kriegst du ein kleines Taschengeld, damit kommst du den Sommer locker über die Runden. Im Herbst reißen sie das Haus dann sowieso ab, aber da bist du schon längst wieder draußen.«

»Äh …« Ich muss besonders blöd schauen, doch JC lacht und deutet mir an, den Schlüsselbund besser gleich einzustecken.

»Das wird dir guttun, wirst sehen. So lernst du endlich auf deine ganzen Pläne zu verzichten. Lebe von heute auf morgen, zerbrich dir nicht immer den Kopf! Um das Leben so zu leben, brauchst du keinen Rausch, auch wenn es damit leichter geht. Die Chance kommt nie wieder, take it or leave it. Nur für diesen Sommer. Jetzt im Kino.«

Der Tag war verrückt. Verrückt verrückt verrückt. Damit könnte ich zurück zu … nein. Falscher Gedanke, schlechter Gedanke. Nach vorne, einfach so. Das ist verrückt. »Musst du morgen arbeiten?«, frage ich JC, doch der schüttelt nur den Kopf.

»Na dann lass uns noch was trinken«, sage ich und nehme ihm eines der Gläser aus der Hand. »Ich bin ab morgen Hausbesorger und Filmvorführer in Personalunion, wie schwer kann das schon sein?«

Ein Schlag auf die Schulter. »So gefällst du mir! Muss nur auch nüchtern so gehen.«

Wir halten auf irgendeinen Punkt in der Nähe der Bar zu. »Sag, hast du was mit ihr? Mit Kairos, Katka, Katja?«

»Kairos?«, fragt er mich verwirrt, der dröhnende Bass trommelt ihm auf die Schädeldecke, bringt die Gehirnwellen aus dem Rhythmus. »Wer soll das sein?«

»Na Katka, hast du doch gerade gesagt!«

»Blödsinn!«, erwidert er und verbannt den Spitznamen sogleich in das Reich meiner Erfindungen.

Nach dem nächsten Getränk muss ich speiben.

Nachher fühle ich mich, als ob ich den euphorisch betrunkenen Teil übersprungen hätte, statt Heiterkeit stürze ich in einen kalten See aus Melancholie. In diesem Land, mit dieser Mentalität, ist Alkohol oftmals das letzte anerkannte Mittel, um wieder ein paar Stunden im alles zersetzenden Hamsterrad rennen zu können.

Eigentlich hasse ich mein Leben.

Diese kalte Traurigkeit im Rausch.

Der Umstand wird mir bewusst, als ich nach endlosen Fahrten mit U-Bahn und Bim endlich an die frische Luft komme. Der schale Geschmack von Bier und Kotze liegt wie ein schwerer Pelzvorleger in meinem Mund, meine Kleidung dünstet den Gestank der vergangenen Stunden aus. Müde gehe ich durch die Straßen, den Geist gänzlich vom Körper getrennt. Arbeit, Beziehung, Alkohol, Zigaretten, eine leere Wohnung, ist das das Leben? Als Kind, als Jugendlicher, als Student hatte ich mir das Später immer anders vorgestellt. Aber wie? Und wann?

Ich zünde mir meine letzte Zigarette an. Da hinten dämmert es bereits.

Der nächste Tag.

Was stellt man mit frisch gewonnener Freiheit an, wenn einem diese ungefragt aufs Auge gedrückt wird? Man kann es wie ich machen, ausschlafen und feststellen, wie sehr man vom eingeschlagenen Weg abgekommen ist.

Eigentlich bin ich schon viel früher aufgewacht, der leichte Schlaf vom Alkohol durchtränkt und von der Angst gepeinigt, zu verschlafen und es nicht rechtzeitig in die Redaktion zu schaffen. Natürlich habe ich vergessen den Radiowecker abzustellen, das Ding hat mich mit seinen teufelsrot leuchtenden Zahlen und »Bruttosozialprodukt« aus dem Bett gerissen und wie einen nassen Sack auf den Boden geschmissen. Mein Hass auf den öffentlichen Rundfunk steigt aufgrund der frühmorgendlichen Musikauswahl explosionsartig an, meine Kündigung ist da guter Nährboden.

Ich taumle also durch den Raum, mein unzuverlässiges Gleichgewichtsempfinden bereitet mir Probleme, doch nach kurzem Stolpern und einer unangenehmen Begegnung mit dem Kasten schaffe ich es, den Wecker und damit den hochmotivierten Sänger zum Schweigen zu bringen. Ich setze mich auf die Bettkante, blinzle gegen das helle Licht und stelle fest, ich habe alleine geschlafen, die andere Seite des Bettes ist leer. Natürlich, denke ich mir, warum sollte Doreen auch da liegen. Vermutlich geht es ihr gut, liegt bereits woanders, irgendwo in Berlin. Pah! Wie so ein verwirrter Vogel Strauß grabe ich meinen Kopf müde zurück in die Bettdecke, versuche mir einzubilden, noch ihren Körpergeruch wahrzunehmen, aber da ist nichts, beim besten Willen nichts, woran ich mich erinnern könnte. Es stinkt, das liegt an mir.

Eine Stunde liege ich noch so da, weine ein bisschen in den Kopfpolster und schlafe dann für ein paar Minuten wieder ein. Meinen Gefühlen kann ich jetzt freien Lauf lassen, das erste Mal nach meinem Absturz aus dem Olymp des Kleinbürgertums.

Bis heute glich mein Leben einer Carrera-Bahn. Ich konnte mir zwar vornehmen, in der nächsten Kurve einmal nicht der schwarzen Plastikstrecke zu folgen, doch meine Spurführung hielt mich beharrlich in bekannten Bahnen, meine Bürstenabnehmer verliehen mir nur Kraft, solange ich dem Altbekannten, dem Sicheren folgte. Gestern war ich jedoch von der Fahrbahn abgeflogen, als hätte ein Kind den Handregler höhnisch grinsend bis zum Anschlag durchgedrückt.

Der Sommer hat gerade erst angefangen, mir bleiben Wochen und Monate, um zurück in die Spur zu finden, auf der ich immer fahren wollte. Morgen soll es losgehen, nicht heute.

Der Gedanke tut gut, ich werde müde.

»Wir sehen uns!« JC klopft mir ungelenk auf die Schulter, dann fällt die Tür ins Schloss.

Das war vor einer halben Stunde, seitdem sitze ich auf meiner Matratze und starre die notdürftig verspachtelte Wand gegenüber an. Alle paar Minuten fahre ich mir mit der Hand durch die Haare und seufze, aber es ist ja niemand da, der darauf reagieren oder eine Frage stellen könnte. Eine Antwort wüsste ich sowieso nicht.

Das Siedeln war überraschend schnell gegangen. Wir haben meine paar Habseligkeiten in Bananenschachteln gepackt und die Bananenschachteln dann wiederum in JCs Kombi, einen riesigen Ford Escort. »Und das Teil klauen wir und schmeißen es oben drauf!« Mit diesen historischen Worten hat JC ein Urteil gefällt und mir unbürokratisch die Doppelmatratze zugesprochen, sie dem Lattenrost entrissen und aufs Autodach gewuchtet. »Auf irgendwas musst du ja schlafen.« Gurte zum Festzurren hatten wir nicht, also hielten wir beide je einen Arm aus dem Fenster, das lose Ende mit den Händen immer an die Matratze geklammert. JC war sein Einsatz umso höher anzurechnen, da ihm nur noch eine Hand zum Lenken und Schalten übrig blieb. Das abrupte Abbremsen ist uns nicht zugute gekommen, viermal ist sie uns vom Dach gerutscht, aber nur einmal sind wir auch drübergefahren.

Das ganze Zeug haben wir dann in eine Einzimmerwohnung im obersten Stock des Kinos gebracht, die machte noch den besten Eindruck, war also am wenigsten heruntergekommen. Kaum eingerichtet und ein bisserl abgewohnt, dadurch aber irgendwie sympathisch. Mir war damit zu diesem Zeitpunkt auch klar, warum Katkas oder Katjas Clique nicht scharf drauf war, in diesen baufälligen Räumen Hausbesetzer zu spielen, und die meiste Zeit lieber in den durch ihre Eltern finanzierten Domizilen weilte. Aber das gehört halt mal dazu! So gesehen fühlte ich mich schon wieder wohl, weil das für mich kein Problem darstellte und ich gleich cool, wenn nicht sogar cooler als Doreen war, die ihr Glück auf ähnliche Weise in West- oder Ost-Berlin suchte. Bis mir dann in Schockstarre bewusst wurde, dass das nun mein Leben war, ich hatte mich auf die Matratze gesetzt und JC sich verabschieden lassen. Damit sind wir wieder am Anfang. Ich bin ein lausiger, sich oft wiederholender Erzähler, das habe ich bereits gesagt, oder?

In den nächsten Tagen kommt ein alter Filmvorführer und wird mir eine Einweisung für den Kinobetrieb geben. »Wohoo!«, rufe ich in Gedanken, gefolgt von »Yay!« und einer unmotivierten La-Ola-Welle, die mit nur einem Teilnehmer schon deprimierend genug ist. Alleine hocke ich in einem alten Gründerzeithaus, unten ist ein Kino, darüber Büros oder Wohnungen, alles leer stehend. Vielleicht sollte ich das mal beschreiben, man richtet sein Leben ja gern nach Äußerlichkeiten, auch wenn wir das alle ständig und vehement abstreiten.

Also: Das Kino ist in einem Eckhaus versteckt, von außen lässt nur das Erdgeschoß Rückschlüsse auf das Innenleben zu, dafür aber ziemlich eindeutig. Ausgebrannte Neonbuchstaben verkünden das Bezirks-Kino. Der unterste Stock ist rosa angestrichen und mit geriffelten Metalllamellen irgendwann auf Pop gemacht worden. Wundert mich, dass der Denkmalschutz da mitgemacht hat, aber wer weiß das in Wien schon so genau.

Das Eingangsportal besteht aus Doppeltüren mit dickem Messingrahmen, die Handläufe sind abgegriffen und glänzen längst nicht mehr. Daneben ist ein leer stehendes Lokal, die Auslage mit verblichenen Zeitungen aus dem letzten Jahrzehnt tapeziert – Aubesetzung und Star Wars hängen neben Golfkrieg, Papstattentat und herausgerissenen Kosmetiktipps für die neue Dauerwelle. Modisch kann es in den 90ern nur aufwärts gehen. Über diesen zeitgeschichtlichen Dokumenten verraten Aufkleber und Schilder, dass es an dieser Stelle früher ein kleines Lokal gegeben hat, Bezirks-Kino-Café steht an der Tür.

Tja, darüber wird es unspektakulär. Da warten drei graue Stockwerke mit für diese Stadt durchschnittlichem Stuckwerk, die Ecke zur Kreuzung hin hat einen angedeuteten Rundturm. Die Rahmen der alten Holzfenster sind weiß gestrichen, manche Scheiben mit Karton abgeklebt, ich möchte noch nicht wissen warum. Mein Zimmer erkennt man von außen übrigens sofort, dazu aber ein andermal. Die Fassade ist an den meisten Stellen kaputt, Verputz blättert wie Schorf von einer käsigen, kranken Haut. Das erinnert mich an Monumentalfilme wie Ben Hur, die ich mir als Kind im Religionsunterricht ansehen musste, mit all ihren Aussätzigen. Angeblich soll ich darauf achten, keine Fassadenteile auf Fußgänger stürzen zu lassen, wie auch immer ich das anstellen soll. Da teile ich ein Schicksal mit Charlton Heston. Das Dach sieht von außen ebenfalls nicht gut aus, ich bin mir nicht sicher, ob ich die zugeschriebene Tragkraft des hölzernen Dachbodens testen möchte. Laut einem vielfach bemühten Credo in Literatur und Bewegtbildindustrie kommt es ja auf die inneren Werte an, aber, alter Verwalter, da ist es nicht besser.

Simplizität, das Wort sagt alles.

Das Foyer hat einen dicken, roten Teppichboden, einen Schalter für Karten, eine Budel für Naschzeug und außerdem zwei rote Kordeln, die den Weg in den Vorführsaal abriegeln.

Richtig, Einzahl, es gibt nämlich nur noch einen Saal. Früher – Achtung: Vergangenheitsform – gab es zusätzlich zwei kleine, aber einer ist bereits komplett entkernt und hat nicht mal mehr Strom, der andere wird, so wie er ist, als Abstellkammer benützt, Putzkübel, Autoreifen und Teile eines Baugerüsts geben nur einen Ausblick der Welt wieder, die auf und zwischen klapprigen Holzstühlen steht. In den großen Raum werden wohl um die einhundert Leute passen, womöglich auch weniger.

Es gibt kein regelmäßig stattfindendes Kinoprogramm, sondern nur das, was ich draußen auf der Tafel ausstecke. Den Druck kann ich mir also nur selbst machen. Das Ding muss bis zum Herbst stehen bleiben, um mehr geht's nicht. Passt zu mir.

Ein neuer Tag treibt mich aus meiner Bleibe, ich kann nichts finden, was mich noch in meiner verkehrsbelästigten Wohnung halten soll. Die Autos rauschen im Sekundentakt an mir vorbei, die nächste Grünphase kann ich schon an der Pause erahnen.

Vom Filmvorführer keine Spur.

Die Unterkunft ist gesichert, heute steht also mein Wohlergehen an oberster Stelle. Sollte es eigentlich immer. Es muss großartig sein, stelle ich mir vor, irgendwo zu sitzen, Zeitung zu lesen und andere Menschen zu beobachten, einfach so, stundenlang. Das wollte ich immer schon mal tun.

Einsetzender Regen macht mir gleich einen Strich durch die Rechnung, ich kann weder an der Donau sitzen und ins Blaugrüne stieren, noch anderswo im Freien mich am Schicksal und Verhalten anderer Leute ergötzen.

Auf einer Einkaufsstraße wandle ich unschlüssig umher, tatsächlich ist es so früh, dass kaum ein Geschäft geöffnet hat.

Mir ist das völlig unverständlich, um die Zeit war ich schon längst in der Redaktion und am Hackeln. Als ob mein Unterbewusstsein mit der Leere und der fehlenden Zielstrebigkeit nicht zurechtkommen würde, entwickle ich plötzlich die saureale Angst, kein Klo zu finden. Solche Alltagsprobleme kann mein Gehirn im Leerlauf super erfinden, ganz schlimm ist es in der U-Bahn, wenn ich versehentlich eine Station zu weit gefahren bin. Ich laufe also von einer verschlossenen Tür zur nächsten, begutachte abgelegene Hauseingänge und öffentlich zugängliche Innenhöfe fachmännisch auf Architektur und Brunzability und stecke mir zur Ablenkung eine Zigarette mit der nächsten an. Schließlich rettet mich aber der billige Kartoffeldruck eines Kaffeehauses in einem Einkaufszentrum.

Dort bestelle ich mir einen Verlängerten und muss warten, da gerade eine junge Mutter ihre Bestellung aufgibt, während ihr Kleinkind mit bestenfalls schokoladenverschmierten Händchen und Näschen die Auslage mit Torten und Kuchen antapst, jedes Fingerchen hinterlässt einen braunen Abdruck auf dem Glas, und während der Mann hinter der Theke lächelt und schräg nach unten sieht, tut die Mutter so, als ob sie das Unheil nicht bemerken würde, und stellt weiterhin seelenruhig ihr Frühstück zusammen. Vermutlich bekommt man als Elternteil eine Gleichgültigkeit gegen solche Situationen frei Haus mit dem Kind mitgeliefert, oder man nimmt die kleinen Katastrophen schlichtweg nicht mehr wahr.

Kinder sind sowieso komisch, waren auch nie Thema zwischen Doreen und mir. Ein Hamster war das höchste aller Gefühle, mehr Verantwortung konnte ich mir nicht aufladen, und selbst die ist nun weg.

Die Mutter hält jetzt auf eine Sitzecke zu, das Kind rennt ihr mit schlackernden Armen hinterher, wirkt eilig, als ob es Autoschlüssel oder die Telefonwertkarte vergessen hätte und ganz dringend einen Anruf erledigen muss. Das ist unsere einzige Gemeinsamkeit, denke ich, Verpflichtungen treffen auf uns beide nicht zu. In der Sitzecke, von hohen Pölstern umgeben, damit das Kind nicht oder nur sehr schwer runterfallen kann, holt sie ein Buch aus der Tasche, schlägt es im vorderen Drittel auf und beginnt tatsächlich zu lesen. Meine Augen sind zu schlecht, um den Titel zu erkennen, aber ich wünsche ihr viel Glück bei dem Unterfangen und nicke ihr anerkennend zu. Das Kleinkind bemerkt mich und gluckst, da flüchte ich rasch ans andere Ende des Raums und bekomme meinen Verlängerten. Von dort aus nehme ich mir vor, Mutter und Kind genau zu beobachten.

Einzig: nichts geschieht.

Nach einer halben Stunde wird mir fad, ich trinke aus und mir fällt ein, ich sollte noch Lebensmittel besorgen.

Rumsitzen und andere Leute zu beobachten liegt mir wohl nicht, dafür fühle ich mich zu getrieben oder habe eine schlechte Auswahl getroffen, womöglich bin ich aber auch eher der Typ, der von anderen beobachtet wird.

Beim Einkaufen eröffnet sich mir schlagartig ein teleskopartiger Blick auf ein Bruchstück meiner neuen Möglichkeiten.

Ich stehe in einem Diskonter an der Kassa: nicht nur, weil mir die meisten Produkte ziemlich gut schmecken, sondern weil die niedrigen Dauertiefpreise auch meiner dünnen Brieftasche wohl bekommen.

Hinter mir steht ein alter Mann mit einem Wanderstecken, er scheint ihn als Gehhilfe zu benützen. Niemals eingestehen, wie alt man ist und was man notwendig hätte, denke ich mir erschreckend abschätzig. Er kauft Wein, zwei 1 Liter Tetra Paks, sonst nichts. Als ich mich umdrehe, um die Schokoriegel neben dem Kassaförderband zu durchwühlen, bemerke ich: Wenn er hustet, zieht er die Lasche einer Packung auf, steckt den kleinen Finger hinein und führt ihn zum Mund. Dann nimmt er einen Schluck aus dem Karton, schließt ihn wieder und stellt sie zurück in den Einkaufswagen. Das Spiel wiederholt sich nach strengen und mir unbekannten Regeln.

Die Kassiererin, sie muss etwa in meinem Alter sein, hat zwei auffällige Piercings an Lippe und Nase. Die Details kann ich beim lichtgeschwindigkeitsschnellen Eintippen meiner Tiefkühlspeisekarte nicht erkennen, aber in meinem Kopf legt sich ein Kippschalter um, von »egal« auf »absolut lebensnotwendig«, und ich denke mir, jetzt müsse eines her, jetzt sofort, wie konnte ich das bisher nicht verstehen. Das ist doch ein Ausblick, eine Möglichkeit!

»Macht 120 Schilling und 40 Groschen.«

Ich zahle und gehe.

Das Licht im stotternden Kühlschrank bleibt aus, als ich die Tür öffne und in halbdunklen, kaum einsehbaren Winkeln herumfahre. Zweimal streifen meine Finger einen schleimigen Batzen, und ich denke in diesen Momenten ans Aufgeben, doch dann bekommt meine Hand etwas Festes zu fassen, ich packe zu und schließe die Tür so schnell wie möglich wieder. Meine Essgewohnheiten habe ich entsprechend angepasst: Was ich erwische, wird gegessen (trifft nicht auf schleimige Batzen zu!). Ich öffne den gerade herausgezogenen Karton und versuche Inhalt von Verpackung zu unterscheiden, beides wirkt und schmeckt vermutlich gleich. Der Mikrowellenherd brummt behäbig, als er einen unansehnlichen Quader in Essen verwandeln soll. Ich gestehe ihm ein paar Minuten für seine

Arbeit zu. Beim Warten wird mir bewusst, wie tragisch und traurig zugleich ich diese Tätigkeit in all ihrer Tragweite finde. Das Tiefkühlessen erinnert mich an ein Gespräch von letzter Woche. Damals, als alles noch wie vorher war.

In der Mittagspause habe ich mit Kollegen in der Kaffeeküche über das beste Auftauprogramm von Mikrowellen gefachsimpelt. Wie ein überzeugter Parteigänger habe ich auf meine Bauknecht geschworen und überlegt, welchen Wettbewerb wir mit wie vielen Schillingen Einsatz durchführen sollten, um diese elementare Frage des Smalltalks für alle Zeiten, also bis zur nächsten Gerätegeneration, zu klären. Das Gespräch driftete danach ganz langsam zum Jahresausgleich, wir sprachen erhitzt über Steuerstufen, Steuernummern und die Wege zum sowie im Finanzamt. In der Vergangenheit hätte ich mir nie träumen lassen, diese zwei Themen ernsthaft in einem Gespräch zu behandeln, aber da saß ich und tat genau das, ein Verrat an einem toten Selbst. Als Kind hätte ich solche Gespräche als »wäh« bezeichnet, als unglaublich erwachsen und damit unglaublich ermüdend.

Von angekündigten Veränderungen hatte ich als Kind ein klares und absolutes Bild: sie traten immer sofort ein. Für mich stand fest, mir würden alle Milchzähne auf einmal ausfallen, meine Stimme würde von einem Moment auf den anderen brechen, die Pubertät samt Schamhaar und größerem Glied wäre auf einmal da. So oder so ähnlich habe ich mir das auch beim Erwachsenwerden vorgestellt, es würde einen Moment geben, da würde das Gefühl des Erwachsenseins plötzlich eintreten, aber bis dahin sollten Leistungsspezifika von Mikrowellenherden und der Jahresausgleich Fremdwörter für mich bleiben. Im Erkennen des Moments könnte ich dagegenwirken, um ja nicht so bürokratisch, gutbürgerlich und kleingeistig zu werden, auch wenn ich als Kind andere Begriffe dafür hatte, nämlich »fad«, »langweilig« und »blöd«.

Und dann saß ich da, trank lauwarmen Löskaffee, sprach seelenruhig mit meinen Arbeitskollegen und fand mich genau mit diesen Wörtern beschrieben.

Diese Momente des Umbruchs, vor denen ich mich immer gefürchtet hatte, die ich verhindern wollte; sie kamen nie.

Es scheppert und riecht verbrannt. Mein Abendessen ist fertig.

Es drückt mich aus meiner Einzimmerwohnung wie das letzte Bisschen Zahnpasta aus der Tube, unwillig schieße ich hervor, bin matschig und weiß nicht, was mit dem Tag anfangen. Zeit und Alterungsprozess finden auch ohne mein Zutun statt, also besser aktiv was angehen.

Der Gedanke an ein Piercing ist zwischenzeitlich verflogen, und ich streife wie ein domestizierter Wolf durch die staubigen Gassen und Straßen dieser stickigen Großstadt.

Die Auslage einer Buchhandlung fängt mich mit dem Netz der in ihr beheimateten Magie ein, ich überlege, ob ich reingehen und mir einen Lebensratgeber kaufen soll. Mittlerweile gibt es diese Art Bücher, Lebensanleitungen und Beipackzettel, für alle erdenklichen Situationen: wenn Hunde Heroinprobleme haben, Kinder die selbst gehäkelte Wollwindel der Großmutter ablehnen oder das Brieflos trotz ständigen Konsums nicht den gewünschten Millionengewinn erbringt. Auf der Rückseite dieser Bücher findet sich immer das Bild eines deppert grinsenden Autors mit dem Verweis, wie glücklich man sich mit dem ursprünglichen Problem schätzen könne, und wie zufrieden, schön, reich, gesund doch sie selbst geworden seien, quasi das leuchtende Beispiel, weit über den Spielfeldrand hinaus und unerreichbar.

Klingt nach Glücksspiel.

Meine Brieftasche und ich entscheiden uns dagegen, ich biege stattdessen auf den nächsten Bauernmarkt und sehe mir frisches Obst und Gemüse an. Tiefkühlkost ernährt mich gerade gut genug, aber ich will meinem Körper zumindest in optischer Hinsicht eine Freude bereiten, er soll glauben, es würde uns gutgehen.

Hinter mir geht plötzlich ein Schrei durch die Menge. Das stört mich nicht weiter, in Wien kommt das schon mal vor. Als ich mich nach einem kurzen inneren Gefecht doch umdrehe – ich stelle mir dabei kleine Männchen in gestärkten Hemden, mit Krawatten, Brillen und Rechenschiebern vor, wie die Techniker in einem altmodischen NASA-Kontrollraum –, wird mir ein Kopf in den Bauch gerammt, Hände umfassen meinen Rücken, Haare wirbeln mir ins Gesicht und ein Stück Holz schlägt gegen meine Füße. Sofort nach dem Angriff verliere ich mein Gleichgewicht, in Zeitlupe kippe ich nach vorne oder hinten, mit Orientierung hab ich's gerade nicht so. Eine große, radioaktiv mutierte Wassermelone bohrt sich in meine Nieren, links und rechts werden Trauben im Spontanpressverfahren zu Saft und Maische verarbeitet, Äpfel schlagen wie Artilleriegeschosse ein. Das dünne Holz der Obstkisten gibt mit lautem Knirschen und Splittern nach und für einen Moment denke ich, das war mein Rückgrat, gleich spüre ich unsagbaren Schmerz, oder schlimmer, gar nichts mehr, und ich werde auf ewig in diesem Obstsalat meine Tage verbringen.

Das zweite Knirschen, gefolgt von einem Ächzen, stammt allerdings tatsächlich von mir. Mir bleibt die Luft weg, als ein Körper auf mir zum Stillstand kommt. Wir stöhnen beide, aber es ist nicht halb so intim, wie man sich das vorstellen würde.

»Hi, ich bin Jo.«

»Hi, ich bin …«

»Kommst du mit?«

Aus dem Obsthagel war ein Marktstandbetreiber mit dichtem, braunem Schnurrbart hervorgegangen. Er brüllt mit hochrotem Schädel und erinnert mich damit gleich an einen Pavianhintern, der umso lustiger wird, wenn man den Schnurrbart in das Bild miteinbezieht. Die Worte sind mir zuerst unverständlich, aber mir ist klar, er wird sich wohl kaum für unseren Auftritt bedanken. Als ich die Situation später, so nach zehn Sekunden, Revue passieren lasse, geht mir auf, bei den fremdländisch klingenden Wörtern muss es sich wohl um burgenländischen Dialekt gehandelt haben. Ich will meine Erkenntnis gerade Jo (sie spricht es übrigens sehr ungewöhnlich aus, nämlich ohne das englische Dsch, also einfach nur: Jo. Klingt genau wie dieser Fruchtsaft) mitteilen, da merke ich: Ihr Gewicht liegt nicht mehr auf mir, und wenn die Gesetze der Physik noch gelten, auch ihr Körper nicht. Sie steht bereits, packt mich an der Hand und zieht mich zu sich hoch. »Los, wir hauen ab.«

Wie auf einem Schimmel im Kreuzfeuer der Napoleonischen Kriege stieben wir durch die glotzende Menschenmenge davon, Jo mit dem geschulterten Skateboard und damit in der Lage, mir oder jedem beliebigen Passanten eines über die Rübe zu ziehen. Die Gegenwart des immer noch brüllenden Obsthändlers lassen wir rasch hinter uns.

Wir verschwinden in der Menge, laufen Slalom zwischen Pollern und kämpfen uns um Ecken, Kanten und andere Stände – protokollarische Anmerkung: die wir nicht unwillentlich zerstören – bis in die nächste U-Bahn-Station.

Die Bahnsteigkante ist leer, was vor allem mit dem gerade eingefahrenen Zug zu tun hat und den Menschen, die bereits alle ein- oder ausgestiegen sind.

Das hält Jo aber nicht auf. Im Gegenteil, es beflügelt sie sogar.

Sie wirft im Rennen das Skateboard auf den Boden, springt auf und gleitet damit zur nächsten Tür; dort zieht sie sich an der Haltestange nach innen und – winkt mir zu?

Unter dem abstrafenden Blick der anderen Fahrgäste springe ich durch die sich schließende Tür, ein bisschen fühle ich mich wie ein Filmheld, die Durchsage des Fahrers macht das Gefühl aber gleich zunichte. »Brav sein«, krächzt es aus den Lautsprechern. Eine Zurechtweisung wie für einen Hund.

Außer Atem sehe ich Jo an, die Umgebung fliegt an uns vorbei. Ihr haselnussbraunes Haar ist schulterlang, das rundliche Gesicht glänzt vor Schweiß und scheint auch etwas fettig; ich würde es gerne berühren, um mich der Beschaffenheit der Haut zu versichern. Jo trägt ein graues, ärmelloses Oberteil und eine weite, dünne Jogginghose mit bunten Flecken (das heißt bestimmt anders, aber modisch unterscheide ich nur zwischen Ober- und Unterteil. Sind das Baggy Pants?) und sieht darin gut aus. Sie ist mollig, das lässt sie nur umso besser aussehen. Ich lächle sie dümmlich an, sie lächelt fragend zurück.

Dann geschieht etwas Blödes.

Die U-Bahn fährt in die nächste Station ein. »Ciao du!« Zum Abschied umarmt mich Jo kurz. Mir gefällt ihr Geruch, da ist kein Parfüm oder sonstige künstliche, olfaktorische Ablenkung, nur echter, frischer Achselschweiß strömt in meine Nase. So echt wie Jo empfand ich noch keine Frau. Dann steigt sie aus, springt wieder auf ihr Skateboard, das sie nun besser zu beherrschen scheint, und cruist damit den Bahnsteig entlang, böse Blicke anderer ignorierend wie David Hasselhoff schlechte Musikkritiken.

Mit einem Ruck fährt der Zug an, ich sehe Jo nach und verfolge ihren Körper bis zur Einfahrt in den Tunnel. Ihre Rückseite verschwindet im Tageslicht, das Bild verblasst auf meiner Netzhaut, und erst da begreife ich: es gibt keine Chance auf Wiederholung.

Ich werde sie nicht jeden Tag in der gleichen U-Bahn treffen, kenne ihre Telefonnummer nicht, weiß nicht mal, ob Jo überhaupt ihr richtiger Name ist. Gegen meinen Willen werde ich wie ein Kind weggetragen, das noch aufbleiben will, noch eine Zeichentricksendung sehen, eine Schokolade essen, das einfach nicht weg will, da es sein Glück just in diesem Moment woanders sieht.

Ich kann nichts dagegen tun. Die Frau namens Jo, sie ist verschwunden.

Unerwarteter Besuch klopft an meine Tür, es ist der letzte Filmvorführer. Ich weiß nicht, ob ich mit »endlich« oder »leider« reagieren soll, unterschiedliche Gefühlslagen stampfen wie die Zylinder in einem Motor auf und ab, gerade bin ich gut gelaunt, dann am Boden zerstört, dann wieder gut gelaunt, dann wieder zerstört; es ist anstrengend, aber immerhin im Takt. Der letzte Filmvorführer hat sich vor zwei Stunden angekündigt. Ich hab ziemlich blöd geschaut und hingehört, als im Foyer plötzlich das Telefon geläutet hat. Als einziger Bewohner höre ich wirklich jedes Geräusch im Haus, mir entgehen nicht mal die kopulierenden Mäuse im feuchten Keller. Also bin ich die Stiegen runtergehechtet und habe unterwegs in Gedanken Notizen angefertigt, heute: Das artet ja in Arbeit aus! Jedenfalls hab ich mit ihm vereinbart, er möge doch später am Nachmittag vorbeikommen. Was eben jetzt war. Naja.

»Grüß Gott!«, sagt der freundliche alte Herr mit einem Händedruck, stark wie diese Hydraulikscheren der Feuerwehr, mit der sie Unfallopfer aus Autowracks schneiden. Er ist klein und geht gebückt, als ob er Sorge hätte, mit seinem Körper irgendwo anzustreifen und etwas zu zerbrechen. Vielleicht ein unsichtbarer Porzellanladen, zu dem ich noch keinen Zutritt habe? Auf seinem kahlen Schädel lassen vereinzelte weiße Haarbüschel die frühere Haarpracht erahnen, ein wenig Fantasie genügt, um sich den Mann vierzig, fünfzig Jahre jünger vorzustellen. Das markanteste Merkmal ist übrigens sein Gesicht, er sieht wie ein abgepauster Stan Laurel aus, sogar seine Mimik gleicht ihm in jedem Detail. Meistens wirkt er auf mich nachdenklich oder betroffen, dabei spannt er seine Lippen zu einem schmalen Strich an. Dann vergeht mir das Lachen.

»Drei Jahrzehnte habe ich das hier gemacht, nicht Tag für Tag, so viele Filme gab es nicht zum Vorführen. Aber doch jede Woche. Urlaub gab's keinen.« Wir stehen im Vorführraum, es ist eng und verstaubt, der letzte Filmvorführer hantiert mit einer alten Filmrolle und legt sie ein. Behutsam führt er den Film durch die Maschine, seine Sorgfalt erinnert mich an einen fürsorglichen Großvater.

»Tatsächlich?«, frage ich, zwar nicht interessiert, aber doch aus Anteilnahme, das gehört sich so, glaube ich.

»Blödsinn.« Die Augen des alten Mannes blitzen auf, er grinst mich schelmisch an; hinter dem zerknitterten Gesicht versteckt sich ein junger Bub. Er schmunzelt und zerrt am Projektor herum. »Also, aufgepasst. Ich bin alt und das Gleiche gilt für das Gerät, für einen von uns könnte es das letzte Mal sein.«

Und dann kommt was auf mich zu. Zur Saalsteuerung gibt es einen Schaltkasten und ein verrücktes Steckbrett, mit dem sich alle Abläufe einstellen lassen, von der Beleuchtung und der Leinwand bis natürlich hin zum Projektor. Das Teil heißt Matrixautomat, allein der Name sorgt bei mir für schweißgetränkte Erinnerungen an den Matheunterricht, außerdem sieht es aus wie Schiffe versenken für Profis, was die Sache bestimmt nicht leichter macht.

Der letzte Filmvorführer ist geduldig und hilfsbereit, zwei

Eigenschaften, für die ich ihm gerade überaus dankbar bin. Er zeigt mir das alles nur aus Liebe zum Kino, wie er mir anvertraut. Das hilft mir trotzdem nur schleppend über mein eigentliches Problem, und das ist nicht die Saalsteuerung und wie ich die Werbefilme überspringen kann, sondern die Frau namens Jo. Ich habe sie mir so oft in Erinnerung gerufen, ihr Bild ist schon abgegriffen und körnig wie der alte Film, der parallel dazu auf die Leinwand knallt.

Nach etwa zwei Dritteln der Einweisung geht meine Aufmerksamkeit gegen Null. Jo, meine Gedanken gehören nur noch ihr. Sie roch so echt, ganz anders als all das Zelluloid und der Staub in diesem Kammerl. Ich beschließe dann den Rest des Kinohandwerks durchs Selberanpacken zu lernen, so funktioniere ich nun einmal, beim Teletext ging das auch so.

Ein paar letzte Tipps bekomme ich noch zum Kartenverkauf und der Naschzeugbudel, dann verabschiedet sich der letzte Filmvorführer. Er sieht müde und erschöpft aus, als er den Reißverschluss seiner dünnen Jacke zuzieht; ihm entgleiten ein Schaß und ein wehmütiger Blick durchs Foyer. Wir geben uns die Hände, ich sage »Danke« und meine es in dem Moment auch so.

Jo ist ausnahmsweise gerade nicht in meinem Kopf.

Aus meinem Fenster weht die US-amerikanische Fahne. Sie gehörte dem Vormieter meiner Wohnung, neben ihr überließ er mir noch einen alten Kochtopf ohne Deckel, der Boden ist von einer mystischen Landkarte aus rotbraunen Flecken überzogen, verbrannte Spuren, die sich nicht entfernen lassen. Mein Vormieter, der Topf und die Fahne bleiben mir ein Rätsel. An manchen Tagen versuche ich mich an einer Lösung, lande aber erst wieder bei neuen Fragen. Ist die Fahne Erinnerung an die Heimat und damit das Festhalten an etwas Vergangenem, oder steht sie für unerfüllte Sehnsucht und ist ein Stern, nach dem es sich navigieren lässt? Vermutlich ist sie nur Spielzeug der Pseudohausbesetzer in ihrem Planspiel. Aber warum ausgerechnet die US-Fahne?

Ich sehe ihr beim Tänzeln zu, wie eine Primaballerina dreht sie sich im rußverschmutzten Wind, versucht den Partikeln auszuweichen und behält gleichzeitig eine grazile Form. Jetzt dreht sie sich wieder. Daneben liege ich, in einem Klappliegestuhl auf meinem Balkon, zumindest versuche ich es, trinke Diskonterdosenbier und rauche meine letzten Markenzigaretten. Der Versuch scheitert an zwei Umständen:

Dieser Liegestuhl, ich habe ihn übrigens in Saal 2 gefunden, das ist der mit dem Gerümpel, ist maximal für Pensionisten und deren Tarockrunden im Gänsehäufel gedacht und stammt wohl noch aus einer Zeit, als diese Modelle zur Standardausstattung von Promenadendecks auf Ozeandampfern gehört haben. In solchen Stühlen lehnt man sich anmutig zurück, legt sich aber keinesfalls waagrecht hinein – ein obszöner Gedanke.

Außerdem ist mein Balkon kein Balkon im herkömmlichen Sinn, auch in keinem anderen, der angesichts der Wiener Betonsünden akzeptabel wäre. Es handelt sich um eine quadratische Betonplatte, die gleichmäßig von einem Metallgitter umzogen und so eng bemessen ist, dass gerade mal zwei Personen darauf stehen können, wobei diese Personen a) nicht zu schwer sein dürfen und b) bereits intime Erfahrungen miteinander gesammelt haben sollten. Andernfalls wäre ein erstmaliges Intim-Werden auf meiner Betonplatte unumgänglich.

Kein reizvoller Gedanke, außer mit Jo natürlich.

Meine Wohnung ist die einzige im Haus, die einen Betonplattenbalkon besitzt, und ich überlege zum wievielten Mal, wer da wohl eine Aufwertung dieser Einzimmerwohnung vorgenommen hat, ob es sich um das letzte Geschenk meines Vormieters handelt. Damit ist auch die von außen gute Sichtbarkeit geklärt, die ich früher mal eingeworfen habe. Den Neohausbesetzern traue ich so viel handwerkliches Geschick nicht zu, da muss man ja was machen, mit Werkzeugen und Beton und Dreck und so. Echt nicht.

Aus diesem Umstand heraus belaste ich meinen Balkon unter keinen Umständen mit dem ganzen Gewicht. Die vorderen Beine des Klappliegestuhls stehen am Balkon, während die hinteren Beine in meinem universellen Wohn-, Schlaf-, Ess- und Küchenzimmer stehen.

Aber das ist nicht der Punkt. Vor dem drücke ich mich nämlich. Ich seufze wie ein genervter Filmstar vor der nächsten Einstellung, äschere in eine leere Bierdose und raffe mich zur erneuten Selbstgeißelung auf; ich hasse diesen Teil, aber er muss sein.

Mir geht es schlecht. In meiner Brust sitzt das Gefühl einer ständig stattfindenden Implosion, wie ein Schwarzes Loch zieht sich alles zusammen. Abwesend beiße ich auf meiner Lippe, bis ich Blut schmecke.

Die letzte Zeit war gespickt mit herben Niederlagen, ganz wie Kuchen und Strudel, in denen man beim Kauen plötzlich diese widerlichen Rosinen findet. Nie war was für mich dabei, alles ist im Mistkübel gelandet. Dafür quälen mich jetzt Fragen, deren schiere Größe allein mit dem Gedanken an sie anschwillt, ausgesprochen werden sie sogar zur Gewalttat gegen mich. Mir bleibt und genügt ein Herantasten, es geht irgendwie um Planen und Scheitern, um ausbruchssichere Muster, selbstauferlegte Spleens, Gedankenkäfige und Gitterstäbe aus Angst. Angst, dass mein Leben nicht mehr wird, nicht erfolgreicher, nicht außergewöhnlicher, gleichbleibend, für immer. Und das in einer Zeit, in der nichts gleich zu bleiben scheint.

Meine Gedanken sind sprunghaft wie die Kugel in einem

Flipperautomaten und lassen die Highscore-Tabelle aufflackern, orange Schrift auf schwarzem Hintergrund: Wessen Schuld ist das eigentlich? Natürlich meine, das weiß ich. Aber was hat mich zu dem Menschen gemacht, der an einem Sommertag hier sitzt und jammert, anstatt vor die Tür zu gehen, anzupacken und sein Leben neu zu starten?

Meine sogenannten Eltern.

Ab hier könnte ich es mir einfach machen, runter ins Foyer schlurfen, mir nervös durch die Haare fahren, die Nummer wählen und mir nach dem Freizeichen die Stimmbänder aus dem Leib brüllen. Ich könnte eine Anklageschrift aus Fragmenten und Vorwürfen zusammensetzen, die Punkt für Punkt auf unserer nicht verhandelbaren Vergangenheit aufbaut:

Reichlich spät war ich zu ihnen gekommen, was sie gleich einmal zu alten Eltern machte. Nie taten sie etwas Verrücktes oder Unvorhergesehenes, hatten keine Streits, Affären oder sonst etwas, das ich mir in Erinnerung rufen kann, wenn ich an meine Kindheit denke. Da ist nichts.

Mein Vater war Beamter, meine Mutter Hausfrau. In den Sommerferien trug uns eine Blechlawine nach Italien, jahrelang in denselben Bungalow, sonntags gab es immer etwas Gutes – Fleisch vom feinen Geschirr – und manchmal gingen wir in die Kirche, aber nicht zu oft.

Der Mann, der mein Vater war, besaß eine seltsame Angewohnheit. Er tat so, als ob er sich ständig nach etwas Unerreichbarem strecken müsste: nochmal dorthin fahren, Venedig, nochmal dort was unternehmen, schwimmen in Griechenland, nur einmal noch, als wäre er sterbenskrank. Jahrelang hat er so geredet, bis es tatsächlich zu spät war.

Meine Mutter ist farblos, und dieser eine Satz sollte genügen, um sie zu beschreiben. Nur einmal, da entdeckte ich ihr altes Tagebuch und war überrascht von dem Menschen, der da hätte sein können. Es handelte von einer Reise und begann mit dem Satz: »Wir sind auf der Suche nach zwei Dingen: Männern und Sex.« Seitdem gärt in mir die Theorie, dass meine Mutter gerne mehr unternommen hätte, sich aber irgendwann mit der Art meines Vaters abgefunden und sich selbst aufgegeben hatte. Als ich noch mehr Kind war, hat sie in einem lichten Moment zu mir gesagt: »Tut mir leid, dass ich keinen besseren Mann für uns gefunden habe, sondern nur den Papa.«

Das Defizit hat er wohl gespürt und sich mit Überengagement daran gemacht, mein Leben exakt vorauszuplanen. Eines Nachts hat er sich mit Bleistift, Lineal und Millimeterpapier hingesetzt und den großen Plan entworfen; hat entschieden, welche Schulen ich besuchen würde und welche Hobbys mich interessieren sollen, hat Listen annehmbarer Freunde erstellt und sich eine Frau zum Heiraten für mich ausgedacht. Dabei wollte ich eigene Fehler machen und mich wie ein Schwein in ihnen suhlen. Einmal, erinnere ich mich, habe ich erstmals sanfte Lust am Schreiben verspürt, Schriftsteller oder Journalist zu werden hielt ich für erstrebenswert. Etwas mit Wörtern zu machen, Sätze zu erschaffen und Geschichten zu erzählen, mir erschien das logisch. Damit mein Leben zu gestalten.

Bloß ein verächtliches Lachen und Schnapsatem habe ich dafür bekommen. »Das ist nur eine Phase, das machen wir nicht!« Wir haben nie mehr darüber gesprochen. An der Erkenntnis, Beruf und Leben zu hassen, die mir zugedacht waren, wäre ich damals fast zugrunde gegangen; doch es musste weitergehen, wegen der Träume meines Vaters, ein klein wenig auch wegen mir.

Mit Schrecken fällt mir auf, wie wenig eigene Träume ich besitze, in Wahrheit gibt es nur einen. Oder besser: gab. Womöglich ist es aber weniger ein Schrecken und mehr die Sonne, die mir langsam den Kopf versengt. Sie ist über die gegenüberliegende Dachkante gewandert und lässt den Schatten wie ein flüchtendes Tier an die Hausmauer zurückkriechen.

Lange war das nicht mein Leben, sondern das zweite meines Vaters.

Dafür gibt es keine Entschuldigung.

So schwer war seine Kindheit nicht, das Erwachsenwerden und -sein, die Zeit im Arbeitsleben oder gar im Ruhestand. Da war kein eingebildetes Hindernis, das er sich nicht selbst in den Weg gelegt hatte, und selbst wenn es anders gewesen wäre, hätte er mich doch einfach sein lassen können. Stattdessen sitze ich hier und weiß nicht, wer ich bin, oder was ich im Leben will und brauche. Ich habe Angst, alles versandet, weil ich kein Haus haben werde, ja keinen Wert darauf lege, genauso wenig wie auf einen gut bezahlten Job, eine Familie oder fünf Wochen Urlaub im Jahr, im immergleichen Bungalow, zur immergleichen Zeit im Juli.

Die Anklageschrift hat nur einen Schönheitsfehler: sie ist zu billig. Ich bin alt genug, um für mein Leben selbst verantwortlich zu sein, auch wenn mir meine Eltern reingepfuscht haben. Beim Teletext hätte ich mutiger sein und um Doreen kämpfen können. Ich hätte an diesem Dings weiterschreiben oder etwas anderes studieren können. Sogar aus der U-Bahn hätte ich springen und Jo nachlaufen können. Ich hab's nur nicht getan, und das war ganz alleine meine Schuld. Rumsitzen und jammern wird mir also nicht weiterhelfen. Klar.

Die rußige, warme Luft hat sich gelegt, die US-amerikanische Fahne hängt schlaff und enttäuscht an der Hausmauer nach unten. Eigentlich könnte ich sie entfernen, aber mir war bisher nie danach. »Land of the free«, forme ich tonlos die Worte mit den Lippen.

»Gschissener!« Am Donaukanal geht es wie immer friedlich zu. Locker und gut aufgelegt steige ich wie ein Showmaster eine schmale Treppe hinab und begebe mich in eine heiße Betonschlucht hinunter, über mir sehe ich sanierungsbedürftige Wohnhäuser und nationale Konzernzentralen, aneinandergereiht ragen sie auf oder stürzen ein, dazwischen strömt eine trübe, graue Schlammsuppe gen Süden. Eine Brise umspielt meine Nase, ich atme tief ein und freue mich auf den Sommer, erinnere mich aber sogleich an den Ort, und die Brise verwandelt sich in eine Faust und schlägt auf mich ein, statt mediterraner Gerüche gibt es Kloakengestank und Urin. Ganz wie in Italien. Hinter einem Gitter rauscht die U-Bahn vorbei, über meinem Kopf rollen Autos und Lastwägen entlang, manchmal sogar ein Bus; ich sitze nirgends drin, dazu habe ich zu wenig Ahnung, wo ich eigentlich hin will. In Wien ist der Donaukanal immer zweite Wahl, egal bei was.

JC hat mich herbestellt. Er ist schuld daran, hindert mich am Nachdenken, warum ich so bin, wie ich bin, und tue, was ich tue. Aber: immerhin Abwechslung! Aus einiger Entfernung sehe ich ihn schon auf mich zulaufen, er trägt ein offenes Sakko und eine im Wind flatternde Krawatte. Ein Gag und ein großer Schriftzug über seinem Kopf müssten noch her, dann könnte er Werbung für irgendein Produkt machen, Schuheinlagen oder Deospray fallen mir spontan ein.

Als JC in Reichweite kommt, hebe ich meine Hand zum lässigen Gruß, doch er ignoriert dieses Signal wie ein Zug mit kaputten Bremsen und rennt an mir vorbei, hält stattdessen auf einen schmalen Grünstreifen zu, auf dem ein paar junge Punks rumliegen, saufen und laute Musik hören. Warum auch immer, aber ich stelle mich auf eine Schlägerei ein. Der Gedanke erregt mich sogar, Mann gegen Mann, bloße Fäuste, das könnte schon was werden! Als ich das letzte Mal Prügel bezogen habe, bin ich mit einer blutigen Lippe davongekommen. Aber JC, der gute

JC!, hat sowieso andere Absichten, hat mein selbst ausgedachtes Problem ohnehin gelöst. Er deutet auf eine Stelle zwischen den Punks, zieht seine Brieftasche und macht einen Deal. Vor Glückseligkeit strahlend, als ob er gerade einen lebenslangen Kuchenvorrat gewonnen hätte, kommt er mir erleichtert entgegen, ein Nylonsackerl mit Bierdosen in der Hand. »Bin nicht mehr zum Einkaufen gekommen«, sagt er grinsend.

Die Bänke auf der Promenade sind entweder mit Liebespaaren und Sandlern besetzt, haben herausstehende Nägel und fehlende Latten oder sind vollgeschissen, wir setzen uns daher auf die Kaimauer. Die Steine sind warm, sie haben die Sonnenenergie des ganzen Tages gespeichert; thermonukleare Strahlung, die 150 Millionen Kilometer durch das Weltall gereist ist, nur um mir den Hintern zu wärmen. Den Gedanken finde ich gut, also erkläre ich ihn JC und schließe trocken mit: »Die Sonne scheint uns in den Arsch.« Er lacht, und ich lege meine Maske ab. Witze versuche ich möglichst trocken anzubringen, wenn niemand lacht, kann ich sie immer noch als bissigen Kommentar abtun.

»Da.« JC reicht mir eine Bierdose, weißer Schaum spritzt heraus, ich setze meine Lippen schnell an die Öffnung und schlürfe ihn auf. Schön warm. »Und?«, beginnt JC von Neuem, wirft mir einen Gesprächsfetzen hin, an dem ich zehren, aus dem ich etwas machen, etwas fabrizieren soll.

Ich mag aber nicht.

Also zucke ich mit den Schultern, sie federn wie ein alter Citroën, dann stoße ich mit meiner Dose gegen seine, schaue auf das Wasser vor mir. »Eh«, sag ich.

»Na na na, damit kommst du nicht durch. Ich will Details!«

»Ich kann jetzt Filme einlegen und abspielen, theoretisch zumindest.«

»Aha. Und weiter?«

»Hab ich nachgedacht«, antworte ich karg und trinke einen

Schluck Bier. Das warme Zeug ist unerträglich, aber wir haben halt nix anderes.

»Nachgedacht?«

»Ja, in Ruhe, mit dem Kopf und so.« Und weil ich JC kenne und weiß, mit der Antwort wird er sich nicht zufriedengeben, stelle ich die Weiche in eine andere Richtung und erzähle ihm doch noch etwas von dem, was mich beschäftigt hat. »Letztens bin ich an einem alten Auto vorbeigegangen. Was Italienisches, Lancia oder Alfa Romeo, auf jeden Fall eine fertige Kraxn. Wenn mir in dem Moment jemand den Schlüssel gegeben hätte, ich schwöre dir, ich wäre eingestiegen und losgefahren. Ganz in den Osten, weißt du? Also wirklich über die ungarische Grenze hinaus, durch den Ostblock, die ganze UdSSR oder wie die das dann nennen, über den Ural und dann runter nach China, bis nach rechts an die Küste, Hongkong oder Shanghai. Und dann einfach dastehen, gegen die warme Motorhaube lehnen und auf den Pazifik schauen.

Falls ich unterwegs wen treffe und er in meine Richtung will, würde ich ihn mitnehmen. Wir könnten eine kleine Reisegruppe werden, jeder mit Stärken und Schwächen, würden uns zoffen und jemanden verlieren. Das Auto würde mehrmals zusammenbrechen und wir säßen in der Steppe ohne Ersatzteile, aber am Ende würden wir irgendwie durchkommen. Kurz vor Schluss würden wir uns trennen, jeder hätte andere Ziele. Und ich, ich würde einfach nur dastehen oder sitzen und das Meer beobachten, bis es dunkel wird und glitzert, und dann auf den Sonnenaufgang warten. Danach weiß ich auch nicht weiter, die Geschichte wäre zu Ende.

Vielleicht könnte ich das Auto an ein wohlhabendes Parteimitglied verkaufen, das europäische Autos sammelt? Mit dem Geld könnte ich zurückfliegen. Oder auf einem Frachtschiff anheuern. Oder aber Proviant kaufen und zurückfahren, diesmal mit mehr als nur einer Landkarte und einem Handschuhfach voll mit Zwieback, Cola und Aspirin. Oder einfach dortbleiben.«

Die Geschichte scheint ihre Wirkung getan zu haben, mir wird ja auch ein bisschen anders. Nachdenklich sieht JC auf sein Bier hinab, er hat mich an keiner Stelle unterbrochen, seltsam. »Warum tust du es nicht?«

Zum Glück habe ich noch die Dose in der Hand, ich flüchte mich in eine staatstragende Geste, nehme einen großen Schluck und beseufze den Weltschmerz. »Weil mir niemand die Schlüssel gibt.«

Wir schweigen. Ein Schiff ist vorbeigefahren, das Wasser platscht gegen die Kaimauer. Hinter uns rumpelt regelmäßig die U-Bahn.

»Katka hat dir eine Chance gegeben, ist dir das klar? Nicht die Wohnung oder das bisschen Geld. Sie hat dir etwas ermöglicht, was viele von uns nicht schaffen, nämlich aus dem da« – er zieht einen großen Halbkreis mit der Dose und verschüttet bedauerlich viel Bier, gemeint ist wohl die Stadt – »auszubrechen. Jemand öffnet dir die Gitterstäbe, aber du bleibst in deiner Zelle hocken und jammerst lieber über den süßen Geschmack der Freiheit. Oder salzig, was dir lieber ist. Das ist ein Problem.« Er klopft gegen die Bierdose und hält sie sich ans Ohr. »Houston, hallo?« JC reißt den Kopf herum, verdreht die Augen und starrt mich über seine nicht existenten Brillengläser hinweg an.

»Botschaft ist angekommen, schon klar.« Ich würge den Bodensatz der Dose runter und nehme mir eine zweite. Dann erzähle ich ihm doch von Jo, die so heißt, wie der Fruchtsaft klingt. Tatsächlich liegt mir unsere kurze Begegnung wie Blei im Magen und mir wird leichter, als ich jemandem davon erzählen kann. Es war natürlich ein Fehler, ihr nicht hinterherzulaufen oder sie zumindest nach ihrem ganzen Namen oder der Telefonnummer zu fragen.

»Schon besser«, antwortet JC, er kneift gerade die Augen zusammen und beobachtet durch diesen engen Spalt die andere Seite des Kanals. »Aber da fehlt noch was. Skateboard, braune Haare …«

»Haselnussbraun«, verbessere ich ihn.

»Also Skateboard, haselnussbraune Haare«, er betont es extra sorgfältig, »mollig und mit bunter Stoffhose. So wie die da?«

Rätselnd folge ich JCs unsichtbarem Blick zum anderen Ufer, und tatsächlich, von links kommt eine kleine Figur ins Bild gefahren, wie eine Playmobilfigur, lässig steht sie auf einem Skateboard, die Haare wehen etwas im Fahrtwind. »Ja, so wie die da«, antworte ich und lehne mich nach vorne, ein Versuch, um besser zu sehen.

»Worauf wartest du dann noch?« Da ist eine Hand auf meinem Rücken, ein kräftiger Stoß, und noch während ich protestieren will, verliere ich das Gleichgewicht, kippe nach vorne und falle ins kalte, kloakige Wasser. »Bist du wo angrennt?« Ums Bier war's auch schade.

Wir haben wohl den gleichen Gedanken, genüsslich nimmt JC einen Schluck und schaut auf mich hinab. Wie ich diesen überheblichen Kerl manchmal hasse. »Verzicht ist eh besser, außerdem kannst dir dazu eine tolle Gschicht ausdenken.«

»Die kann man sich auch ausdenken?«, schreie ich, während ich im Wasser strample und versuche, nicht sofort von der Strömung mitgerissen zu werden. Wohin fließt dieses Duckswasser überhaupt, geht das irgendwann unter eine Betondecke in die Verbannung oder mündet das eh in die Donau?

»Schwimm, mein Junge, schwimm!«, lacht er und deutet mit seiner Bierdose auf die andere Seite des Kanals. Ich muss mich wohl beeilen, eine andere Wahl bleibt mir nicht. Die Strömung des Kanals ist nicht zu unterschätzen, wie nasse Blätter oder Autowracks versucht sie einen davon zu tragen, also schlage ich einen steilen Winkel ein, peile eine Stelle weit oben an, in der Hoffnung, irgendwo unten ans Ufer zu kommen.

Nachdem ich genügend Wasser für eine Magen-Darm-Erkrankung geschluckt habe, komme ich am anderen Ufer an. Es gibt eine rostige Leiter, an selbiger ziehe ich mich hoch und wir ächzen beide. Tropfnass stehe ich mitten auf der Promenade, Arme und Beine spreize ich ab wie da Vincis vitruvianischer Mensch, das Gefühl der nassen, an mir klebenden Kleidung ist unangenehm. Die Frau, die Jo hätte sein können, ist weg. Ob sie es wirklich war? Und falls ja, was hätte ich gesagt, nachdem ich ihr genügend Wasser vor die Füße gespuckt hätte? »Hallo, wir haben zusammen einen Obststand zerlegt, das hat mir gefallen, mein Freund hat mich deswegen in den Donaukanal geschubst, damit ich hier rüberschwimme und dir das sage?«

Ja, doch, klingt logisch.

Damit die Situation nicht ganz so peinlich ist, wie sie ist, fahre ich mir lässig durch meine nassen Haare, hole dann meine Brieftasche raus und tue so, als ob ich angestrengt meinen Bargeldbestand checken würde, womöglich muss ich zur Bank? Was man halt als normaler Mensch am helllichten Tag so macht. Schuhe zubinden geht auch noch, Hauptsache unauffällig.

»Hey, du da!« Es ist natürlich JC, er steht noch auf der Kaimauer und winkt wie ein epileptischer Fluglotse auf Speed. »Wir müssen los!«, brüllt er.

Als ich seufze, fällt nicht nur die Anspannung von mir ab, sondern auch ein weiterer Liter Wasser, der aus Hohlräumen kommt und aus meiner Kleidung rinnt. Müde deute ich in Richtung der nächsten Brücke.

»Beidl.«

Hscht, hscht, hscht. Das Geräusch, das Schuhe machen, wenn sie nass sind. Gemeinsam mit JC steige ich ein altes Stiegenhaus hoch, Jugendstil oder sowas. Das Geländer ist aus schwarzem Gusseisen und hat einen abgegriffenen Handlauf, die Stufen sind flach, die Kanten abgerundet. In jedem Stock erwartet uns ein doppelflügliges Tor aus dunklem Holz mit feinen, geschnitzten Verzierungen, die man eher in einer mittelalterlichen Burg erwarten würde. Passend dazu ist das Stiegenhaus stockfinster, es riecht nach Tabak, Essen und gebunkertem Wohlstand.

Es sind vor allem JCs Freunde, zu denen wir jetzt gehen, immer sind es vor allem JCs Freunde. Immer scheint er jemanden zu kennen, der selbst jemand Reiches, Wohlhabendes kennt und damit protzt. Ehrfürchtig wird mir dann von den Erben einer Buchhandelskette und deren Villen in Döbling erzählt, oder vom Sohn eines Drogeriemarktgründers und wie er Hamburger auf Silbertabletts reichen lässt. Als ob die reine Tatsache der Bekanntschaft mit diesen Leuten, mit deren dicken Brieftaschen, einen Geist veredeln würde; oder treffender: vergolden. All das erinnert mich an die großen russischen Romane, in denen sich die feine Gesellschaft gerne mit originellen oder wohlhabenden Menschen umgibt, deren Besuche sie wenigstens sammelt und behütet, wie in Seidenpapier gewickelt und in einer Schmuckschatulle verwahrt. Heute hingegen muss schon die reine Erwähnung einer Kennerschaft Ehrfurcht und Ansehen einbringen.

JC ist gern in solchen Kreisen, dabei kommt er aus einer Gartenhütte. Dort haben wir mal seinen Geburtstag gefeiert, Bier aus Plastikbechern getrunken und im Freien gepinkelt. JCs damalige Freundin war feiner als wir, sie kam aus ebensolchen Kreisen, in denen man Wert auf Kennerschaft legt. Sie hat ihren eigenen Wein mitgebracht, trank aus Gläsern und sprach nur mit ausgewählten Leuten – also nicht mit mir. Ich habe nämlich das neueste Bowie-Album verteidigt und einen Tisch umgeschmissen.

Die Stockwerke habe ich nicht mitgezählt, aber wir sind irgendwo angekommen, ein bronzenes Türschild weist uns auf einen verwaschenen Namen hin, er ist nicht weiter von Bedeutung und ich werde ihn in der ganzen Geschichte nicht mehr erwähnen: Danielewski. Wir klingeln und treten ein, Musik weht uns um die Ohren. Unsere Wege trennen sich sogleich, JC muss Hände schütteln und Bussi-Bussi machen, als Beiwagen, der ich bin, drifte ich in die Küche ab, hier herrscht Selbstbedienung. Kalte Bierflaschen klirren neben Wein, Sekt und aufgetürmten, mysteriös gefärbten Schnapsgläsern; die untere Hälfte ist entweder rot oder blau, darüber folgt eine gelblich ölige Schicht. Ich verzichte noch, mustere das Etikett der Weinflaschen und greife dann zum Bier. Es gibt weniger gute Rotweine als schlechte Weißweine.

In der engen Küche, ist ja immerhin eine Altbauwohnung, stehen noch zwei andere Typen, deren Gespräch ich fragmentarisch mitbekomme, während ich meine feuchten Zigaretten aus der Packung ziehe und gleich wieder wegstecke. Mit etwas Glück kann ich sie später zum Trocknen auflegen, sonst schuldet mir JC was. Die zwei Typen reden jedenfalls über einen Erfinder, der seine Waschmaschine umgebaut hat und damit »freie Energie« empfangen und in Elektrizität umwandeln kann. »Mit so einer Maschine, sagt der Meyer, kannst du genug Strom für eine mittelgroße Stadt erzeugen! Die Russen hatten da schon einen Durchbruch, vielleicht kommt ja endlich was rüber.«

»Und wie ist dieser Meyer auf die Idee gekommen?«

»Nikola Tesla ist ihm eines Nachts im Schlaf erschienen und seitdem nicht mehr gegangen. Tesla sagt, eines seiner Experimente sei fehlgeschlagen und deswegen sei er in Zeit, Raum und Dimension versetzt.«

»Der Tesla ist ja quasi Österreicher.«

»Voll arg, was die Sonntagsbeilage immer an Gschichten auftreibt!«

In dem Dialog liegt mir zu viel Begeisterung für nichts, also mein Stichwort und Abgang mit etwas, das ich für eine exotische Biermarke halte. Ich kenne die Wohnung nicht, weite und sich gleichende Räume reihen sich aneinander, Wohnzimmer an Wohnzimmer. In manchen Wiener Wohnungen, denke ich mir und trinke einen Schluck aus der Flasche, besonders in großzügigen Innenstadthäusern oder Palais, wird das vorletzte Kapitel über die früheren Bewohner oft kollektiv vergessen.

Das Bier ist auch grausig.

Die Leute brabbeln, ich nehme sie als Aufstellung aus weißen Spielkegeln wahr, sie sind nur Figuren, Puppen aus Styropor. E. taucht daraus auf. E. heißt Elisabetha, und am liebsten würde ich sofort verschwinden. Das würde rein physikalisch sogar funktionieren, neben mir ist ein Durchgang, aber dann würde sie meine Flucht bemerken, meine aufgestaute Abneigung ihr gegenüber. Für die Reaktion bin ich zu feig, nicht aber für den Gedanken an die Flucht.

»Hey! Du auch hier?«

Gerne würde ich die Frage verneinen. Wir machen Bussi-Bussi, ich hasse sie, und zwei Arme schließen sich andeutungsweise in einem großen Bogen um mich. E. kommt aus einem Nobelbezirk, mit mehr Bankkonten als Einwohnern. Sie pocht bei jeder Gelegenheit darauf, wie ich zur Arbeiterklasse zu gehören, zu den einfachen Menschen, wie sie sagt, doch ihre Erzählung klappt nicht, sie wird an den für mich erwartbaren Enden vom Rauschen des Geldes übertönt. »Ich war mir ja nicht sicher, ob ich rechtzeitig hier sein würde. Weißt du, davor musste ich noch aus einem Atelier was abholen, einen wunderschönen Spiegel für unsere Toilette, um 31.000 Schilling, stell dir das vor!«

Ich tue es und nicke bedächtig, zuzle an meinem Bier. Als letztens die Dichtung von meinem Kaffeekocher kaputtgegangen ist, habe ich lange mit mir gehadert, umgerechnet ergab die nämlich ein paar Tiefkühlpizzen. Erwartungsgemäß kommt unser Gespräch ins Stocken. Ich mag keine Briketts nachwerfen.

»Bei mir steht ja bald ein Urlaub an«, lacht E. und tätschelt mir die Schulter, »ein Segeltörn mit meiner Familie, wir fahren mit dem Boot die Côte d'Azur entlang, drei Wochen.« Ihre Mutter ist Künstlerin, Schüttbilder oder so, ihr Vater Schönheitschirurg. Es ist wie früher. Am wenigsten mag ich ihr Kleinbürgertum, diesen engen, konservativen Schlauch, durch den sie ihr Bild der Welt wahrnimmt. Sie hört Chartmusik, benützt ein Nackenkissen und liest Schundromane. Bukowski hat sie angefangen, aber weggelegt. Für einen Reiseführer über Südtirol. Wir hatten nur einmal was miteinander.

Es ist besser so.

Das Bier wird mit Annäherung an die Zimmertemperatur untrinkbar, aber eine leere Flasche dient mir als gesellschaftlich anerkannter Fluchtpunkt. Also lächle ich, deute auf die Flasche und mit dieser in Richtung weg, der internationale Code für: Ich hol mir noch was zu trinken, allein, ohne dich. Sie schlürft an ihrem Cocktail, ich kann mich loseisen und streune durch die Wohnung.

Die Leute stehen zusammen und haben Trauben gebildet, Gespräche warten, bereit, gepflückt zu werden. Auf einem Fernseher mit Holzfurnier läuft ein Musikvideo von MTV Europe. Fünf Frauen mit weißen Stirnbändern flimmern über den Bildschirm, auf ihren Stirnen tragen sie rote, verwaschene Punkte. Sie singen nicht, sondern brüllen nach Leibeskräften die Namen von Politikern aus West und Ost. »Blutige Binden, FemRock« hat jemand auf einen Zettel geschrieben und auf die rechte untere Ecke geklebt, ich hebe den Zettel an und sehe, es ist nur eine Aufzeichnung, im Rekorder steckt und läuft eine Kassette. Niemand scheint sich dafür zu interessieren. Stattdessen deuten vereinzelt Gläser, Flaschen und deren Konsumenten auf mich. »Wer ist das?«, fragen sie, und die Frage macht ja ein klein wenig Sinn, denn meine Kleidung ist immer noch nass, ich hinterlasse feuchte Fußabdrücke auf dem Fischgrätenparkett. »Na, der Dings halt.«

In dem feierlichen Trubel muss irgendwo JC stecken, ich schiebe mich durch die Wohnung und trete ins hinterste Zimmer. Nur der linke Türflügel ist offen, unter mir knarrt der Boden. Sitzsäcke, Holzstühle, Drehsessel und Fauteuils füllen den kleinen Raum wie wahllos hingestellte Schachfiguren aus, ihr Zentrum bildet eine dunkle Ledercouch, auf der Katka lasziv verdreht liegt; ihr haftet etwas Katzenähnliches an. Rund um sie hat sich ihre Entourage angesammelt, wie Gesteinsbrocken im Weltall sind sie gefangen in der Gravitation eines Planeten, stumm ziehen sie ihre Umlaufbahnen und kollidieren manchmal miteinander. Hinter Katka sitzt JC auf der Couchlehne, er ragt aus der Versammlung hervor.

Vielleicht bin ich an einer Waschmaschine vorbeigegangen und in eine andere Dimension gefallen? Das Wort »abstrus« spukt durch meinen Kopf, ist mir aber zu weich für die Situation, es braucht schon was Härteres, mit Kanten und Abgrenzungen.

Sie winken mich heran. Ich wünschte, in meiner Flasche wäre noch warmes Bier. Als ich näher trete, werde ich kritisch beäugt, sogar Hass blitzt einmal auf. Bloß JC ist entspannt und fröhlich, er stellt uns sogar gegenseitig vor, macht diese galanten Handbewegungen, als würde er unsichtbare kleine Vorspeisen anbieten: Auf der einen Seite ich, auf der anderen das »Komitee zur sozialen Ausbildung des kritischen Volksgeistes, kurz KzsAdkV.« Daraufhin muss ich auf JC noch ahnungsloser als üblich wirken. »Die Hausbesetzer«, murmelt er.

»Die Hausbesetzer!«, schnaubt plötzlich jemand aus der Runde und springt sofort in einen voreingestellten Tonbandmodus. »Wir sind keine Hausbesetzer! Wir sind das Komitee zur sozialen Ausbildung des kritischen Volksgeistes, K-z-s-A-d-k-V.« Die Buchstaben werden gebellt und gespuckt. »Als solches ist es unsere Aufgabe, Häuser der Allgemeinheit zu öffnen und als gesellschaftliche Produktionsmittel zur Verfügung zu stellen! Weiters gliedern sich die Anstrengungen dieser autonomen Vereinigung in erstens, zweitens, drittens, wobei erstens für …«

»Ja ja, passt schon, ist ja gut.« JC unterbricht ihn genervt. »Spar dir den Rest für später, kannst ihn ja einfrieren.«

Katka seufzt und verdreht unverhohlen die Augen, und ich habe nicht das Gefühl, dass JC der Grund dafür ist.

So stehe ich also da, vor irgendeinem Komitee in irgendeiner Altbauwohnung, Bierflasche leer, Blase voll, Kleidung nass. Besser mal durch die Haare fahren und am Schnurrbart zupfen, lässt mich nachdenklich wirken. Zigarette wäre gut, sind aber feucht.

Ein Mädchen in zerrissener Jeans klärt mich zu meiner und der Erleichterung aller auf: Da ich nun auf das besetzte Kino aufpasse und quasi als Haussprecher agiere, müsse ich auch Mitglied ihres linksautonomen Komitees sein und mit ihren Zielen – erstens, zweitens, drittens – übereinstimmen. »Du stimmst doch damit überein?«

»Klar«, sage ich trocken, was nicht nur, aber auch daran liegt, dass ich seit geraumer Zeit nichts mehr zum Trinken habe. Jemand findet es toll, dass ich das mache, andere kritisieren hingegen meine schnelle Zusage und den fehlenden kritischen Geist, um für gegeben gehaltene Sachverhalte zu hinterfragen; eine Debatte entbrennt, in der es zwar um meine Funktion, aber nicht wirklich um mich geht. Das gibt mir Zeit, die Gruppe näher in Augenschein zu nehmen. Abgesehen von Katka kenne ich niemanden mit Namen, die anderen nicht mal vom Sehen. Da sind junge und nicht mehr ganz so junge, manche auch so wie ich. Halb Frauen und halb Männer, das haben sie gut aufgeteilt, Respekt. Abzüge in der Wertung gibt es für Markenkleidung, teuer aussehende Armbanduhren, Schmuck und streng gescheitelte bis durchgegelte Frisuren. Die gutbürgerliche Stellung dieser Neohausbesetzer erinnert mich entfernt an Marx und Engels. Vielleicht werde ich das später noch JC sagen, den anderen eher nicht.

»Was hat's eigentlich mit der US-Fahne auf sich, hängt die aus einem bestimmten Grund an der Fassade?« Das Debattieren endet abrupt, selbst der Hund – so nenne ich den Typen, der immer bellt und spuckt, außerdem hat er lange, gelockte, schwarze Haare – verstummt und verschluckt sich fast an seinem Speichel. »Ich mein ja nur«, schiebe ich vorsichtig nach, »das westliche Zeichen für Kapitalismus schlechthin. Da müsste man doch …«

Sechsundzwanzigmal fällt das Wort »Gschissener«, dreimal »Oasch« und einmal »Koffer«.

Sie mögen mich, meine revolutionären Luxusfreunde. Und ich sie auch. Gleich morgen kann ich beim Diskonter damit angeben, jemand Reichen, Wohlhabenden zu kennen, so wie JC. Ehrfürchtig werde ich von diesem Komitee erzählen und mein Ansehen im glasigen Blick der ausgebrannten Kassiererin vergolden lassen. Ich kenn da jetzt nämlich wen.

In der Mehrzahl werden die mysteriösen Schnapsgläser übrigens erträglicher.

Es ist heiß geworden, so richtig, von einem Tag auf den anderen. Instant Sommer. Als ob jemand irgendwo so ein Nescafé-Pulver Sommer-Edition reingeleert und umgerührt hätte, bloß halt nicht in eine Tasse mit heißem Wasser, sondern da draußen in der Natur. Heute gibt es ja schon für alles Instant-Pulver, warum also nur Suppen und Kaffee und nicht auch für den Sommer. Plötzlich ist es heiß. Unvermeidlich werde ich in eine Semmel verwandelt, die gerade in einem gigantischen Backrohr namens Wien eine goldgelbe Kruste erhält.

Die Eingangstüren des Foyers habe ich auf beiden Seiten geöffnet, warum auch immer, das bringt nur warme Luft und Verkehrslärm von draußen rein. Ein bisschen mag ich das Gefühl trotzdem, ich komme mir vor wie an einem anderen Ort, weiter südlich, und zwar in einem Land, in dem ein Márquez-Roman spielen könnte. Fast schon krankhaft wechsle ich zwischen verkrustetem Kaffeehäferl und Zigarette. Doch, der Tag kann was.

Ich drehe die Plastikscheibe bis zum Anschlag und lasse los. Sie schnurrt wie eine Katze und dreht sich langsam zurück. Ich drehe wieder bis zum Anschlag, sie schnurrt wieder in ihre Ausgangsposition zurück. Kunstfellbezüge für Wählscheibentelefone, das wär's.

Vor lauter Langeweile beim Wählen tippe ich mit dem Bleistift durch die Aussparungen in der Scheibe auf die darunter aufgedruckten Ziffern; das Glücksspiel des kleines Mannes. Leider bin ich zu langsam und halte die Scheibe in ihrer natürlichen Rückdrehung auf, das mag das Gerät nicht, ich auch nicht, also nochmal von vorne.

Es schnurrt, es ruckelt, und nach einem metallischen Freizeichen kriecht eine Stimme durch das Telefon, die Kordel, die Hörmuschel und endlich an mein Ohr.

»Filmverleih Gold.«

»Ja, hallo, ich hätte gerne einen Film.«

»Welchen denn?«

»Welche haben Sie denn?«

Für mich völlig unerwartet wird das Gespräch daraufhin beendet. Das ist mir vorher schon mal passiert, und ein bisschen komisch finde ich das halt doch. Also nochmal neu wählen, das Telefonbuch hält noch eine Nummer parat. Dieses Mal gehe ich zielgerichteter vor und frage gleich nach bestimmten Filmen. Ich glaube ja nicht, dass das Bezirks-Kino mit großen Filmtempeln mitkommt – überhaupt muss heutzutage alles ein Tempel sein; Konsumtempel, Lichtspieltempel, nur die Kirche lässt man aus, dabei hätte gerade die das Anbeten am notwendigsten; Infrastruktur wäre auch vorhanden. Ob es auch Toilettetempel gibt? Die Geschäftsidee sollte ich mir aufschreiben. Jedenfalls, zurück zum Kino, man muss da schon eine Nische finden.

Es gibt Kommerz, aber der läuft bereits überall und hätte dem Komitee nicht gefallen, es gibt abgehobene Kunst, aber die ist schon bestens besucht oder macht auf Kommerz für Touristen und Bussi-Bussi-Menschen. Also muss eine Mischung her, nichts Richtiges und nichts Falsches, nicht Fisch nicht Fleisch, was typisch Österreichisches eben. Ein »Ja, eh!« für die Kinoleinwand. Ich stelle mir ein Konglomerat aus Godzilla, Hans Moser und Ödön von Horváth vor und lege mir eine Liste an.

»Marschall Film!«

Das klingt wie ein Befehl, ich stelle mich automatisch stramm hin und salutiere, am liebsten würde ich mich mit Rang und Namen vorstellen. Könnte ich Gefreiter sein? Und was würden meine aufrührerischen Genossen davon halten? Besser nicht. Ich besinne mich also, die Nummern im Telefonbuch finden nämlich langsam ein Ende, daher sage ich meinen Satz auf: »Ich hätte gerne einen Film.«

»Welchen denn!«

Die Liste vor mir habe ich bis auf wenige Kandidaten zusammengestrichen, nur drei Zeilen lassen sich noch lesen. Ich diktiere sie ins Telefon, warte die lange Pause ab und schiebe dann vorsichtig ein »Oder können Sie mir einen Katalog schicken?« nach. Wir einigen uns auf Letzteres, da meine Wunschfilme nicht lieferbar sind und ich Alternativen brauche, wobei ich nicht das Gefühl habe, als ob das mein Vorschlag gewesen wäre.

Ich lege auf und will das Telefon erstmal nicht mehr stören, der Geist in der Maschine soll zur Ruhe kommen. Stattdessen folge ich einem lange unterdrückten Gedanken, wie ein Ausgestoßener wollte ich ihn in die hinterste Ecke meines Kopfes verbannen, was mir aber nie völlig gelungen ist. Ich bin gescheitert, und er war immer irgendwie da. Also lasse ich ihn zu, überwinde meine Feigheit und ziehe ein liniertes DIN-A4-Heft heran und schlage es auf: Außen ist es abgegriffen und speckig, eine Ecke fehlt und es hat viele lose Seiten, weil ich immer mal welche rausreiße und wegwerfe oder an anderen Stellen einsetze. Ich weiß nicht, wann ich es das letzte Mal geöffnet habe, ich weiß nur, es gibt viel nachzuholen. Mit anfänglichem Unbehagen notiere ich ein paar Worte im Heft, ich muss mich überwinden, ein Satz geht sich gerade so aus. Meine Schrift kann kaum jemand lesen, manchmal sogar ich nicht, das werte ich als Vorteil, denn dann bleiben unvollendete Sätze und Gedanken für immer verborgen.

Schweiß tropft aufs Papier. Da muss ich schmunzeln.

»Weit hab ich's bracht.« Mit der Feststellung lege ich meine Zigarette aus der Hand, greife zur zerknüllten Papierserviette und reibe damit an meinem T-Shirt herum. Senf erzeugt die Art von Fleck, die auf jedem Stoff, auf jeder Farbe auffällt, völlig egal, den sieht man immer. Ein bisschen beneide ich den Senf gerade.

Da stehe ich, an einem Würstelstand inmitten einer großen Kreuzung. Neben mir rasen Autos und Mopeds im Sekundentakt vorbei, hin und wieder eine Straßenbahn, die etwas Bewegung in die vor Hitze erstarrte Luft bringt. Auf dieser Betoninsel der Glückseligkeit gibt es keinen Schatten, die Sonne steht ungünstig und der Asphalt versucht mich zu braten, mittlerweile rangiere ich unter medium, meine Haut ist rot und beginnt zu schuppen. Lässig stütze ich mich mit dem Unterarm auf die heiße Blechtheke des Würstelstands und trinke einen Schluck Frucade.

Heute ist mein Tag, denn ich habe einen Plan.

An diesem Stand und an einigen anderen bin ich früher oft und regelmäßig vorbeigefahren, das liegt an Doreen, die mit mir am anderen Ende der Straße gelebt hat und jetzt nach Berlin gezogen ist, einfach so. Eines Tages hatte ich jedenfalls die gesundheitsfördernde Idee, mich durch alle Würstelstände im Grätzl zu essen. Von hier bis zum gedachten Fluchtpunkt, unserer alten Wohnung, wollte ich an jedem Stand einkehren und mir etwas bestellen. Natürlich nicht immer das Gleiche, für eine gewisse Abwechslung bei dieser originalgetreuen Nachbildung eines typischen Wiener Mageninhalts muss schon gesorgt sein. An den Klassikern wird nicht gerüttelt: Burenwurst, Frankfurter, Bosna, Waldviertler, Debreziner und Leberkäs, manchmal auch vom Pferd, oder so, wie gerade eben, eine triefende Käsekrainer. Dazu scharfer Senf, ein Stück Brot – Ausnahme: Leberkässemmel – und eventuell eine Pfefferoni, aber die muss ich nicht immer riskieren. Getränke gibt es auch genügend, ein Bier oder ein Stifterl sind nicht schlecht, es darf aber auch mal ein Keli oder eine Schartner Bombe sein. Bier geht später noch.

Doreen fand die Vorstellung »blöd«. Und obwohl sie die vier Buchstaben deutlich ausgesprochen hat, klang das für mich jedes Mal nach »saudeppert und hirnverbrannt«. Aber sie hat halt blöd gesagt.

Bloß ein einziges Mal will ich diese Vorstellung also ausleben, diese Selbstgeißelung des Verdauungstraktes, mich dem puren Irrwitz stellen! Und vor allem auch sehen, wie weit ich es schaffen und was mit mir passieren würde. Ein bisschen ist mir mein Körper gerade egal.

Auf Frühstück und Mittagessen habe ich verzichtet, außerdem fühle ich mich immer noch etwas verkatert und mein Magen verzehrt sich nach fester, fettiger Nahrung, obwohl der letzte Schluck Alkohol schon zwei Tage her ist. Schade, früher habe ich mehr ausgehalten. Da war Cola Rot die Losung für die ganze Nacht, Filmrisse und das Schlafen auf der Bushaltestelle gehörten zum Rahmenprogramm. Am nächsten Vormittag ging es auf die Uni, im Hörsaal wurde regeneriert und am Abend weiter gesoffen. Goldene Zeiten.

Ich schmunzle über die Bruchstücke und Scherben, an die ich mich noch erinnern kann, verdränge meine Kopfschmerzen in eine Nebenrolle, die aus Zeitgründen hoffentlich bald rausgeschrieben wird, und schiebe mir den Rest der Wurst in den Mund, Senf quillt hervor und ich stopfe schnell mit dem Brotscherzerl nach. Für den Anfang nicht schlecht, auf perverse Art fühle ich mich sogar befriedigt. Man muss das auch immer im Kontext sehen: Eine Wurst muss eine gute Wurst sein und nichts anderes, Spaghetti Bolognese mit Parmesan (Pulver aus der Dose!) ein gutes Nudelgericht abgeben, andere Maßstäbe gelten nicht. Der Fisch wäre ja auch ein schlechter Vogel, wenn man ihn nach seiner Fähigkeit zu fliegen beurteilen würde, und nicht etwa nach seiner Fischigkeit.

Ein Vorteil der einzelnen Käsekrainer: Sie sättigt nicht vollends, der Gusto ist geweckt und will auf seine Kosten kommen, ich darf bloß nicht zu schnell essen. Mein Blick spaziert die Straße runter und stellt sich schon an den nächsten Würstelstand. An den habe ich schlechte Erinnerungen, da hatte ich kein Kleingeld und die Frau des Standlers ist laut fluchend herumgewuselt, um mir das Wechselgeld zu besorgen. Das war so peinlich und gut, seitdem hab ich mich nie wieder hingetraut, bin aber jedes Mal beim Essen im Kopf fremdgegangen und immer hier gelandet. Heute habe ich Kleingeld, alles wird gut.

Ein bisserl anscheißen tu ich mich dann gerade doch.

Nicken, grüßen, bestellen – »Debreziner und ein Keli, bitte!« – und dann, schau an, darf ich mich sogar in den Schatten stellen. Da liegt eine Zeitung, gar nicht mal das schlimmste Revolverblatt, nur furchtbar konservativ. Ich blättere darin, während ich die nächste Wurst Stück für Stück reinwürge, in der Welt passiert ein bisschen was, gefühlt das Meiste diesseits des Atlantik. Der Ostblock, Berlin, viele Verhandlungen. Es ist der Wahnsinn, als ob es keine Grenzen mehr gäbe. Nicht im eigentlichen Sinne, aber so fühlt es sich an. Alles ist möglich, man kann alles tun. So wie ich, ich esse alleine Wurst. Ah, und schau an, ein Fußballmatch war gestern auch, bei so was kenne ich mich ja nicht aus.

An meiner Plastikgabel fehlt ein Zinken, aber das stört nicht, und schon bald ist das Tatzerl leer gegessen, bevor sich das Fett durch den Boden saugt und durchbricht, werfe ich alles in den Müll. Wie lange esse ich schon, eine halbe Stunde? Ich muss an Tempo zulegen, wenn ich das heute noch vor Einbruch der Dunkelheit über die Bühne bringen will. Wie Trommelschläge folgen eine Frankfurter und eine Bosna, und ich kämpfe bereits. Mein Magen bäumt sich erstmals auf, ich orte Subordination, schlucke, auch ohne zu essen, und erstmals bekomme ich eine vage Vorstellung von der Dimension, in der sich dieses Vorhaben abspielt. Eine Waldviertler vollzieht den Abstieg in meinen Magen, die Rebellion brandet auf, kann kaum noch im Zaum gehalten werden. Am nächsten Würstelstand bestelle ich mir wieder eine Käsekrainer mit einem bitteren Kräuterschnaps und Manner-Schnitten, ein Geistesgewitter, wie ich denke, doch das sind nur Fehlzündungen meiner Synapsen.

Taktischer Fehler! Schwitzend und schwankend, fast wie im Rausch oder nach Vergiftungserscheinungen, genehmige ich mir noch eine Semmel. Vermutlich schmeckt sie gut, sofern meine zerstörten Geschmacksnerven noch etwas registrieren können, ich komme mir vor wie Louis de Funès in Brust oder Keule, nein, doch, oh, es ist zu viel. Der letzte Stand wartet auf mich, gleich um die Ecke, er lockt mich und da bin ich fast bei unserer alten Wohnung. Warme, feuchte Luft bläst mir entgegen, ein Potpourri an Gerüchen dringt in meine Nase. Ich muss meinen Wunsch nicht mehr äußern, wie in Trance treibe ich dahin, die Standbetreiberin schneidet mir mit einer Zange und einem langen Messer eine Wurst in dicke Scheiben. Inhaltsleere Hitparadenmusik dringt in meine Ohren ein, hallt unbeachtet von der Hirnschale zurück. Ich klammere mich an einem Mistkübel fest und erbreche.

Erleichterung. Milderung. Trost.

Unbekannte Muskeln pressen meine Augen zusammen, der Magen pumpt seinen Inhalt nach oben, Stoß für Stoß spüre ich die heiße Säure durch Rachen und Mund wandern. Was sich die anderen wohl denken, frage ich mich, scheußlich hört sich das an. In einer Großstadt ist das nichts Ungewöhnliches, außer für Großstadtbewohner, die die Großstadt nicht verstehen; die wohnen geistig schon längst am Land, aber der Umzug ist ihnen zu aufwendig und praktisch ist sie halt schon, die Stadt.

Der Mistkübel, bemerke ich, hat ein Loch im Boden, mein halbverdauter Mageninhalt aus heimischen Brat- und Großküchen rinnt unten wieder raus. Ich schließe die Augen und lege die Arme über Kreuz, um meinem Kopf eine Auflagefläche zu verschaffen, dabei stöhne ich leise, spucke in den Mistkübel. Und ich denke mir, so fühlt es sich also an, wenn sich Träume erfüllen.

Von irgendwo tönt eine bekannte Stimme, kurz spüre ich

eine Hand auf meinem Rücken. Als ich den Kopf hebe, steht sie vor mir: Jo.

Allmählich wird es ein Gemälde. Mit jedem Aufdrücken meines Daumens füge ich eine verschwommene Stelle hinzu, die belebte Straße hinter der Glasscheibe verschwimmt in obskuren Zwischenwelten. Aus meinen Fingertapsern forme ich einen Schnörkel, eine geschwungene Linie, ordne Punkt für Punkt aneinander und male somit ein kaum sichtbares Meisterwerk. Währenddessen brüllt mir eine alte Frau ins Ohr, ihre Stimme überschlägt sich, der Telefonhörer vibriert.

Erschöpft kippe ich mit dem Stuhl nach hinten, bis er auf zwei Beinen balanciert und die Lehne von der Wand gehalten wird. Telefonanschluss gibt es nur im Foyer, ich will aber was von der Welt sehen, also bin ich ans Fenster gerückt. Gegenüber ist aber nur eine vollgekritzelte Hausmauer. Ich kann nicht sagen, ob das gesprayt oder geschrieben wurde, die Schrift sieht hektisch und klein aus und ich schwanke bei jedem Hinschauen, ob das Kunst sein soll. Plakate und Straßenschilder schauen dort drüben auch so aus, nichts ist noch im Originalzustand, wie schön, denke ich.

Daneben ist ein Café, kein Kaffeehaus!, da war ich einmal drin, aber es hat mich nicht so umgehauen. Durch dicke Stoffvorhänge und mit Schlieren geschmückte Fenster tropft das Sonnenlicht wie Sirup, an den Staubschichten kann man die unterschiedlichen Erdzeitalter ablesen und die Gäste gibt es nur in Gruppen sitzend an den Tischen, mit Buckeln und gesenkten Häuptern, so murmeln sie in ihr Bier. In der Ecke gluckern Spielautomaten, neben der Toilette hat sich auf einem Tisch aus Bierkisten und Schalungsplatten ein kleiner Flohmarkt mit Antiantiquitäten aufgebaut. Abgeschlagene Bilderrahmen mit verblichenen Fotos, leere Schatullen, Münzen – Kronen, versteht sich –, Briefmarken, ein verstaubter Bierhumpen mit Sprung. Und halt NS-Devotionalien. Hakenkreuzkaffeehäferl samt Untertasse. Der Tisch scheint überhaupt das Zentrum dieses Dreckuniversums zu sein, von ihm geht eine destruktive Macht aus, die das ganze Café verramschen lässt, Ringe aus längst zerfallenem Zeug und Schmutz legen sich um ihn, heute stehen am Gehsteig sogar goldene Vogelkäfige samt Inhalt.

Das hat zu verschwinden, denke ich und stoße mich mit einem Ruck von der Wand ab, Körper und Stuhl kippen nach vorne zum Scheitelpunkt, genau richtig, und dann schwinge ich wieder zurück, in der Position bleibe ich dann auch. Ein kompliziertes Spiel mit physikalischen Kräften und biologischen Abläufen, einfach so, weil ich es kann.

Auf dem Tisch neben mir steht das Telefon, orange und speckig, daneben ein Block mit Zahlenkolonnen, manche davon durchgestrichen, andere geschwärzt.

Die alte Frau brüllt mich noch immer an, meine Geduld hat Leck geschlagen und den Bug unter die Wasserlinie gezogen und ich lege wortlos auf, die druckausgleichenden Beschimpfungen spreche ich nachher aus. Sie kann ja nichts dafür.

Seit unserer letzten Begegnung kann ich mal wieder nur an sie denken; also an Jo, nicht an die alte Frau. Meine Kopfdiskette ist voll mit Bildern von ihr, die meisten existieren nur in meiner Vorstellungskraft; data overflow. Sie trug die bunte Stoffhose, darüber ein T-Shirt mit einem großen gelben Smiley, die Hände tief in den Taschen vergraben. Und sie hatte ein Nasenpiercing, über das ich ständig grübeln muss. Ich frage mich, ob sie das bei unserer ersten Begegnung auch schon trug.

Stammelnd und würgend, ich hing immerhin noch über dem vollgekotzen Mistkübel, fragte ich nach ihrer Telefonnummer.

»Dachte schon, du traust dich nicht.« Jo grinste und zarte Grübchen erschienen um ihre Mundwinkel, wie fein geschwungene Klammern.

»Und?«

»Musst du dir schon verdienen. Kenn dich ja kaum.« Dann hat sie mir eine Nummer auf meine vollgeschmierte Serviette geschrieben, die letzten zwei Stellen aber weggelassen.

Hundert Möglichkeiten.

Wenn ich zu ihr durchkommen würde, hätte ich es verdient. Und ich wüsste, welche neunundneunzig Menschen sie nicht war.

Deshalb sitze ich mit Bauchweh hier, rauche Zigarette um Zigarette, rufe mich durch und spreche mit fremden Leuten, die nicht Jo sind.

Ich glaube, ich bin etwas.

Durch logisches Denken, wildes Rumraten und Numerologie aus einem Taschenbuchratgeber versuche ich die zwei letzten Ziffern schon vor der hundertsten Kombination zu treffen. Die höchsten und niedrigsten Varianten sind schon weg, dazu auch einige Schnapszahlen und ein paar, die ich halt einfach gut fand, 91 zum Beispiel. Solange es aber nicht Jos Anschluss ist und sie abhebt, lande ich entweder bei Ansagebändern, deren kalte Stimmen mir erklären, ich würde hier niemanden erreichen, und mich damit erlösen oder in skurrilen Telefondialogen. So wie eben, als ich das Gerät einer alten Dame zum Scheppern brachte und sie mich als Trickbetrüger überführen wollte. Manchmal hebt beim ersten Versuch auch niemand ab, dann ist der schlimmste Fall eingetreten, ich summe mit dem Freizeichen im Takt und kreise die Nummer für später ein.

Die stumpfe Bleistiftmine kratzt über das Papier, ich streiche die nächste Nummer durch; es ist Routine. Dann greife ich wieder zum Hörer, wähle mit meiner schon schmerzenden Hand die mir bekannten Ziffern und ergänze am Schluss um zwei noch nicht verwendete. Ein Mann hebt ab, er lallt. Also eher nicht Jos Anschluss. »Tschuldigung, verwählt.«

»Schod, bei uns gabat's nämli Schnitzl. Ans schaut imma aus wie Östarraich!«

Mir bleibt der Mund offen. Ich will dazu eigentlich noch etwas fragen, bevor ich auflege, doch der Mann am anderen Ende der Leitung kommt mir zuvor und übernimmt das für mich. Ich streiche die Nummer wie gewohnt durch, schreibe mir in Klammer aber »Schnitzel« dazu. Man weiß ja nie, Tiefkühlkost wird meinem Magen allmählich zu einseitig, der Körper hat mitbekommen, dass da was nicht stimmt.

Die ganze Sache erinnert mich an JC, der einmal mitten in der Nacht angerufen hat, also mit umgekehrten Rollen und völlig betrunken. Durch den Hörer krachte die Titelmusik dieser neuen Detektivserie mit Tom Selleck, Magnum, wie er mir ganz aufgeregt erzählte.

»Und, hast es erkannt?«

»Du hast doch gerade Magnum gesagt?«

»Genau!« Auf einen Rülpser folgte eine Pause, die entweder von der Unüberlegtheit seiner Handlung oder dem Grad seiner Alkoholisierung zeugte. »Ciao!«, und er legte auf.

Ob sich meine Opfer aus Versehen heute auch so fühlen wie ich damals?

Mit Bestimmtheit drehe ich zum wievielten Mal die Wählscheibe bis zum Anschlag, mein Handgelenk tut weh, außerdem scheint der 9er zu klemmen und ich bin mir nie sicher, ob die Elektronik ihn wahrnimmt, oder ob ich nochmal, aber fester drehen soll, und schon höre ich eine Frauenstimme. Für einen kurzen Moment fühle ich mich erleichtert, siegessicher, von einem Fluss warmer Freude durchströmt. »Jo?«

»Eigentlich heiße ich Cindy«, sagt eine schüchterne Stimme. Eine Stimme, die im Dunkeln verborgen liegt, die nicht recht mit mir reden möchte, es aber trotzdem muss.

»Tschuldigung, verwählt.« Das Auflegen habe ich bis aufs Letzte ritualisiert, radikal habe ich alles Unnütze weggestrichen, bis nur noch diese zwei Wörter und eine schnelle Handbewegung übrig geblieben sind.

»Warte! Du bist bei mir schon richtig.«

»Ach so?« Meine freie Hand schwebt über der Gabel. Telefonate sind teuer und jede Gesprächsminute kostbar, wenn man hundert an der Zahl plant und keine Ahnung hat, wer am Schluss die Rechnung begleichen wird.

»Du kannst mich auch Jo nennen, wenn dir das lieber ist.« Die Stimme klingt zu sanft, außerdem spricht sie Jo falsch aus, mit diesem Dsch vorne dran, das da nicht hingehört. Jo, wie der Fruchtsaft, so simpel ist das. Aber wichtiger: Endlich überreiße ich die Situation, in die ich da reingeraten bin, ich glaube zu verstehen und will mich endgültig ausklinken.

»Wir werden uns schon einig«, hakt die Stimme unwillig nach, lockt widerstrebend mit ihrem Finger nach mir, lässt abgetragene rote Strümpfe blitzen. Billiges, süßliches Parfüm.

»Ach so«, sage ich, dieses Mal nicht mehr fragend, sondern verstehend, und ziehe das »o« von »so« in die Länge, um Zeit zu gewinnen. Meine Gedanken sind ein leeres Schlachtfeld, die kleinen Männchen im Kontrollraum in meinem Kopf laufen Amok, springen über die Tischreihen, reißen sich Haare aus und werfen Papiere mit wichtigen Berechnungen in die Luft. »Nein, danke. Ich suche eigentlich was anderes«, und ich lege auf.

Der Bleistift kratzt über das Papier, streicht die nächste Nummer aus. Dieses Mal schreibe ich nichts dahinter.

Ich greife zum Telefonhörer und versuche ein paar Nummern, bei denen im ersten Anlauf niemand abgehoben hat, dabei erreiche ich ein Kind, das lacht. Einen Mann, der weint. Und einen Installateur, der mir in den nächsten Monaten »sicher keinen Termin!« anbieten kann.

»Zeitverzögerungsfakultät, Außenstelle Wien?«

Die schläfrige Stimme verwirrt mich, allerdings nicht so sehr wie das erstaunlich lange Freizeichen. Mir rutscht ein »Oida, was?« raus, der Tag ist schon lang und meine sprachlichen Fähigkeiten beschränken sich indes nur noch auf ein Minimum.

»Zeitverzögerungsfakultät, Außenstelle Wien«, belehrt mich der Schläfer, mit jeder Silbe schüttelt er den Staub seiner Müdigkeit ab, büßt aber gleichzeitig nichts von seiner Behäbigkeit ein.

In mir zünden Gedanken wie Feuerwerke, ich denke sofort an Zeitreisen, wissenschaftliche Experimente, ein geheimes Ministerium und riesengroße Maschinen mit Kabeln und Rohren.

»Unsere Anhänger haben es sich zur Aufgabe gemacht, ihre Leben bewusster zu gestalten und damit eine Entschleunigung des Alltags zu erreichen«, fährt die Stimme fort, nun halbwegs aufgewacht.

Ah, eh, denke ich mir, trotz der fast überzeugend vorgebrachten Gedanken fällt meine Begeisterung in sich zusammen wie eine Hüpfburg mit Loch. »Tschuldigung, verwählt.« Meine Hand schwebt bereits über der Gabel, drückt aber noch nicht runter. »Aber Dankeschön, dass Sie sich für mich Zeit genommen haben.«

Die Mine meines Bleistifts ist allmählich so abgestumpft wie meine Hoffnung, zum Durchstreichen genügt sie mir gerade noch. Für den Notfall habe ich einen Spitzer mitgebracht.

Die nächste Nummer wird gewählt, die Zahlen sind schon ziemlich hoch, die Wählscheibe rattert.

»Hast es endlich geschafft?«

Ich kann ihr Grinsen sehen, die Grübchen um die Mundwinkel, das Nasenpiercing, die ständig bunten Stoffhosen.

Jo, ich habe sie gefunden.

Damit fängt der Ärger erst an.

Veränderung ist die einzige Konstante im Universum. Außer vier. Die Zahl vier wird immer vier bleiben. Natürlich nicht, wenn Außerirdische angreifen, aber das ist eine andere Geschichte.

Mit diesen Gedanken wache ich auf.

Draußen rauschen Autos und läuten Straßenbahnen, ich glaube auch, Wind durch das offene Fenster zu hören, der die Blätter der Bäume rascheln lässt, die Meeresbrandung der Großstadt, doch Fehlanzeige, in der Straße gibt es keinen einzigen grünen Flaum, mit einer Ausnahme: das Moos am Dach des Gemeindebaus schräg gegenüber.

Jemand zieht mir die Bettdecke vom Körper, dann klappert es in der Küche, eine Tür geht quietschend auf oder zu, ich weiß es nicht. Ein Luftzug streicht über meinen Körper, ich merke, ich bin nackt und schlage die Augen auf. Spinnweben zittern am Plafond, sie hängen da wie ein Deckenfresko, nicht ganz so pompös, doch vermutlich ähnlich alt.

Eigentlich möchte ich nicht aufstehen.

Schlaftrunken setze ich behäbig meine Füße auf den kalten, abgewetzten Holzboden, mir gelingt ein Schritt nach dem anderen, und ich finde mich in einer kleinen Wohnküche wieder. Ein bedrohlicher Stapel Pizzakartons reicht bis zur Decke, und ich frage mich, ob Jo etwa Pizzas bäckt oder ausliefert, doch bei näherer Begutachtung schlägt mir der Geruch von kaltem Fett, kaltem Käse, kaltem Schinken, kalter Salami, kalter Ananas und irgendetwas, das genauso kalt ist und schimmelt, auf die Nase. Also keine Pizzabackstube, hoffentlich. Am Herd gluckert ein Teekessel fröhlich vor sich hin, er bereitet sich auf sein Lied vor, doch niemand schenkt ihm Aufmerksamkeit. Es läutet nämlich an der Tür.

Läuten ist zu viel gesagt, es ist mehr das Krächzen einer kaputten Klingel, die sich nur noch schwermütig an ihren ursprünglichen Daseinszweck erinnert.

»Ich kacke!«, ruft Jo von irgendwoher. Es krächzt erneut an der Tür und Jo wiederholt ihren Ausruf: »Ich kacke!«

»Aber ich bin nackt«, denke und erwidere ich, der Verbleib von T-Shirt und Hose ist mir ein Rätsel; Rundblick durch die Einzimmerwohnung, ohne Erfolg.

Wir haben nackt nebeneinander geschlafen. Das war ihr Vorschlag, damit wir uns nicht mehr vorstellen müssen, wie wir ohne alles aussehen. »Ich habe das nie getan«, habe ich leise gesagt.

»Aber ich«, antwortete Jo. »Wenn wir das Äußerliche erledigt haben, können wir uns innen besser kennenlernen. Außerdem sind das nur Geschlechtsteile, die hat ein jeder und deine sind nicht die ersten, die ich sehe.«

Beim Schlafengehen war ich so aufgedreht, ich wusste nicht, wie ich mich verhalten sollte. Aus dem Abend wurde Nacht und die Nacht so spät, ich hatte nicht vor, so lange zu bleiben und dann fuhr keine Straßenbahn mehr. Couch oder so gab es nicht, also war Jo pragmatisch. Ich lag mindestens eine Stunde starr wie ein Brett unter der Decke. Das war verrückt, ich kannte die Frau doch kaum! Beruhigt hat mich dann erst ihr röchelndes Schnarchen, aus ihrem Mund rann sogar ein bisschen Sabber. Ich fand das schön.

»ICH KACKE!« Nun schreit sie, hartnäckiger als zuvor, als müsse ich endlich ihre Erklärung akzeptieren und handeln. Es klingelt, jemand muss aufmachen, und ich bin der einzige verbliebene Kandidat. Wie in einer Spielshow.

Unschlüssig gehe ich zur Wohnungstür, meine Hand zittert. Warum tue ich mir das an? Aber noch bevor mein Hirn eine Antwort finden kann, hat meine Hand auch schon den Schlüssel umgedreht und die Tür geöffnet.

Vor mir steht der Postler, in der Hand ein Paket in der Größe eines Schuhkartons. Er kaut Kaugummi.

Ich starre ihn an, warte, was jetzt wohl geschehen wird. Sein Blick wandert von meinem Gesicht abwärts, ich spüre ihn, über Brust, Bauchnabel bis zu meinen Hüften, da bleibt er ruhen. Mein Penis hängt auf der linken Seite hinab. Mir ist kalt.

Der Blick des Postlers wandert ohne sichtbare Reaktion zu meinem Gesicht, dann wieder runter, wieder rauf und wieder runter, in meinem Kopf geht das hundertmal so. Wer sich von uns zweien mehr schämt, lässt sich nicht ausmachen, in der Natur des Menschen liegt nur ein Blatt Papier zwischen dem Selbst- und Fremdschämen. Manchmal ist es dasselbe.

»ICH KACKE!«, ruft eine Jo aus dem Hintergrund, die wohl immer noch glaubt, ich hätte die Tür noch nicht geöffnet.

Der Postler schaut mich an, ich schaue ihn an, und in der kleinen Wohnküche beginnt der Teekessel auf dem Herd zu pfeifen. Eine musikalische Untermalung beginnt, regelmäßig unterbrochen durch den schriller werdenden Ruf aus dem Klo; sie kackt, sie kackt.

»Ein Paket«, sagt er.

»Ja«, sage ich, »das sehe ich. Für wen?«

»Top 12, Matejka«, sagt er.

»Ah«, sage ich, stecke den Kopf aus der Wohnung und überprüfe die anderen Türschilder. Tür 11 ist links, Tür 12 ist rechts, ich schlussfolgere wackelig, ich könnte mich in Top 10 befinden und wundere mich sogleich über das fragwürdige Nummerierungssystem. »Ich weiß nicht, ob ich das …«

»Doch, doch!« Jo schon wieder. »Wir nehmen, wir nehmen es an! Her damit.« Die Klospülung ist so laut, man könnte meinen, eine Sturzflut wird sich jeden Moment in das Stiegenhaus ergießen und alles in ihrem Weg mitreißen; den Postler und mich inbegriffen.

Mir wird das Paket in die Hand gedrückt, der Postler notiert etwas auf seinem Klemmbrett. Dann schaut er ein letztes Mal auf meinen Penis hinab. Er schüttelt den Kopf und tritt den Rückzug an.

Ohne Vorwarnung zieht mich Jo zurück in die Wohnung, nimmt das Paket an sich und reißt es ungeduldig auf.

»Aber das ist doch gar nicht für dich.«

»Gerade deswegen ist es ja so spannend! Wie soll ich denn sonst wissen, was da drin ist?«

Ich versuche ihrer selbstgedrehten Logik zu folgen und etwas dagegenzuhalten, ein Stoppschild oder so, doch das Paket ist schon offen. Euphorisch reckt sie den Inhalt in die Höhe, einer Trophäe gleich: eine altmodische Kaffeemühle. Vorsichtig stellt sie das Diebesgut auf eine Kommode und dreht am Hebel, doch außer einem Rasseln passiert nichts. »Kaputt.« Jo bemerkt meinen entrüsteten Blick, also lässt sie sich zu einer Erklärung herab. »Bis vor ein paar Monaten hat meine Oma nebenan gewohnt, die bekommt immer Schrott zugeschickt. Sie ist umgezogen, deswegen kümmere ich mich manchmal um ihre verlorene Post und bring sie ihr vorbei.« Dann murmelt sie noch einen Nachsatz in ihre Hand, aber den kann ich kaum verstehen, am Ende klingt es so wie »entspann mal.«

Trotzig zieht sie ihre leopardengemusterte Jogginghose nach oben und tänzelt in die Küche, sie lacht. »Magst du kalte Pizza zum Tee?«

Heute haben wir noch eine Chance gegen die schweigende Übermacht der Maschinen, denke ich und schlage zu, vielleicht irre ich mich aber auch gewaltig. Im Metallkasten knackst es, danach verströmt er ein tiefes Brummen und im Kinosaal flackern die Lampen trotzig auf. Der Regler für die Saalbeleuchtung ist kaputt, in diesem Kino gibt es keine Zwischentöne mehr, nur noch hell oder dunkel. Das herabfallende Licht spült die auslaufenden Was-wäre-wenn-Gedanken hinfort, es laufen gerade die letzten Takte der Filmmusik, Chopin wird durch den Synthesizer faschiert, dazu nähert sich eine endlose Liste von Namen ihrem Ende.

So ein Abspann löst in mir ein Gefühl des Übergangs aus, das mag ich. Er bricht die stille Gemeinschaft der Kinogeher auf und gibt jedem die Zeit, um sanft in die Realität zurückzugleiten, vorausgesetzt, man möchte das.

Mir stellt sich diese Frage nicht. Ich muss die Türen öffnen, stehe kurz darauf tatsächlich wie ein Aufseher im Rahmen und schaue in den Saal. Letzte Vorstellung für heute, es war auch die einzige.

Eine Handvoll Zuschauer hat sich am Abend hierher verirrt. Das ist ungefähr eine halbe Hand mehr als beim letzten Mal und zugleich eine stattliche Menge, wie mir der letzte Filmvorführer später am Telefon bestätigen wird. Er wird überrascht sein, dass überhaupt jemand gekommen ist. Ich bin's ja auch. Niemand interessiert sich für das Bezirks-Kino, nicht mal die Pseudohausbesetzer, meine Genossinnen und Genossen vom KzsAdkV, wollen noch wissen, was in »ihrem« Haus passiert. Die Menschen im Saal blinzeln wie frisch geschlüpfte Vogeljungen, mit Augen wie verklebten Schlitzen. Ein paar kenne ich schon, sie waren auch die letzten Wochen über hier.

Der Mann Ende vierzig mit Halbglatze, er kommt meistens angeduselt, setzt sich in die erste Reihe und schläft nach der Werbung ein. Letztens wollte er Bier reinschmuggeln, ich habe ihm gesagt, das wäre nicht nötig. Er kann die Flasche auch so reintragen.

Das junge Paar, zwei Teenager, die nicht voneinander lassen können, sich anstrahlen, küssen, streicheln und wohl auch sonst nur ins Kino gehen, um ein paar Minuten ungestört sein zu können. Wenn ich die zwei sehe, muss ich unwillkürlich schmunzeln, ein Reflex, und dabei rieche ich frisch gemähtes Gras und Sommerregen. Junge Sommerliebe, die machen alles richtig, denke ich mir. Hoffentlich gehen sie nachher raus und machen die Stadt unsicher, niemand wird sie aufhalten können.

Es gibt da noch diesen Typen mit dem wuchtigen Schnurrbart, der wie eine Stoßstange im Gesicht aussieht, er trägt einen Staubmantel und setzt sich in die letzte Reihe. Er ist mir so suspekt wie diese neue Bankwerbung mit der rülpsenden Ziege, allerdings will ich aus Rücksicht auf mich gar nicht näher wissen, was ihn da immer hintreibt. Er zahlt und verhält sich ruhig, mehr darf ich nicht erwarten. Von ihm habe ich noch nie Hinterlassenschaften gefunden, das unterscheidet den Typen mit dem wuchtigen Schnurrbart von anderen.

Da sitzen noch andere Menschen im Saal, doch die sind Teil ihrer eigenen Erzählung und haben für meine Geschichte keine Relevanz.

Das Kino leert sich, was bei so wenigen Zuschauern nicht schneller, sondern langsamer vonstattengeht, irgendein Phänomen wird man dafür noch erforschen müssen; das mag an dem Zeug liegen, das ich denen immer andrehe. Mit Besen, Kehrschaufel und Mistsack rücke ich dem zurückgelassenen Dreck zu Leibe. Das Popcorn mache ich nur einmal frisch und wärme es danach wieder auf, bis die Portion ausverkauft ist. Die Süßigkeiten für die Naschbudel kaufe ich nicht beim Diskonter, sondern im Konsum, die Leute gieren ja nach Markenprodukten mit fetten Preisaufschlägen, das erwartet man im

Kino. Die Sortimentsliste habe ich mit der Hand geschrieben und an die Theke geklebt, das erinnert mich an den Greißler, zu dem ich als Kind alleine einkaufen gehen durfte. Die meisten Süßigkeiten esse ich übrigens damals wie heute selbst, deshalb habe ich auch gerade ein zerknülltes Stanniolpapier in der Hosentasche; darin eingewickelt war ursprünglich ein kantiger, harter Block aus dunkler Schokolade und Krokant.

Im Saal ist es stickig und warm, es riecht nach zurückgelassenen Sehnsüchten, Bier und Schweiß. Ich kümmere mich darum.

»Jemand da?«

Es ist JC, er hat sich für ein Danach angekündigt. »Ich brauch noch ein bisserl!«, rufe ich ihm aus dem dampfenden Saal entgegen, dabei halte ich einen halb aufgegessenen Becher Popcorn in der Hand. Zwischen den aufgeplatzten Maiskörnern kann ich keine ekligen Rückstände erkennen, Schweißfinger zählen nicht, also fläze ich mich in den nächsten Sessel, lege die Beine hoch und fange an, das kalte Zeug in mich reinzuwürgen. Unter den salzigen Körnern sind auch ein paar süße, das mag ich, manchmal mische ich sie absichtlich dazu.

Popcorn heißt auf Niederländisch übrigens pofmais. Kann man lustig finden und sich merken, so wie ich.

Mitleid, das ist in dem Moment mein erster Gedanke, als ich JC sehe, er tastet sich wie ein junges Kalb auf wackligen Beinen in den Kinosaal und schaut mich mit großen Augen an. Er schwankt, und wenn ich näher an seinem Gesicht wäre, könnte ich seine Fahne riechen. Neid auf dieses geile Leben, mein zweiter Gedanke.

»Scheinst mir ja hart zu arbeiten. Schwerer Fall von Leerlauf, was? Los, lass uns abzischen.« Das Ende des Satzes habe ich kaum verstanden, ist nur eine Vermutung, JC klingt wie eine lispelnde Schlange.

»Muss das erst fertig machen.« Mit bedeutungsschwangerer

Geste und Popcorn in der Faust deute ich in die Leere des Kinosaals. Eigentlich nur durchkehren und Licht abschalten, und selbst das müsste ich nicht machen, kontrolliert ja niemand, aber JC braucht nicht alles zu wissen, schadet ihm zur Abwechslung mal nicht.

Die Szene dauert ihm sowieso zu lange. Er tastet sich in den Saal und gleitet in den nächsten Sessel, dort zerfließt er wie das Stangerleis in Reihe zwei. Scheiße, das pickt und zieht Ameisen an, vom Putzen ganz zu schweigen.

Wir rufen uns über die Entfernung Sätze zu, ein Tabubruch, endlich mal tun, was man sonst nicht im Kino tun darf. Die Hosen lassen wir aber an. »Was gab's denn heute überhaupt?«, will JC von mir wissen.

»Tiefkühlpizza.« Ich; schlagfertig.

»Im Kino, du Dodl.«

»Der Großrechner«, schnaufe ich und stopfe mir gierig die nächste Faust mit Popcorn in den Mund, fast ringe ich nach Luft.

»Muss ich den kennen?« Mit einem Mal wirkt er nachdenklich, der JC, das gefällt mir und ist ungewöhnlich. Demut schadet ihm nicht.

»Weiß nicht, was du kennen musst«, dabei zucke ich unbeteiligt mit den Schultern, gleichzeitig kriege ich Durst und glaube zu fühlen, wie meine Lippen austrocknen und Runzeln bilden, die aussehen wie die Stirnen alter Leute. »Im Original heißt er Calculable, aber die deutsche Synchro übertreibt's wie immer, da heißt er halt Der Großrechner – Alle sind vernetzt! So ein SciFi-Streifen aus den 70ern, hat sich aber gut gehalten.«

In einer unbestimmten Zukunft, irgendwann um das Jahr 2000 oder 3000, tragen alle Menschen klobige Armbänder aus Hartplastik am Handgelenk. Die Dinger vermessen das Gehirn und schicken die erfassten Daten an den titelgebenden Großrechner – ein Würfel mit monströsen Abmessungen in einem dunklen Raum. Wenn die tiefe Computerstimme spricht, schießen rot gleißende Blitze in Richtung Kamera. Jedenfalls, der Computer erstellt für jedes Gehirn dieser Welt eine Simulation und berechnet daraus alle anstehenden Entscheidungen, die Menschen haben ihr Leben danach zu richten. Wer nicht spurt oder selbst nachdenkt und von den berechneten Entscheidungen des Großrechners abweicht, wird von einer Spezialeinheit gejagt und in Extrapolationslager gebracht. Dem kalten Faschismus steht ein muskelbepackter Held mit blonden Schmalzlocken, Augenklappe und drögen Phrasen gegenüber. Er fällt durch das Raster, wird vom totalitären Staat gejagt und zerstört am Ende den Großrechner, um die Bevölkerung von ihren technokratischen Fesseln zu befreien; Liebesgeschichte mit einer bekannten Musikerin inklusive. Untermalt wird der Streifen von einem harten Soundtrack aus Rock- und Elektromusik. Sylvester Stallone spielt eine Nebenrolle, aber das macht nichts und war halt damals so etwas wie ein Gesetz.

Ich rattere also die Beschreibung aus dem Filmkatalog runter. JC ist allerdings völlig in sich verloren und starrt an mir vorbei, ich glaube, er hat ein inneres Paar Augen und sucht damit gerade seinen Verstand ab. Die Automatik hat übernommen und er fischt eine Zigarette aus der Packung, erst jetzt richtet sich sein Blick fragend auf mich. JC muss wirklich fertig sein, das bewundere ich ein klein wenig: so sehr leben, ohne Rücksicht auf Verluste.

Meine Schultern zucken als Zeichen der Gleichgültigkeit auf und ab, dabei stelle ich mir den unsichtbaren, tief in mir verborgenen Mechanismus komisch vor, interessanterweise muss ich an Federn und Gewichte denken, nur vereinzelt an Knochen. Zigaretten haben in alten, ehrwürdigen Kinosälen mit Resten von Stuck und rotem Samt zwar nichts zu suchen, aber das hier ist eh nix Langfristiges, außerdem hat es den Charme eines Praterbordells.

»Du äscherst auf den Boden.«

»Und?«

»Ich mag das nicht wegmachen. Pass auf.«

»Trottelei.« Widerwillig folgt JC meiner Bitte, packt die restlichen Zigaretten in die Innentasche seines Sakkos und äschert in die dann leere Schachtel.

»Lass uns das heute verschieben«, sage ich. »Weißt, es ist gerade ein bisserl Oasch.« Das war ein Seufzen aus der Seele. Ich habe ein Popcorn verschluckt. Die Illusion des Zelluloids ist endgültig verflogen.

JCs Mund steht offen wie der Schlund am Heck eines Müllwagens, er sieht mich an, als ob ich ihm gerade die strikte Ablehnung aller drei Star-Wars-Filme an den Kopf geworfen hätte. Tatsächlich habe ich mich nur aufgerafft und ein Gefühl ausgestoßen, ich bin selbst überrascht, was dem Gefühl der Star-Wars-Ablehnung nicht unähnlich sein dürfte.

»Wegen dem Kino?«

Wie der Geschützturm eines Panzers gleitet mein Kopf von einer Seite zur anderen, konventioneller ausgedrückt: ich schüttle ihn.

»Nein, so ein neues Leben ohne Einschränkungen ist seltsam. Ich komm aus dem Trott nicht raus, auch wenn ich nicht ins Büro muss, keine Doreen da ist. Ständig quäle ich mich mit Fragen, was sein kann, was sein wird und wie es sein wird, aber nicht damit, was gerade ist.« Meine Finger pflügen wie Kammspitzen durch die Haare, dann taste ich mit ihnen meine Taschen nach Zigaretten ab, hab keine mehr, JC hilft mir aus und schnippst mir eine zu. Im Moment darauf weiß ich nicht mehr, ob ich ihm meine Gedanken so auseinandergesetzt habe oder anders oder gar nicht und ob wir nicht über was gänzlich anderes gesprochen haben, Musik oder Filme oder so. Auf keinen Fall Star Wars.

»Echt jetzt«, murmelt JC, ich höre die zwei Wörter eigentlich nicht, sehe nur, wie er einen langen Zug von seiner Zigarette nimmt und denkt; er kann nicht fassen, was er gerade von mir zu hören bekommt. Dann lapidar, mit letzter Kraft für diesen Gedanken: »Du sitzt echt auf der falschen Seite des Vorhangs.« Ungläubig schüttelt er den Kopf. Panzergeschütz.

Das ändert nichts an meiner Verfassung.

Seit den letzten Tagen fühle ich mich unruhig, getrieben, aber ohne Weg, Sinn und Ziel. Wenn ich mal wirklich etwas anpacken will – ich denke an mein Heft, das unter Schichten von Müll begraben oben in meinem Raum liegt und nur noch von ausgebildeten Archäologen gefunden werden kann –, schaffe ich es nicht, diese stete Unruhe in eine produktive, zielgerichtete Bewegung umzumünzen.

Stattdessen scheitere ich an mir selbst. Deshalb möchte ich für den Rest des Abends nur hier sitzen, Popcorn in mich reinstopfen und warten, bis irgendwas besser wird; das wär's.

Natürlich hält das JC nicht davon ab, mir mit seinem einen Semester Psychologie zu kommen, das er mehr in Beisln und auf Studentenpartys als im Hörsaal verbracht hat, er will in mich reinbohren, aber die Wunde hat sich schon geschlossen, ich blocke ihn wie ein Eishockeyspieler ab und dränge ihn an die Bande. »Reicht schon wieder«, ich kann mein präpubertäres Gejammere auch alleine abziehen.

Die Freiheit lastet auf meinen Schultern, und ich werde schon irgendwie mit ihr fertig werden.

Wir unterhalten uns dann über einen anderen Film, den ich gerne fürs Kino bestellen würde, er heißt Crashtest-Dummies und erzählt eine Geschichte aus deren Perspektive.

JC meint: »Ist ja klar, dass du dir den aussuchst.«

Ich will ihm noch von der Zusammenfassung erzählen, doch er hört nicht mehr zu. Es geht um vorgetäuschte Freiheit und Schienen, auf denen man seinem Unglück entgegenrast. Fast habe ich Angst, jemand könnte mein Leben verfilmen. Das wäre die langweiligste und zugleich bedrückendste Verschwendung von Zelluloid aller Zeiten, noch vor Heaven's Gate.

Noch bevor ich zu Ende geredet habe, springt JC auf. Der Springteufel scheint wieder aufgezogen, das lässt er mich auch sofort wissen: Ich bräuchte eine Therapie oder so was, er müsse mich schon wieder zwingen, aber er nehme die Herausforderung an, er werde mich schon knacken, dabei höre ich kaum zu, verstecke mich zwischen Unlust und Popcornresten. Ich brauche eine Pause von mir selbst. Die letzten Tage kam mir nicht mal Jo in den Sinn. Jo!

»Kommst du jetzt mit oder muss ich dir erst den Popcornkübel aus der Hand reißen, über dir ausleeren und deinen Schädel durch den Boden stecken?«

Abwartend schaue ich meinen aufgebrachten engsten Freund an, stecke mir provozierend eine einzelne Popcornflocke zwischen die Zähne und kaue sie langsam, sodass es aus meinem Mund quietscht. »Das würdest du tun, Bob? Das würdest du wirklich tun?«, frage ich mit verstellter Stimme und so, wie ich mir einen Computer vorstelle.

»Was? Wer ist jetzt auf einmal Bob?«

»Der Held aus dem Film.«

»Geh bitte, du Beidl.«

Ich grinse zufrieden und stecke mir noch ein Popcorn zwischen die Zähne. Es ist meine Welt, ich habe die Macht, auch wenn ich sie nicht zu nützen weiß. »Also?«

Ich spiele unfair. Wir haben ausgemacht, nach der Filmvorstellung etwas trinken zu gehen, gleich hier ums Eck, nur ja nicht ins grindige Café gegenüber. Da konnte ich noch nicht wissen, wie sehr mein Leerlauf mir an diesem Abend eine reinhauen würde. Außerdem will JC mich ja doch nur die halbe Zeit über Jo löchern, was ein bisschen unangenehm ist, weil ich ja selbst kaum etwas über sie weiß.

Auf meinen Lippen hat sich eine Salzwüste gebildet, sie sind trocken, verkrustet und spröde, mein Rachen kratzt, aber ich will nicht aufhören mir das Zeug reinzuschaufeln. Ein Bier wäre gut.

JC mag kein Popcorn, seltsam. Ihm wird es aber ohnehin zu viel, er macht einen Hechtsprung auf mich zu, reißt mir den Kübel aus der Hand und stülpt ihn mir verkehrt herum auf den Kopf. Der Boden gibt nicht genügend nach, dazu ist meine Schädeldecke zu stumpf oder der Kübel zu stark.

»Okay, okay, ich hab's ja verstanden«, sage ich, greife blind in meinen Schoß und schiebe mir ein paar Popcornflocken unter den Kübel und in den Mund. »Aber du musst mir erstmal ein paar Bier zahlen.«

Ich bin nämlich pleite.

❀

Das Auto riecht nach beige. Wirklich, zum ersten Mal in meinem Leben kann ich eine Farbe riechen, meine Überzeugung ist unumstößlich. Jedem, dem diese Gabe nicht zuteilward, kann ich den Geruch nur mit Verlusten auf herkömmliche Weise und in Worte übersetzen, wobei die Metaebene völlig verloren geht: In Jos Kiste stinkt es, als ob etwas verwest wäre. Sie glaubt das auch: »Ich glaube das auch.«

Nicht nur deshalb halte ich meinen Kopf die meiste Zeit aus dem Fenster.

Jo ist eine ungewöhnliche Frau, was in diesem grauen Jammertal von Betonstadt keine große Kunst ist. Eine Kunst hingegen ist es, aus der Szene der Ungewöhnlichen in dieser Betonstadt hervorstechen zu können, es aber nicht zu tun. Ich glaube, das ist Jo. Und so ungewöhnlich wie sie für die Stadt ist, ist es das Auto für unsere Zeit: Jo fährt einen alten GAZ-24 Wolga.

Wenn man daraufhin das gleiche blöde Gesicht macht wie ich und jemand Wissenden wie Jo neben sich sitzen hat, dann wird dieser Wissende womöglich so oder so ähnlich antworten: Dass GAZ ein sowjetischer Autohersteller sei und übersetzt so viel wie Gorkier Automobilwerk bedeute. Der KGB – ich habe extra nachgefragt: ja, der KGB! – hat eine aufgemotzte Version dieses Russendampfers eingesetzt. Das erzählt Jo nicht stolz, sondern so nebenbei, während sie mit dem Ganghebel im Getriebesalat des Blechungetüms herumstochert.

Aber zurück zum Verwesungsgeruch (obwohl ich daran nicht erinnert werden muss), der gleichzeitig einiges erklärt und mich dann lieber doch nicht nachfragen lässt. Jo fährt ein stinkendes Sowjetauto. Okay. Einschusslöcher habe ich keine gefunden, dafür ein paar Dellen und Rost.

Der Asphalt zieht unter uns vorbei und ich meine das wörtlich; wenn ich den Fuß vom Bodenblech nehme, kann ich die Straße sehen. Jedes Schlagloch lässt das Fahrwerk einknicken und in die Höhe schnellen, es ist wie im Kopf eines eifrigen Schülers, brav mit Brille und gescheiteltem Haar, der jedes Wort des Lehrers mit einem Nicken begleitet.

Gebremst wird abrupt oder gar nicht. Es gibt, hat mir Jo erklärt, vor jeder Kreuzung einen point of no return, bis zu dem sie sich entscheiden muss, ob sie drüberfährt oder stehen bleibt. Bis zu diesem Punkt kann sie noch auf das Bremspedal treten, das dann langsam die Trommelbremsen auslöst, was lustigerweise und den Gesetzen der Physik entgegenlaufend zu einem abrupten Stillstand auf den letzten Metern führt. Oder Jo bleibt eben auf dem Gas und brettert über die Kreuzung. »Angst brauchst du keine zu haben, Wanessa hat genug Bauchspeck unterm Blech. Die Karosserie frisst das bei einem Unfall schon«, sagt Jo und dreht am Lenkrad herum, gerne würde ich ihr Begriffe wie »Steuerbord« und »Backbord« zurufen. Und ja, das Auto heißt Wanessa.

Beim Autofahren muss sich Jo manchmal konzentrieren, wegen dem Weg, sagt sie, weil sie den immer vergisst. Wenn sie so angestrengt nachdenkt, steckt sie die Zungenspitze aus dem Mundwinkel. Auch deshalb bin ich mir nicht sicher, ob wir wirklich zu Jos Oma fahren. Gerade rollen wir irgendwo durch den Süden Wiens, die Dächer werden niedriger, die Felder größer, es gibt viel Gewerbe und wenig Lebensfreude, einen Bahnhof und viele, viele Schienen, Oberleitungen und eine unglücklich anmutende Kleingartensiedlung im Schatten einer pränatalen Hochhausstadt.

In einem unbestimmten Rhythmus hänge ich meinen Arm aus dem Beifahrerfenster, wechsle dann zeitig mit dem Kopf ab und lasse mir vom Fahrtwind die Schweißtropfen wie Haargel nach hinten streichen. Jos Wanessa hat einen Schönheitsfehler: die Heizung. Nicht so, wie man glauben würde – sie lässt sich nicht mehr abschalten. Der Temperaturregler ist voll aufgedreht und steckt fest, aus den Lüftungsschlitzen strömt ständig heiße Luft, wie Vulkanasche. Uns beiden rinnt der Schweiß in Bächen über Stirn und Gesicht und Nacken und Hals und Achseln und Rücken und Bauchfalten und Poritzen, und ab hier wird es eklig und körperhygienisch bedenklich, und ich darf die Aufzählung aus offensichtlichen Gründen abbrechen. Jo ist das gewöhnt, sie hat sich eine große Wasserflasche zwischen die Beine geklemmt und trinkt regelmäßig kleine Schlucke daraus. »Umgekehrt wäre es im Winter ein größeres Problem«, meint sie und hat nicht unrecht. Habe ich schon erwähnt, dass Wanessa aus dem Osten kommt, folglich eine Heizungsanlage hat, die für russische, soll heißen, sibirische Verhältnisse ausgelegt ist?

Ich gebe auf, die Hitze ist zu viel, draußen ist es ja auch nicht besser, und ich sehe aus wie ein Trottel, wenn ich meinen Kopf dauernd wie ein Hund rausstrecke. So baumeln nur mehr meine Turnschuhe aus dem Fenster. Mit dem Zigarettenanzünder verbrenne ich mir zuerst meine Finger und dann die Zigarette, auch hier haben die Russen ganze Arbeit geleistet, ich inhaliere den ersten Zug seufzend ein; das passt zur Hitze, hab ich mal wo gelesen.

In der Ferne zeichnen sich riesige Hochhäuser ab. Es sind diese dicken, breiten Betonblöcke mit rostroten Längsstreifen, die sich nach oben hin verjüngen, das sieht man aber nur von der Seite. Hier am Stadtrand nehmen sie die Funktion eines Bollwerks gegen was auch immer ein. Es sind unnatürliche Klötze, fehlgeschlagene Zukunftsaussichten, abgepauste Schlafstädte aus richtigen Großstädten ohne Gesicht, ohne Seele. Ich kenne niemanden, der dort wohnt, gehe nur manchmal in großem Bogen daran vorbei. Ganz schlimm sei das, hört man, viele Bewohner würden sich umbringen, indem sie aus dem Fenster springen. Da die Gebäude unten breiter werden, schlagen sie dann auf den Terrassen der niedriger gelegenen Wohnungen auf. Auch kein schönes Ende, auf dem Balkon einer grantelnden, alten Frau zu landen. »Jessas, Maria und Josef!«, würde sie rufen und die Hände vor dem Gesicht zusammenschlagen, »ich hab doch grad erst vor dem Mittagessen den Boden gekehrt. Jetzt ist schon wieder alles dreckig.«

Die Hochhäuser habe ich seit ihrer Fertigstellung schon ein paar Mal gesehen, drin war ich aber nie.

Genau da fahren wir hin.

Der Gang liegt in dunkelblauen Umrissen erstarrt vor uns, ganz wie ein zugefrorener See im Winter. Die Liftkabine bricht wie die Schale eines Eis, Licht fließt aus ihr heraus und wir betreten ein Stockwerk ganz weit oben.

Sofort fühle ich mich unwohl. Ich glaube das Schwanken des Hauses zu spüren, sich biegenden Stahl, sich windenden Beton, unmögliche Bewegungen, und stütze mich an der Wand ab.

Jo lacht und beachtet mich nicht weiter. Ich habe in den Lift gefurzt, das fand sie lustig, hat sich daraufhin mit beiden Händen wie ein lässig getragener Rucksack an meine Schulter gehängt. Davon abgesehen stinken wir beide fürchterlich. Wir sind völlig verschwitzt, unsere Kleidung klebt an uns und kleine Salzplättchen bedecken die komplette Oberfläche unserer Körper. Es fühlt sich an, als ob wir zu Statuen erstarren würden, wenn wir zu lange in der gleichen Position verharren. »Man gewöhnt sich daran«, meint Jo, »das ist das normalste Gefühl der Welt nach einer Fahrt mit Wanessa.« In ihrer Hand hält sie einen großen Korb mit Schachteln, ich sehe Stecker, Kabel, Papier und einige Briefe. Obenauf liegt die kaputte Kaffeemühle, die mir der Postler letztens in die Hand gedrückt hat.

Sie drückt auf den Klingelknopf, ich stehe neben ihr und warte und rechne wie immer mit dem Falschen. Die Tür geht auf und vor uns steht eine alte Dame, gertenschlank, hochgewachsen, mit knochigen Wangen und langen grauen Haaren, die ihr in Wellen wie Wollfäden über die Schultern fallen.

Liebevoll begrüßen sich Jo und ihre Oma, eine Umarmung, die echt wirkt, dann tritt sie über die Schwelle und winkt mir zu; ich folge ihr. Die Wohnungstür wird zum Portal, wir verwandeln uns in andere Personen. »Heute habe ich dir wen mitgebracht, das ist der …«, sie schaut mich von oben bis unten an, macht dann eine wegwerfende Handbewegung, als ob sie einen kleinen Basketball wegdribbeln würde, »der Dings.«

Artig reiche ich der alten Dame die Hand, sie nimmt sie zaghaft. Ich spüre Adern und Knochen, fürchte mich davor, ihr wehzutun oder gar etwas zu zerbrechen. Vor alten Menschen habe ich überhaupt Angst, ich weiß nicht, wie mit ihnen umgehen. Dabei sind nicht sie es, die nicht in meine Welt passen, sondern ich, und dessen bin ich mir bewusst, ich bin ein Außerirdischer auf Kurzbesuch bei ihnen. Das schaffe ich einfach nicht, das normale Umgehen, ich habe es nie gelernt, da war nie jemand in meinem Leben, der mir das von Kindesbeinen an hätte beibringen können. Vor alten Leuten hat man Respekt, außerdem gehorcht man ihnen bedingungslos, das Credo hat mich lange verfolgt und ist nur schwer aus meinen Neuronen zu löschen.

Der volle Korb wird von Jo in die Küche getragen, dort packt sie die Schachteln und Geräte aus, gibt ihrer Oma die Post, drückt ihr alles geduldig in die Hand und bespricht jedes Stück ausführlich, selbst die kaputte Kaffeemühle wird analysiert und begutachtet. Im Wohnzimmer kann ich nicht alles hören, die alte Dame lächelt aber, drückt jeden überreichten Gegenstand an ihre Brust und stellt ihn danach behutsam auf die Küchenanrichte. Die Bedächtigkeit ihrer Bewegungen hat etwas Sakrales an sich.

Das in der Küche ist intim und etwas zwischen Jo und ihrer Oma, also trete ich grübelnd ans Fenster. Wir sind verdammt hoch oben, und ich war noch nie ein Freund von Hochhäusern oder Höhe im Allgemeinen. Das wäre eine der Wohnungen, aus denen man runterspringen und unten aufschlagen könnte. Es schüttelt mich, und ich fahre mir gedankenverloren durch die Haare. Zigarette wäre gut.

»Schön hier, gell?«, fragt die alte Dame, als sie mit Jo an der Hand durchs Wohnzimmer geht, sie holt etwas aus der Abstellkammer, oder Jo holt es ihr.

»Ausgezeichnet, wenn man sich umbringen möchte«, sage

ich natürlich nicht, sondern halte den Blick aus dem Fenster gerichtet und starre auf das Hochhaus gegenüber. Am Balkon vor mir sprießen Pflanzen, da sind ein paar gelbe Blüten, ich kenne die Blumen nicht, daneben ein kleiner Baum mit Früchten, ein Kaktus und ein Gewächs mit spitzen, grünen Blättern. »Ja, das ist es.«

Plötzlich hastet Jo durch das Wohnzimmer. Das ist mir Zeichen genug, mich umzudrehen und ihnen nicht weiter den Rücken zuzuwenden. Die Wohnung ist üppig eingerichtet und eigentlich neu, wirkt aber gleichzeitig doch schon in die Jahre gekommen, die Luft ist abgestanden und stickig, mit jedem Atemzug sauge ich Staubkörner ein, das kann aber auch an der Hitze liegen, die Sonne knallt den ganzen Tag bestimmt unerbittlich auf die Fassade. Vor mir eine mit grobem Stoff bespannte Sitzgarnitur, ein kratziger Teppich, gehäkelte Deckchen. Ein Perlenvorhang. Bilder von Kindern und Erwachsenen, in Farbe, in schwarz-weiß, in Pop-Art-Collagen, Bleistiftzeichnungen, alles ist voll davon, unzählige Augenpaare hängen an der Wand, stehen auf dem Fernseher, im Regal und schauen mich abwartend an. Auf keinem der Bilder ist Jo zu sehen.

Die hat sich aber sowieso verwandelt. Jetzt trägt sie Handschuhe und eine Plastikschürze. Sie schaut mich betreten an, ihre Oma sitzt dahinter im Bett und richtet den gleichen Blick zu Boden, dann schließt sich die Schlafzimmertür. Jo ist hier anders. Dabei weiß ich nicht mal wie sehr anders, ich kenne sie ja kaum.

»Kellnerst du noch?«, hat ihre Oma gefragt. »Spielst du noch in dieser Musikgruppe? Du hast früher so schön Gitarre gespielt.« Immer hat Jo bejaht, »ja, Oma«, hat sie gesagt, aber es nicht so gemeint. Mein Groschen fällt.

Jo huscht aus dem Schlafzimmer und direkt ins Bad, sie ist nicht greifbar. Als sie wieder an mir vorbeikommt, ist sie umgezogen und führt die alte Frau am Arm. »Oh, Grüß Gott, wir kennen uns noch nicht«, sagt die Dame, von der ich nun glaube, dass sie nicht Jos Oma ist, und reicht mir ihre Hand. Sie kommt mir schwächer vor als zu Beginn unseres Besuches. »Ich bin nur der Dings«, sage ich ebenso freundlich und umfasse sanft ihr Handgelenk.

Mit einer unsichtbaren Barrikade drängt mich Jo auf die Couch, ich lasse mich hinfallen, die Federn wippen, dann lehne ich mich weit nach hinten, sitze fast wie in einer Rakete festgeschnallt. Gemeinsam mit Jo serviert die alte Dame aufgeschnittenen Marmorgugelhupf, dazu gibt es Kaffee in feinen Porzellanhäferln mit Blümchenverzierungen. Abwechselnd nippe ich am Kaffee, brocke mir ein Stück vom Kuchen ab und lächle den beiden zu, ich bin Statist Nummer fünf im Hintergrund, der immer wieder dieselbe Armbewegung macht und aus einem leeren Häferl trinkt. Das fällt aber nicht auf, denn in dieser Szene habe ich keinen Text. Währenddessen versuchen die zwei ein Gespräch am Laufen zu halten; Jo will es festhalten, doch es versandet nach und nach.

Ich stelle mich noch mehrmals vor.

Jo kämpft, aber das Gespräch fällt zunehmend auseinander. Die Welt der alten Dame ist auf ihre Wohnung beschränkt, und die ist aus der Zeit gefallen. Vielleicht ist das auch besser so.

Die späte Nachmittagssonne fällt flach beim Fenster rein, helle und dunkle Streifen verlaufen parallel am Boden und ähneln Klaviertasten, deren Ansatz allerdings bereits vom wachsenden Schatten des gegenüberliegenden Wohnblocks übermalt wird. Auch Sommertage sind vergänglich. Mein Gugelhupf zerfällt, als ich ihn in den Kaffee tunke, Krümel schwimmen wie die Überreste eines untergegangenen Schiffes auf der Oberfläche.

Die alte Frau lächelt zufrieden, und ich erfahre, ihr Name ist Margit.

Es ist nach dem Kaffee: Jo springt hastig auf und beginnt abzuräumen, ich helfe ihr, sage der Dame namens Margit, ich würde das schon machen. »Danke, Wilhelm«, sagt sie erleichtert.

»Gerne«, erwidere ich, Wilhelm, den ich zu diesem Zeitpunkt wohl verkörpern soll. Dann folge ich Jo in die Küche. Der Ausblick von dort ist sagenhaft, ich sehe am Hochhaus gegenüber vorbei, die Sonne sinkt nach unten, bald beginnt ihr Abspann als Dämmerung. Wir waschen und trocknen das Geschirr ab, nicht nur das Kaffeegeschirr, sondern alles.

»Du kellnerst?«, will ich wissen. Nebenbei rubble ich mit einem Geschirrhangerl über einen Teller. Jo kriegt den Dreck nicht ab, sie scheint keine Übung im Abwaschen zu haben. Eigentlich sollten wir tauschen, aber sie wirkt in den Armbewegungen gerade friedlich verloren.

»Nein«, sagt sie und kratzt einen Dreckklumpen mit dem Daumennagel ab.

»Spielst du wirklich in einer Band?«

»Manchmal singe ich.« Dabei schaut sie mich an und schmunzelt verschmitzt. Das ist unfair, denn ihr Blick trifft mich wie ein Schlag in die Magengrube, mir wird ganz anders, mulmig im Bauch und heiß. Ihr Gesicht glänzt an manchen Stellen wie ein aufpolierter Silbertaler und hebt Hautunreinheiten hervor, die haselnussbraunen Haare hängen ihr zerzaust bis über die Augen. Und sie riecht streng nach Schweiß. Alles wie bei unserem ersten Mal in der U-Bahn. Ich verliere mich im Dickicht meiner Gedanken, schweife ab und stelle mir vor, ihr Gesicht zu berühren, die spiegelnde, feuchte Haut sanft mit dem Finger anzustupsen, ihre Wange mit der Hand zu berühren, vielleicht schließt sie dazu mit glückseligem Gesichtsausdruck ihre Augen, aber das wäre nicht sie, nicht Jo, ich würde ihr die Haare aus der Stirn streichen, obwohl mir ihre Natürlichkeit gefällt, da ist kein Taft oder was Auftoupiertes wie auf Hochglanzmagazinen oder im Fernsehen, sie würde immer noch bunte Kleidung und weite Hosen tragen, und wie das erst wäre, wenn wir uns nah gegenüberstehen, ob wir uns umfassen oder uns halten oder sie ihre Hände lässig in den Taschen behält, ein bisschen müsste sie sich auf die Zehenspitzen stellen, wie ihre Lippen wohl schmecken, ich glaube salzig, salzig stelle ich sie mir zumindest vor, nichts anderes passt zu dieser Frau, zu ihrem Leben, nach der Fahrt mit dem Russenauto, und dann wären da nur wir, für jetzt, für immer, der Unterschied wäre verschwunden oder nichtig geworden und so und ja.

»He du, Ground Control to Major Tom!« Mir klatscht der nasse Wettex wie eine Qualle ins Gesicht. »Hörst du mir überhaupt zu?«

Aus meinem Mund fallen Worte. Ich stammle irgendetwas, das sich wie Morsecode oder ein verstümmelter Hilferuf anhören muss.

Jo gefällt das nicht, sie schrubbt genervt und noch roher als zuvor weiter. So arbeiten wir minutenlang vor uns hin, wir spielen die Symphonie der Abwasch auf unseren Instrumenten, ein Schwammerl, Stahlwolle, Geschirrtuch. Das Wasser wird schmutzig und schmutziger und kippt in eine trübe Lauge, in deren Undurchlässigkeit sich Jo an einem Messer schneidet, glaube ich. So genau kann ich es nicht erkennen, etwas Blut tropft jedenfalls von ihrem Handgelenk ins Wasser. Staunend, als ob Jo von ihrer Verwundbarkeit selbst überrascht wäre, hält sie die Hand knapp über die Wasseroberfläche und sieht zu, wie das Blut aus ihr herausrinnt. Sie beginnt zu erzählen, als könnte sie damit den auf ihr lastenden Druck wegnehmen: von der Musik, dem Singen, was ihr Spaß macht, und ich glaube, das ist wahr, das ist ihr echtes Leben, das ist jetzt für den ersten Moment wirklich sie.

»Das sah sehr professionell aus, was du vorhin mit deiner Oma gemacht hast.«

Jo hebt den Kopf, starrt aber weiterhin in die Untiefen der Abwasch, ich stelle sie mir wie ein Aquarium vor, statt Fischen und Seepflanzen gibt es dort unten Besteck, einen Schwamm und Essensreste.

»Sie ist nicht meine Oma«, sagt Jo leise. Über das Klimpern und Rauschen im Waschbecken kann ich ihre Stimme kaum wahrnehmen, vielleicht denke ich mir hier auch zu viel und sie hat in Wahrheit etwas anderes gesagt.

»Ich weiß«, könnte ich antworten, tue es aber nicht. Ich nicke, das macht man so. Jo weiß die Geste zu schätzen und erzählt weiter: »Margit hat lange neben mir gewohnt.«

»Top 12, Matej…«

»Matejka, ja. Sie war immer für mich da, auch wenn es mir nicht so gut gegangen ist. Wenn ich mal wieder nicht wusste, wohin und was tun, wenn ich abends nach Hause kam und müde vom nächsten Job war, den ich hingeschmissen habe, von der nächsten Feier, die die ganze Nacht lang und den nächsten Tag und noch die darauffolgende Nacht ging, wenn die nächste Beziehung in die Brüche gegangen war. Wenn mein Kühlschrank leer war, die Wohnung dunkel, die Heizung kalt, weil ich die Rechnungen nicht bezahlen konnte. Da war immer Margit, mit einem warmen, milden Lächeln wie eine Großmutter in der Fertigsuppenwerbung, und hat für mich gekocht oder mich warm gehalten. Sie war jemand, der für mich da war, wenn ich mal wieder Probleme hatte, ich zu sein. Und das werde ich ihr nie vergessen, so einfach ist das.« Jos Worte werden von einem sanften Lächeln begleitet, da sind die Grübchen um ihre Mundwinkel, die dem Gesagten eine

Klammer verpassen, sie wie in einem Comic durch eine auffallende Schriftart unverkennbar einem ganz bestimmten Charakter zuordnen. Sie schaut mich an, und ich spüre sofort die Wärme ihrer Augen, hinter denen so viel mehr liegt. »Wenn einem jemand etwas bedeutet, dann tut man manchmal mehr für ihn, als man sich jemals vorstellen könnte. Dann wird dieser jemand zu einem Boot, das dich über alle Stromschnellen trägt.«

»Du bist meiner Frage ausgewichen. Das ist mehr als nur besuchen, du hilfst ihr im Haushalt und bei anderen Dingen.« An der Stelle unterbricht mich Jo schroff, als hätte ich gegen ein Gesetz des guten Anstandes verstoßen, etwa in der Kirche ins Taufbecken gepinkelt.

»Nein, ich höre ihr nämlich zu, spiele Karten, erzähle ihr etwas von der Welt, verbringe Zeit mit ihr. Die Besuche sind keine Belastung für mich, das ist keine verlorene Zeit, wenn du das meinst, mir gefallen die Nachmittage mit ihr!«

Die Offenbarung erstaunt mich weniger, als sie womöglich sollte, immerhin hat sie mich ja eingepackt und mitgenommen. Warum eigentlich?

Jo grinst und schaut dabei aus dem Fenster. Ohne hinzusehen löst sie den Stöpsel aus der Abwasch, lässt das Wasser auslaufen und trocknet sich die Hände mit dem Geschirrtuch ab.

»Was machst du eigentlich den Tag über so?« Die Frage ist in meinem Kopf aufgetaucht, stößt an die Ränder meines Schädels, prallt davon ab wie ein Gummiball und schießt wild in mir herum. Welcher Arbeit geht sie nach? Womit verdient sie ihr Geld? »Was machst du eigentlich den Tag über so?«

Ihr verschmitztes Standardgrinsen, das bekomme ich als stumme Antwort, dann geht sie ins Wohnzimmer zurück. Dort wird sie von Margit glücklich angestrahlt. Jo setzt sich hin, lächelt mich an und sagt laut und deutlich: »Ich hab Spaß. Und du?«

Gegenfragen sind philosophisches Kleingeld, aber unterm Strich ergeben sie auch eine Summe. Die Worte wirken wie ein Schlüssel in mir, und Jo ist nun mal die meisterhafteste Schlüsselmacherin.

Ich setze mich zu den zwei Frauen, warum auch nicht. Und dann versuche ich, einfach nur Spaß zu haben.

Die Stadt hat sich uns am Ende des Tages zu Füßen geworfen. Gebuckelt kniet sie da, wagt es nicht aufzuschauen und lässt uns über sie bestimmen.

In unbestimmter Entfernung rauscht der Verkehr, rollen leuchtende Punkte wie Nervenimpulse, sind da Häuser in der Größe von Modellbauten, aber das alles ist unter uns.

Wir stehen auf der Dachterrasse eines Wohnblocks, der Wind pfeift uns um die Ohren, flüstert zärtlich Worte über den Sommer hinein. Der Ausblick ist phänomenal, dabei tun wir gar nichts Verbotenes. Das Dachschwimmbad ist zwar schon geschlossen, doch Jo hat uns irgendwie die Türen geöffnet. So stehen wir also da, es wird schon frisch, ich spüre den Luftzug durch meine Haare, an meinen Armen. Der Himmel sieht aus wie aus einer anderen, fremden Welt. Rote Wülste hängen über uns, sanfte Wellen, orange Rundungen.

Es wird Abend und immer später. Um uns nur Schatten. Vereinzelt gehen Lichter an, die Gebäude sehe ich als dunkle, seelenlose Kästen. Ein einsames Flugzeug schiebt sich den Wolken entgegen, es ist eine Randnotiz, ein Beistrich am Abendhimmel.

Genügend meiner Sinne werden angesprochen, um einen in mir schlummernden Trieb zu aktivieren. Beim Anblick des Sonnenuntergangs fühle ich mich von allen Lasten befreit. Für solche Momente kann man leben, denke ich, sie wiegen alles auf, machen den Rest vergessen.

Der Verkehr schwillt zu einem Getöse an, am Horizont erblicke ich die Umrisse von Baukränen, kann sogar noch einen Presslufthammer hören. Die Nacht kommt, wir bleiben. Trauriger Elektropop, von wo auch immer der gerade herkommen mag. Wie von Zufriedenheit besoffen steht Jo am Geländer und stützt sich ab, ich habe nicht so darauf geachtet, aber sie hat den Großteil des Ofens alleine weggeraucht und wirkt sogar für ihre Verhältnisse gut beinander. Neben ihr stehe ich, zünde mir eine Zigarette an und blase den weißen Rauch durch meine Nasenlöcher. Kopfschmerzen hab ich gekriegt, kann aber auch an der Hitze und dem Aufguss im Auto liegen. Vielleicht wirkt das Gras bei mir aber doch, und deswegen höre ich diese traurige, erstaunlich klare Elektropopmusik, einzelne Wörter kann ich nicht verstehen, dafür fühle ich den Sinn umso mehr.

Noch ein tiefer Zug, dann zünde ich mir die nächste Zigarette an.

»Du rauchst zu viel«, sagt Jo und kichert.

»Und du kiffst.«

»Nicht hier, Soldat, ein andermal.«

Still werden wir uns einig, ich reiche ihr meine Zigarette und sie nimmt einen Zug, so sinnlich sieht sie dabei aus, es ist ein kleines Lustspiel.

Da ist immer noch der vor sich hin glosende Nachthimmel. Arg. Das einzig Schöne an einer Stadt aus Beton ist der Teil, der nicht Beton und für den Menschen auf Dauer unerreichbar, unbebaubar, unbetonierbar ist. Luftschlösser sind nämlich unsichtbar, ich kann gewaltige Festungsanlagen mit Wassergräben, Toren und einer Zugbrücke errichten, gläserne Türme, goldgedeckte Dächer, und einzig ich kann darin wandeln. So wie jetzt. Aber um Luftschlösser zu errichten, muss man Architekt oder König oder zumindest Don Quijote sein. Oder high genug wie Jo, die uns alle schon im Alltag auf Mindestflughöhe überflügelt.

»Und, schon angekommen?«, will sie übrigens gerade von mir wissen.

»Wo?«, ich.

Sie stützt sich wieder am Geländer ab, die Beine so weit hinten, dass sie wie eine sich zufrieden ausstreckende Katze aussieht. Mit der Zigarette in der Hand beschreibt sie einen großen, mathematisch schwer darstellbaren Bogen. Der Einfachheit halber sage ich Bogen, aber es ist natürlich viel, viel mehr und viel, viel größer.

»Ich wohne über einem abbruchreifen Kino, bin Kommunist und rauche mit dir Gras, sag du's mir.«

»Nein«, sie schüttelt den Kopf und raucht meine Zigarette auf. »Das ist die falsche Antwort. Und: nein. Du bist nicht angekommen.«

»Aha«, sage ich und schaue meinem Zigarettenstummel hinterher, der unzählbar viele Stockwerke wie ein einsamer Wachstropfen nach unten fällt und in der alles aufsaugenden Dunkelheit verschwindet. »Weil?«

»Weil weil weil«, äfft Jo, »hörst du dir überhaupt zu? Weil es Zeit wird, endlich etwas zu tun!«

»Was tust du denn den ganzen Tag?«

»Darum geht's jetzt nicht.«

»Ich arbeite in einem Kino«, sage ich trotzig.

»Weil du musst, nicht weil du willst! Überleg dir doch endlich mal, was du willst, pinn dir den Gedanken an eine Magnettafel in deinen Schädel und lass dich nicht mehr rumschubsen.«

»Aber du lässt dich doch auch nur durch den Tag treiben, warum nicht auch ich?«

»Ja verfickt nochmal, weil es genau das ist, was ich will und was mir Spaß macht! Geh endlich raus und dreh deine eigene Geschichte, anstatt immer nur andere vorzuführen.«

Das Heftlein, denke ich.

Jo springt auf, als ob sie einen Stromschlag bekommen hätte, legt mir die Hände auf die Wangen und reißt mir den Kopf herum. »Da, erinnerst du dich? Der Sonnenuntergang, was du gefühlt und gesagt hast?«

Die ehrliche Antwort wäre: nein, ich kann mich nicht erinnern, dir überhaupt irgendetwas gesagt zu haben. Aber wiederum, das Gras. Meine tatsächliche Antwort ist sowieso unerheblich und optional, wie die Zusatzausstattung eines Autos, die es nur gegen Aufpreis gibt und für die sich am Ende auch niemand interessiert.

»Du hast von Freiheit gesprochen. Brenn dir das Gefühl in deine Birne, oder ruf es dir in Erinnerung, wenn nötig. Sperr es in deine Brust und richte deinen Kompass danach aus. Heute war es ein glücklicher Zufall oder meine Hilfe, die dir das geile Gefühl ermöglicht haben. In Zukunft kannst du dich selbst darum kümmern. Mach es zu deiner Sucht und befriedige dich.«

Nach ihrer Brandrede, dem verbalen Arschtritt, ist Jo erschöpft, sie legt ihre Arme um mich, lehnt den Kopf an meine Schulter. Der Flash ist vorüber, sie ist müde. Die Nacht ist längst da, aber es ist immer noch unerträglich heiß. Hinter uns gluckert Wasser, es riecht nach Chlor.

»Was willst du machen?«, flüstert sie.

Ich weiß es nicht, aber sie schtet mich ohnehin aus, als ich den Mund öffne.

»Sch, sch, sch … Mach es zu deinem Film, fang gleich mit dem Abend an.«

Leben, Taten, mehr. Die drei Wörter spuken mir im Kopf herum, wie Bilder, abfotografiert von Häusern, übrig gebliebene Schriftzugfetzen alter Geschäfte.

Alles soll möglich sein, die physikalischen Gesetze aufgehoben, die Logikmaschine abgeschaltet. Unsere Beine heben von den Waschbetonplatten ab, zuerst nur einen halben Zentimeter, einen ganzen, dann zwei. Wir schweben über dem Geländer, bewegen uns in Richtung Hochhausabgrund. Nein, so nicht, ich drücke Jo an mich und ziehe sie nach hinten; wir schweben über das Schwimmbecken. Was soll als Nächstes passieren? Televoting, stimmen Sie ab, sagt der grauhaarige Moderator mit der großen Brille in meinem Kopf. Tanzen? Eislaufen auf unsichtbaren Kufen? Nein, mein Film ist kein Disney-Film. Trotzdem stehen wir auf der untersten Stufe, dem Vorplatz zu meinem Luftschloss.

Wir können alles tun.

Da flüstert Jo meinen Namen. Sie hat meine Logikmaschine wieder eingeschaltet, den Wachmann der Realität informiert, wütend stürmt er aus seinem Häuschen und in unsere Illusion.

Wie zwei schwere Steinbrocken klatschen wir ins Wasser, Wellen aus Chlor schlagen über uns zusammen. Das Becken ist hell erleuchtet, vom Mond oder von den Scheinwerfern oder durch uns selbst, wir sind wie Lampen, geladen von einer Energie, die wir noch nicht erklären können, aber wir strahlen, und alles andere ist völlig unerheblich.

Meine Füße berühren den Beckenboden, das Wasser reicht mir bis an die Schulter. Jo lässt sich treiben, sie ist zu klein, um stehen zu können. »Halt mich«, sagt sie, stößt sich zurück und landet in meinen Armen. Ihre Füße zeigen Richtung Beckenrand, der Kopf stößt gegen meine Brust, Haare umspielen ihre Stirn, der Blick gleitet nach oben, in ihren Augen spiegeln sich die Sterne oder umgekehrt, ich weiß es nicht. Über uns nichts als der Himmel und das All und wir fühlen uns winzig klein wie Ameisen auf einem im Wasser treibenden Blatt oder kleine Fische oder Plankton oder Kaulquappen, und die Frage muss erlaubt sein, ob wir überhaupt da sind und existieren, und falls ja, ob es einen Unterschied macht oder nicht, aber den macht es für uns, folglich existieren wir, solange wir diesen Gedanken festhalten und nicht fortgeben. Solange sind wir hier und bedeuten etwas.

»Wie geht dein Film jetzt weiter?«

»Kommt auf das Genre an. Was ist es denn? SciFi, ein Drama, eine Komödie, ein …«

»Völlig egal«, dabei streckt sich Jo, sie lässt das Strampeln sein und droht unterzugehen.

Wie sie da planscht, spüre ich eine Idee wie eine Luftblase in mir aufsteigen, die einzig verbliebene Möglichkeit, die dieses nackte Gefühl von Freiheit hier oben noch erlaubt. »Ich würd gern vom Dach schiffen. Der Ausblick auf die Stadt hat etwas Befreiendes, ein Gefühl von Weite, und das ist die eigenartigste Aktion, die mir gerade einfällt.«

»Rummachen wäre auch eine Option gewesen, aber du hast dich entschieden.«

»Was?«, frage ich verdutzt und lockere versehentlich meinen Griff, sodass Jo kurz untertaucht und nach Luft schnappt. »Das wäre auch gegangen?«

»Rummachen geht immer«, sagt sie leise und schaut mich mit einem undeutbaren Gesichtsausdruck an; vielleicht hat mir das Gras was im Gehirn blockiert, ich kann ihre Mimik selbst mit größter Mühe nicht deuten, da ist eine Blockade, an der ich nicht vorbeikomme. »Aber komm mir ja nicht mit Romantikkacke, hörst du? Niemals Romantikkacke!«

Die Terrassenbeleuchtung springt an, die Sterne oder Jos Augen verblassen, liebliche Klänge mischen sich unter das sommerliche Potpourri. »Ihr Gfraster! Schleicht S' eich!«

Wie Schwerverbrecher oder normale Menschen, aus unserer Perspektive scheint da kein Unterschied zu bestehen, klauben wir unsere Kleidung zusammen und flüchten vor dem Hausbesorger.

Schnitte. Der helle Lift, das dunkle Stiegenhaus.

Bruchstücke. Wir stürmen aus dem Erdgeschoß und springen ins Auto, Jo schließt nie ab, das Schloss ist ohnehin kaputt.

»Der Wahnsinn!«, schreie ich und klatsche laut in die Hände, das tiefe Donnern gehört nur uns. Ich und mittlerweile auch meine Kleidung sind triefnass, aber ich bin glücklich. Jo grinst mich an, alles an ihr strahlt ein zufriedenes »hab ich's nicht gesagt?« aus. Der zunehmende Fahrtwind strömt durch die offenen Fenster und die nimmermüde Heizung trocknet uns rasch.

Wir fahren einem neuen Morgen entgegen. Aus dem Radio rauscht George Michael.

Heute ist die Sonne so stark und hasst uns Menschen so sehr, sie brennt mir die Umrisse einer Baseballkappe auf den Kopf, was halt so dazugehört, wenn man in einem Schanigarten sitzt und das Ozonloch fürchtet. Hin und wieder flattert ein Schatten wie ein lästiges Insekt über mein Gesicht, er stammt vom im Wind tanzenden Sonnenschirm. Mein Seidl ist fast leer, ich spüle mir mit dem Rest den Mund aus, stehe auf und gehe.

Die enge Häuserflucht ist sonnenüberschwemmt, jedes Schaufenster wirft seine Lichtbälle gezielt in meine Augäpfel, Autos und Radfahrer rasen knapp an der Gehsteigkante vorbei, schreien und hupen um die Wette. Die Luft ist trocken und staubig, ich habe das Gefühl, Beton einzuatmen, und stelle mir vor, wie in meiner Lunge eine Mauer hochgezogen wird.

Ich muss hier weg.

Im Gehen zünde ich mir eine Zigarette an, das hilft etwas.

Es gibt Tage, und heute ist so einer, an denen fühlt sich meine Brust metallen an. Und ein großer Magnet, unsichtbar und vor mir versteckt, zieht und zerrt mich durch den Tag. Bis heute habe ich nicht herausgefunden, woran das liegt. Früher – was war schon früher? Welches früher überhaupt? Das kommt mir so weit weg vor – hätte ich einen Hunderter darauf verwettet, dass es an der Arbeit im Teletext liegt, die diese Hast in mir hervorruft. Allerdings arbeite ich dort schon seit Wochen nicht mehr. Trotzdem fühle ich mich gehetzt, und das Schlimme daran: Ich falle auch noch in diese Hast mit ein. Dann laufe ich ziellos durch die Straßen und Gassen, will mich mit JC treffen, tue es doch nicht und lasse ihn schmoren, kaufe mir Zigaretten und eine Zeitung, blättere sie unterwegs durch, obwohl ich während der Abendvorführung Zeit dafür hätte (Angriff aus der achten Dimension, kenn ich schon), reiße die Zigaretten auf, obwohl ich schon eine offene Packung bei mir trage, springe in den falschen Bus, ohne es zu merken, verpasse Jo und stoße mit einem Fußgänger zusammen; er schnauft, ich seufze, es ist ein Drama.

Dann wieder Pause und ein kleines Bier. Sitzen, nachdenken, ganz ohne ständigen Beschuss.

Beim Sitzen komme ich zur Ruhe. Der Strom meines Hirns kann sich erholen und normalisieren, meine durcheinandergeratenen Gedanken entwirre ich nach und nach wie eine Kassette, die nur noch aus Bandsalat besteht. Die Welt bekommt die Möglichkeit, auf Normalgeschwindigkeit zurückzufallen. Wie ein Kassettenrekorder, der wieder im richtigen Tempo abspielt.

Eine Vorahnung überfällt mich wie ein Schleier, ich weiß, was passieren wird, trotzdem stehe ich auf, muss aufstehen, werde aufgezogen. Verlässlich greift diese unsichtbare Mechanik und treibt mich nach vorne in die nächste Hast hinein, hat schon wieder ein Ticket für mich gelöst, der Magnet brummt erneut. Ohne ersichtlichen Grund zieht er mich wieder an, ich muss weiter, weiter, schnell und ohne wirkliches Ziel, das ist so irre, ich blättere durch die Zeitung, während ich warte, so irre, ich komme an solchen Tagen nicht mehr aus dem Strom raus, da hilft nur noch, ich rauche mir die Nächste an, Schlaf. Wenn die Hast kommt, hilft mir nur noch Schlaf.

Vor der U-Bahn-Station steht ein Würstelstand, er sieht aus wie eine reduzierte Kulisse aus Pappmaché, hat ein gelbes Reklameschild und wird an diesem brütend heißen Sommertag mehr kalte Getränke als warme Würste verkaufen. Erst in der Nacht, wenn die Temperaturen zwischen dem Widerglühen der Häuser geringfügig zurückgehen und die erhitzten Gemüter das Ende ihrer Langspielplatten erreicht haben, werden Würste zu stark nachgefragten Nahrungsmitteln und Würstelstände zu den pochenden Herzen dieser ruhelosen, hässlichen Stadt.

Trotzdem treffen wir uns nachmittags, kurz bevor der Bitumen zwischen den Rissen im Asphalt zu einem gefährlichen Sumpf wird und unschuldige Opfer in sich verschlingt. Eines dieser unschuldigen Opfer bin ich, deshalb ist JC außergewöhnlicherweise vor mir da. Ach, der gute, alte, treue JC, möchte ich sagen und mir großväterlich auf den Oberschenkel klopfen. Obwohl, treu? Ich bin nur der Erzähler dieser Geschichte und nicht in seinem Kopf, dort kann praktisch alles geschehen, völlig unbeobachtet.

JC ist also schon da. Er sitzt an einem klebrigen Plastiktisch in einem klebrigen Plastikstuhl und wartet auf mich.

»Da bin ich!«, sage ich wie eine übermotivierte und zugleich unterbezahlte Glücksfee im Kabelfernsehen, steige die Showtreppe herab und lasse mich ihm gegenüber in den zweckentfremdeten Gartenstuhl fallen – denn einen Garten gibt es hier weit und breit nicht, der kleine Park auf der anderen Straßenseite besteht nur aus einem Baum, einem braunen Fleck Gras und ist außerdem unter Hundehaufen begraben, die Beine scharren also über den Asphalt, und ich bekomme kurz Angst, aber dafür ist es noch zu früh. Wie immer will ich gar nicht da sein, aber ich habe Hunger und wenig Geld, was eine denkbar schlechte Kombination ergibt. Noch schlechter wird die Kombination nur, wenn man wie ich Mitglied eines kommunistischen Komitees ist, und wenn die anderen Mitglieder so neureich sind, dass es schmerzt, Katka zu bitten, ihren Vater an den versprochenen Lohn zu erinnern.

»Mahlzeit«, sagt JC und stellt ein Tatzerl mit einer in eine Serviette gewickelten Semmel vor mir ab. »Käsleberkäse, der zählt als eigener Fetisch. Da schmeckst du doch kaum noch was.«

»Trotzdem«, belehre ich ihn, »da gehört Senf dazu.« Und natürlich eine Dose Bier, eh klar. Was verschafft mir eigentlich diese Großzügigkeit? Die Frage will ich ihm sofort stellen.

»Morgen flieg ich nach Berlin«, dabei deutet er mit der Hand ein abhebendes Flugzeug an, nicht ohne lässig einen Schluck aus der Dose zu nehmen; natürlich macht er »Ahhh«, sie ist ja eisgekühlt, womöglich soll das aber auch das Geräusch der startenden Triebwerke sein.

»Aha«, antworte ich mit doppelt so hohem A-Anteil und beiße mäßig begeistert in meine Semmel. Das Backwerk splittert wie ein zerbrechender Tonkrug, der Käsleberkäse verhält sich dagegen wie ein Schwamm. »Und ich soll jetzt fragen, warum, oder was?«, frage ich mit bereits vollem Mund.

»Brauchst nicht, dir erzähl ich es auch so«, verspricht er – und hält es ausnahmsweise wirklich. »Im Grunde ist's beruflich. Im Osten öffnet sich ein ganz neuer deutschsprachiger Markt, den gilt es zu beackern.«

»Das erzählst du mir jetzt, weil …?«, frage ich und stopfe die köstliche Käsleberkässemmel weiter in mich rein. Das Bier bloß nicht vergessen. Jo hätte mich für die Weil-Frage geohrfeigt. Kommt vielleicht noch, wer weiß.

»Weil du mich begleiten wirst.«

Und da ist sie, die Watschn, zwar nur verbal, aber ich verschlucke mich trotzdem fast an der Semmel, was mir im Nachhinein übrigens viele Probleme erspart hätte. »Ha, was?«, antworte ich so eloquent wie in diesem Moment nur irgend möglich. Dem JC tut die Sonne nicht gut, ich fühle mich auch nicht so wohl.

Auf Augenhöhe schwebt mir ein triumphierendes Grinsen entgegen, ich denke an Alice im Wunderland und die Katze, deren Name mir gerade nicht einfallen will. Jedenfalls, das Grinsen spricht zu mir: »Glaubst du, ich hab deinen erbärmlichen Auftritt von letztens etwa schon vergessen? Du kannst dich nicht einigeln, egal ob im Kino oder in dieser Stadt, und so tun, als ob dich das alles nichts angehen würde!«

»Aber deswegen musst du mich doch nicht nach Berlin zerren! Das ist doch der Ursprung allen Irrsinns.«

JC nickt zufrieden wie ein Wackeldackel auf der Hutablage eines Autos. »Dort geht alles viel schneller, wir erleben hier ja nur die Ausläufer, wie beim Wetter. Deswegen schleif ich dich da hin, wirst schon sehen.«

Jemand muss ihn von seinem Wahnsinn heilen. Da keine Freiwilligen anwesend sind, mache es halt wie immer ich. »Berlin. JC, da geht's gerade mordsmäßig drunter und drüber. In der Stadt kollidieren zwei Welten. Da brechen Zivilisationen zusammen, aber ohne Erdbeben, da werden Urgewalten freigesetzt, Kräfte, größer als wir beide sie uns auch nur in unseren entferntesten Gedankenwinkeln ausmalen können. In Berlin, in den zwei Berlins, da herrscht Chaos!«

Meine Rede hat ihn sichtlich beeindruckt. »Spannend, nicht wahr?«

»Das ist dein Ernst.«

»Vollkommen. Der Flug ist schon gebucht. Während ich mich um das Geschäft kümmere, darfst du alles machen, bis auf langweilig sein und im Hotel hocken.«

»Und wenn ich Durchfall bekommen sollte?«

Ein Blick wie eine Kohletablette; die Wirkung ist stockend.

»Schon gut«, abwehrend hebe ich die Hände, greife dann zum Dosenbier, das mir hilft, dieses Gespräch halbwegs erträglich zu gestalten, und mir Zeit verschafft, um an all die sich öffnenden Möglichkeiten zu denken. Ich denke da an eine ganz bestimmte, ich denke an Doreen.

»Was?«, würde in dem Moment ein völlig unbeteiligter, Popcorn in sich reinstopfender oder die Seiten umblätternder Zuschauer womöglich rufen, »warum denn die?« Und meine Antwort wäre genauso simpel und würde lauten: »Warum denn nicht?«

Ich weiß nicht, was das ist, was ich mit Jo habe. Da ist halt Jo, und manchmal bin da ich. Deswegen kann ich aber Doreen trotzdem noch einmal unter die Augen treten; ihr stolz die Brust entgegenrecken, dabei unbehelligt und entspannt wirken und ihr zeigen, dass ich zwar extra wegen ihr nach Berlin gekommen bin, sie mir aber rein gar nichts mehr bedeutet. Ich würde mir dann vor Ort überlegen, wie ich sie finden könnte. Da wäre ich richtig spontan. Ja, das klingt vernünftig bis gut, ich muss es mir nur oft genug wiederholen.

Berlin bedeutet Chaos, trotzdem will ich da hin. Scheiß Gleichung.

»Na gut«, sage ich am Ende meiner langen Kette an Argumenten, deren Glieder mir wie der Schmuck alter Damen schwer um den Hals baumeln, »ich mach's, ich komm mit.« Mein Blick geht an JC vorbei, über meine Beweggründe muss er nicht unbedingt Bescheid wissen, vielleicht reden wir später mal drüber, vielleicht auch nicht.

»Wirklich?«, fragt er, und, wie ich finde, viel überraschter, als in der Situation angemessen wäre, denn so zurückhaltend bin ich die letzten Wochen nun wirklich nicht mit meinem Leben umgesprungen.

»Du hast mich schon richtig verstanden«, brumme ich dumpf, als ich wieder in die Semmel beiße.

»Damit habe ich nicht gerechnet«, sagt JC und stärkt sich mit einem großen Schluck vom mittlerweile lauwarmen Bier. »Hab schon überlegt, wie ich dich in den Flieger kriegen würde. Gar nicht so einfach, muss ja geplant werden wie ein Überfall auf die P.S.K.«

»Geh bitte, so kompliziert bin ich nun auch wieder nicht.«

»Naja, dann kann ich es dir ja zeigen.«

»Was zeigen?«

»Lass mich halt ausreden!«, danach folgt erst recht eine unnötig lange Pause, in der er seine Dose endgültig leert. »Mit einem Team von Experten habe ich ein paar Pläne ausgearbeitet, um dich doch irgendwie in den Flieger zu bekommen. Kennst du das A-Team?«

»Ja?«

»Gut. Die waren das zwar nicht, hatten aber auch immer Probleme, um B.A. in irgendetwas zu bekommen, was fliegt. Plan A war also das hier.« Er kramt in seiner Hosentasche und stellt ein unbeschriftetes Fläschchen auf den Tisch.

Unschlüssige Blicke meinerseits.

»Der Typ am Karlsplatz meinte, nach ein paar Minuten wärst du nur für die Nacht hinüber.«

»Was? Der Typ am Karlsplatz?«

»Na, wo kaufst du dir denn dein Zeug?«

»Was? Aber ich komm doch mit!«

»Ja sag mir das halt vorher!«

»Was? Oida, du hast mich ja nicht mal gefragt!«

Ich beende unseren redundanten Dialog, diesen Quell spritziger Wortklauberei, indem ich JC mit der Faust drohe und ihm ein paar Dinge an den Kopf werfe, deren Aussprache ich auch später niemals bereuen werde.

»Du hast recht: Ist eh besser so. Ich weiß ja gar nicht, wie ich dich auf den Flughafen und durch die ganzen Kontrollen bis ins Flugzeug gebracht hätte«, gibt er ruhig zu.

»Du bist und bleibst ein Vollidiot«, sage ich und nehme das braune Fläschchen in die Hand. Schaut gar nicht so viel aus, der Boden ist gerade so von einer durchsichtigen Flüssigkeit bedeckt.

»Das war ja auch nur Plan A, den habe ich ohnehin fallen gelassen. War mir dann doch irgendwie zu riskant.«

Aufmerksam schaue ich JC an, in der Hoffnung, so etwas wie Reue über die fast stattgefundene Grenzüberschreitung in seinem Gesicht zu erkennen. »Und Plan B?«

»Ich hätte dich auf ein paar Bier eingeladen und so lange vollgequatscht, bis du mir im Rausch endlich zugestimmt hättest. Wäre für dich am Flughafen zwar auch nicht angenehm gewesen, aber dein Kater ist ja nicht mein Problem.«

»Sehr gewieft«, antworte ich und schüttle den Kopf, während ich das Fläschchen in meiner Hand begutachte. Da könnte auch irgendwas drin sein. »Erzähl mir mehr von den Gratis-Getränken, auf die du mich eingeladen hättest. Ganz sicher bin ich mir noch nicht.«

Eine körperlose Stimme, gehüllt in statisches Knistern, verrät mir, wo ich mich befinde: am Flughafen Wien-Schwechat. Flughafen ist ein schönes Wort, denke ich mir, wie ein Hafen in den Wolken, in dem statt Schiffe Flugzeuge ankern.

JC hat Wort gehalten, so viel steht mittlerweile fest, und bei jedem ausgegebenen Getränk am Vortag darauf geachtet, dass ich auch ja an meinem Entschluss, mit ihm in den Flieger zu steigen, festhalte. Das allerdings mit dem Erfolg, mich nun verkatert vom Taxi zum Check-in Schalter zu den Sicherheitskontrollen zum Wartesaal schleppen zu müssen. Die langen Wege habe ich schlafend auf einem Gepäckwagen zurückgelegt, glaube ich.

Jedenfalls, ich komme mal wieder zu mir, alles dreht sich, dann wird es langsamer, doch als ich die Augen aufschlage, bleibt mein Karussell abrupt stehen. Ich habe das Gefühl, der Schwung reißt mich mit, also falle ich von den harten Wartestühlen auf den noch härteren Fliesenboden. Mit der Faust wische ich mir Speichel vom Kinn, gerade funktioniere ich nur grobmotorisch.

Die Flugzeuge vor der Abflughalle sind in Tau gebadet, als die Sonne ihren goldenen Ball noch tiefstehend über den Horizont rollt.

Hinter mir sitzt JC, er lugt über eine großformatige Tageszeitung hinweg, das Papier raschelt angenehm, ganz wie ein Geschenk für die Ohren.

»Hast du wenigstens mein Gepäck?«

»Was für Gepäck?«

Mühsam drehe ich mich zu ihm um, aus Bequemlichkeit bleibe ich am Boden sitzen. »Die richtig guten Entführer packen für die Entführten. Weil, Obacht, die Entführten gerade indisponiert sind. Schon deinen Plan A vergessen?«

JC zuckt mit den Schultern, ihn scheint das nichts anzugehen. »Das Gespräch haben wir schon geführt, und den anderen Plan habe ich in den Kübel getreten. Nein, du hast nur das, was du gerade anhast. Du bist selbst schuld, find dich damit ab.«

Ich sehe an mir runter und stelle fest: ein helles T-Shirt, darauf Senfreste von der Käsleberkässemmel. Immerhin habe ich schon gegessen, mir ist gerade sowieso nicht danach.

»Damit hast du schon eine super Geschichte für Berlin! Der Ösi, der sich selbst unter den Tisch säuft und nichts anderes bei sich hat. Wenn du das geschickt anlegst, ist das ein Selbstläufer, glaub mir.« Und damit ist unser Gespräch zu Ende, JC widmet seine ganze Aufmerksamkeit wieder der raschelnden Zeitung und rechnet so schnell wohl nicht mit einer Wiederaufnahme.

Ach ja, Berlin.

Da war was.

Unser Flug wird aufgerufen und wir steigen ein.

Die Triebwerke des rot-weiß lackierten Fliegers brummen laut, wir werden in die Sitze gedrückt, können uns erst auf Reiseflughöhe wieder nach vorne stemmen. Der Flug wird nicht lange dauern, trotzdem gibt es ein kleines Frühstück. JC gönnt sich sofort eine Zigarette, ich auch; dann schwelgen wir in Gedanken und Nikotin.

Wir betreten geheiligten Berliner Boden und spätestens jetzt habe ich das Gefühl, als ob ich ein neues Level in einem Computerspiel erreicht hätte: Alles läuft schneller ab, Menschen und Szenen rasen an mir vorbei, es blinkt und leuchtet, pfeift und singt, die Stadt läuft in viel höherer Geschwindigkeit ab.

Wenn ich zwischendurch stoppe und innehalte, kann ich erkennen, dass der Großteil unseres Trips bloß in geschlossenen Fragmenten aus Glas stattfindet. Wie Tropfen, prall gefüllt mit Leben, in jedem ein kleiner, bunter Moment. Berlin fühlt sich anders an, nicht so zähflüssig wie Wien, sondern zerrissener; und da reißt der Fluss der Farben mich und meine Gedanken auch schon mit.

Am vor Menschen überquellenden Rollfeld wird mir klar: Wir sind zu spät. Berlin schmeckt wie eine stehen gelassene Süßspeise. Kalt und angebissen. Was früher schmackhaft und verführerisch war, liegt nun im drögen Schlachtfeld zwischen Gabel und Messer in seinen Resten vor mir.

Vom Flughafen holt uns Manfred ab, er ist ein Geschäftspartner von JC und schon mal vorgeflogen, Dinge erledigen, Sachen regeln, ich hab keine Ahnung, wovon ich rede.

»Manfred, Dings. Dings, Manfred«, stellt uns JC einander vor, wir geben uns die Hände und nicken ernst. Manfred öffnet seinen Mund und überschüttet uns mit einem Schwall an Worten, mein Trommelfell wird überladen und fängt nach wenigen Minuten an, nur mehr einzelne der unendlich vielen Worte aus diesem ständigen Strom herauszufiltern.

Mit dem Taxi fahren wir zu unserem Hotel. In mir keimt eine schwache Pflanze namens Hunger auf, ich habe ja wohl schon länger nichts mehr gegessen, denke ich und schaue JC von der Seite an. Ach, scheiß drauf, ich sag es ihm auch.

Darauf JC: »Dann iss eine Currywurst.«

Darauf ich: »Ich will aber was Echtes.«

»Currywurst ist was Echtes.«

»Mit Beilage und sitzen und Bier.«

»Currywurst.«

Er hat dreimal Currywurst gesagt, das zählt als Dämonenbeschwörung, also kriegt er meine Faust zu spüren. Es soll nur spielerisch sein, so unter nie erwachsen werdenden Burschen, aber er soll schon auch was spüren, am besten meinen Hunger. Unglücklicher-, aber gerechterweise hat mein Körper noch vereinzelt grobmotorische Aussetzer, also boxe ich ihn fester als vorgesehen. So fest und so ungelenk, sogar der Taxifahrer vergisst seine Flüche über den stockenden Verkehr und schaut überrascht nach hinten. Wir bitten ihn dann doch sehr deutlich, lieber nach vorne zu schauen, während wir geradeaus über einen Kreisverkehr brettern und Ziertulpen über die Windschutzscheibe segeln. Das versöhnt JC und mich sofort, einzig Manfred schaut etwas betreten drein.

Das Hotel ist nicht annähernd so, wie ich es mir in meinem alkoholumnebelten Schlaf erträumt habe; statt aufregenden Neonfarben und dunklen Eingangshallen gibt es bloß Beton, bunt angemalt zwar, aber gleich traurig wie in Wien, dazwischen Holzverkleidungen und kackgrüne Vorhänge und Stuhlbezüge.

Hätte ich gleich daheim bleiben können.

Mein Hunger treibt uns wie ein ägyptischer Aufseher mit mehrschwänziger Peitsche beim Bau der Pyramiden vor sich her, JC zweifelt an diesem Bild, meint, es müsse mehr dem Ort entsprechen, und plötzlich verwandelt sich diese Metapher in einen deutschen SM-Schergen mit Berliner Schnauze. Dann wagen wir uns in eine Bayrische Bierhalle, eine arge Kommerzkneipe namens »Bierbräu Halle 0 bis 24 Uhr« im Westen der Stadt. Dort essen wir labbrigen »Schweinebraten« mit dünner Soße und Knödel, dazu feuchten Salat, wie vom Chefkoch unter der Achsel zubereitet. Das Bier ist mäßig, die Speisekarte fristet ihr Dasein als laminiertes Kleinformat, was ihr aufgrund der vielfältigen Verschmutzungen aber sehr zugutekommt.

»In Deutschland und auf der Karte heißt es Schweinebraten, als ob mehrere Schweine im Braten wären. Dann dürfte es wirklich Schweinebraten heißen. Schweinsbraten ginge dann nicht, oder? Weil wäre ja nur Einzahl, also ein Schwein.«

Die Kellnerin ist von meiner Fragerei genervt und vermutlich auch nicht aus Bayern, sie ist zwar kräftig gebaut und in ein Dirndl gezwängt, wirkt aber nicht umgänglich genug; möchte fast meinen, ungastlich. Ihr strafender Blick droht mir mit Folter, und ich denke an die vorangegangene Metapher, doch JC lacht bei meiner Ausführung auf und rettet die Situation rüber ins Lockere, Manfred stochert dagegen in seinem Essen rum, als ob er etwas suchen würde.

Später wechseln wir zum Weißbier und trinken auch erstmals Alsterwasser, das ist Fanta mit Bier, erklärt mir die Kellnerin im Dirndl. Da denke ich mir zum ersten Mal, die Deutschen könnten uns schon was voraushaben. Und Berlin kommt mir gar nicht mehr so grausam vor.

Gleich der erste Geschäftstermin fällt aus. JC und Manfred haben folglich übermäßig Zeit und zumindest einer will mich dabeihaben, also gehen wir was trinken und die Stadt anschauen.

JC und ich haben uns an einem Kiosk Bier in kleinen Glasflaschen gekauft und schauen bunt bemalten Trabbis nach, die an der offenen Mauer mit ihren Zweitaktmotoren vorbeituckern. Der Anblick ist nur schwer zu verdauen, die Szene hat etwas Unwirkliches, will immer wieder aufstoßen. Wir lümmeln hier rum und schauen einfach dem Verkehr zu, ein Strom aus Menschen und Autos fließt von einer Seite auf die andere, dazwischen eine angeschmierte Mauer, Stücke daraus fehlen schon, in den Löchern kann man Stahlstreben sehen, ein Mann mit Vorschlaghammer drischt gerade auf sie ein, eine Menschentraube bildet sich und feuert ihn an, steckt sich die bunt gefärbten Mauerreste in die Taschen, kleine Krümel der Geschichte. Es ist noch nicht so lange her, da wären wir alle erschossen worden. Ein kleines bisschen kann ich Doreens Faszination verstehen.

Unbeeindruckt von all dem wirkt Manfred. Er lässt etwas

aus, kein Bier für ihn, sondern Früchtetee aus dem Becher. Ob ihm das Spaß macht, frage ich mich und fahre mir durch die Haare, ob er Berlin zu schätzen weiß oder zu sehr in seine Geschäfte vertieft ist, oder ob es gar an meiner Anwesenheit liegt, ich kenne die Chemie zwischen ihm und JC ja nicht. Er scheint nicht sehr glücklich zu sein. Obwohl, welchen Eindruck würde ein Fremder bekommen, wenn er mich so betrachten würde?

An uns schlendert ein Obdachloser vorbei, abgetragenes Sakko mit Flicken, Plastiksackerl, er ruft dabei immer wieder den einen gleichen Satz: »There ain't no easy way out!« Ein bisschen Wind kommt auf, Wolken schieben sich vor die glühende Sonnenscheibe, zumindest ist es nicht ganz so heiß und stickig wie daheim in Wien. Da, schon wieder: »There ain't no easy way out!« Der Satz packt mich, er hat ja recht.

There ain't no easy way out.

Manfred hat Durchfall, das erklärt seine Verfassung und den Früchtetee. Notgedrungen setzen wir uns in ein Café, damit Manfred in Ruhe aufs Klo gehen und leiden kann. Das Café scheint selbst nicht zu wissen, ob es auf fein tun soll oder nicht, also gibt es abgedroschenen Schick mit Ost-Atmosphäre und eine schlichte Karte, die schon vom Westen okkupiert wurde.

JC lässt sich durch nichts die Laune verderben, er hat ja auch nichts Falsches gegessen, gut gelaunt schnappt er sich das Telefon an der Theke und telefoniert dem ausgefallenen Geschäftstermin nach, womöglich geht da heute noch was, er wird später nochmal anrufen. Das ärgert wiederum mich, da ich die beiden einfach nicht loswerde. Fairerweise: Bei Manfred bin ich mir nicht so sicher, der schaut nicht gut aus, so wie er da die Treppen hinaufwankt. Und wieder herunterläuft.

Morgen dann also.

Es dämmert über Berlin, der Himmel hat sich in eine lange, dunkelblaue Robe aus Samt geworfen, und wir wollen noch kurz auf den Alexanderplatz. Haben wir bis jetzt viel zu Fuß zurückgelegt, lernen wir auf dem Weg dahin die Eingeweide der Stadt kennen: Die Infrastruktur ist veraltet, nichts ist nach dieser Wiedervereinigung eingespielt, das macht mir Sorgen, hoffentlich kein Sinnbild für etwas anderes.

Mittendrin in diesem lebenden Organismus ragt der gewaltige Fernsehturm auf, sein Schaft wirkt aus der Nähe betrachtet, als wäre er mit den Hitzekacheln einer Raumfähre verkleidet. Ob wir in Wahrheit vor einem Raumschiff stehen, mit dem die DDR-Führung in den Weltraum flüchten wollte? »Kommunisten im Weltall«, »auf dem Weg zum sozialistischen Mars«, dem roten Planeten, alles im ostdeutschen Dialekt gesprochen; ich schmunzle.

Nach dem Staunen gehen wir in eine Bahnhofskneipe unter den Gleisen, dort notiere ich mir die Idee dann doch am Rand eines Bierdeckels, man weiß ja nie, wozu das noch gut sein kann. Neben meinem Gekritzel außerdem darauf zu sehen: das Logo der Biermarke und ein goldener Ährenkranz samt Hammer und Zirkel.

Das Bier schmeckt schal, die filterlose Ost-Zigarette macht's ein bisschen besser. Und wieder das Symbol einer sich auflösenden Gegenwart.

Hartnäckigkeit siegt, das wussten sie bestimmt schon in der DDR. Wenn das noch einer weiß, dann JC, also überredet er mich schließlich zu einer Currywurst mit viel klebriger Sauce und gibt sie mir sogar aus. Natürlich schaue ich ihn misstrauisch an, ihn und die Wurst, worauf er nur diplomatisch meint, ich hätte von ihm nichts zu befürchten, wir seien ja nun in Berlin.

Während wir noch ein wenig streiten und essen, hat sich Manfred mit Kohletabletten eingedeckt – ein Vorrat, mit dem er bestimmt einen der hier versteckten Luftschutzbunker ausstatten könnte.

Ein paar Minuten danach – Manfred stützt sich gerade an einer Laterne ab und nimmt die Farbe der Pflastersteine an, er muss ein Chamäleon zum Vorfahren gehabt haben – bin ich tatsächlich beeindruckt, denn ich beobachte JC durch die Glasscheibe einer Telefonzelle, und sein Gesicht nimmt seltsam verformte Züge an; es stellt sich heraus, kurzfristig ist doch noch ein Geschäftstermin möglich. Statt einer Adresse erhält er allerdings eine vage Wegbeschreibung, sie sprudelt gleich so aus ihm heraus, damit ich sie mir auch merke, aber die fremden Straßen und Plätze bleiben nicht hängen: »fährst bis … und steigst um bei … und dann rauf und am … vorbei bis zum alten Fabriksgelände mit den orangen Fenstern.«

Die Lage verschärft sich zusehends, als Manfred mehr und mehr einer verkümmerten Statue denn einem menschlichen Wesen gleicht; er wird definitiv nicht mitkommen, wo immer der Geschäftstermin auch sein mag. Bald könnte ihm etwas abfallen, befürchte ich, etwa der Arm oder ein Bein, so schlecht sieht er aus. JC beschließt folglich alleine aufzubrechen, was mir, wie ich mich selbst überrasche, Sorgen bereitet, weil ich zwar nicht weiß, ob es in den zwei Berlins eine Mafia gab oder gibt, aber eine unbedenkliche Abendgestaltung sieht für mich anders aus.

Noch während ich meine Argumente als wohlgeschliffene und prägnante Rede ausformulieren will – »Oida, geh nicht, die bringen dich dort um und betonieren dich in einen Bunker ein!« –, steigt JC gut gelaunt in ein Taxi, dessen Fahrer zwar keine Schuhe trägt, dafür aber sonst gut gekleidet scheint, zumindest hat er eine Krawatte umgebunden. Sie müssen sich beeilen, denn die Fabrikstore öffnen sich nur zu jeder vollen Stunde. Falls JC nicht rechtzeitig dort sein sollte, gibt es gleich daneben einen Imbissstand, der auch Tätowierungen anbietet, das sei gerade der letzte Renner, hat man ihm am Telefon erzählt.

Ich will JC noch mit Fragen löchern, doch da quietschen die Reifen des Taxis schon, das gelbe Schildchen am Dach geht aus und der Wagen schießt in die Nacht davon, mit JC auf der Rückbank. »Super.«

Taumelnd bringe ich Manfreds zerfallenden Körper zur U-Bahn, mit eingeschränkten Bewegungsabläufen unter Alkoholeinfluss kenne ich mich aus, endlich macht sich das harte Training mal bezahlt. Manfred möchte noch einen Cocktail trinken und »Frauen oder so was« kennenlernen, ich bugsiere ihn aber unerbittlich zurück ins Hotel. »Nicht mehr heute, morgen dann«, sage ich und halte meine anderen Gedanken bei seinem Anblick zurück.

Die Rückfahrt ist ernüchternd. Der U-Bahn-Zug schreit, der Waggon ist voll. Uns gegenüber wechselt eine junge Frau ihre Schuhe, während wir müde auf den Sitzbänken hocken. Ich bin erschöpft, verbraucht und mein Docht für heute abgebrannt, Manfred halbtot oder innerlich schon am Verwesen. Die Nachtschwärmer werden ihrem Namen gerecht, sie sind aufgedreht, wach und hip. Sie gehen jetzt erst fort, dorthin, wo wir versagt haben und fehlgeschlagen sind, und wir fahren ins Hotel. Schichtdienst der Ausgehenden.

Da kommt unsere Station.

Ich mache mir Sorgen um JC, das ist neu.

Und dann ist da noch Jo.

Dadam. Dadam. Dadamdadamdadam! Wie der weiße Hai gehe ich auf Tauchgang und durchmesse das Meer aus aufgebackenen Semmeln und Croissants, Kaffee, Tee, von unidentifizierbaren Flankerln durchzogener Orangensaft in bedenklich großen Tanks und labbrige Wurst- und Käsescheiben. Beim Frühstück heiße ich Manfred willkommen im Leben nach dem Tod; nur ich lache. Manfred wirkt fit, sein Taschentuchverbrauch ist allerdings über Nacht astronomisch angestiegen, er könnte glatt mit pubertierenden Teenagern gleichziehen. Bei genauerem Hinsehen wirkt seine Haut wächsern, er schwitzt stark, ein Bier möchte er am Abend aber trotzdem trinken, das hat er sich vorgenommen.

Wider Erwarten ist JC doch im Hotel aufgetaucht, eher hätte ich auf ein Schrumpfen des Ozonlochs Geld verwettet als auf ihn. Er sitzt uns in der gleichen Kleidung wie am Vorabend gegenüber, Sakko und Hemd mit gestärktem Kragen, ein dunkelrot verschmierter Fleck auf Höhe der Brust. »Ja, ein paar Stunden war ich dort, irgendwie bin ich da dann doch reingekommen, puh. Übers Geschäft, ja übers Geschäft haben wir auch gesprochen, das ist ganz gut gelaufen, doch, ja, eh. Und an das andere, an den Rest, an den kann ich mich nur schwer erinnern. Eigentlich«, sinniert er und kippt Joghurt in seinen Kaffee, ich sage nichts, sondern schweige, »erinnere ich mich an nichts anderes.« Er zuckt mit den Schultern. »Sitzen kann ich kaum noch.«

Die Gier unserer hässlichen Schadenfreude weicht umgehend der Enttäuschung: JC versichert uns eingehend, seinen Hintern würden keine Tätowierungen zieren, Nadelstiche wären zwar vorhanden, einzig die Tinte würde fehlen.

Ich will gerade darauf antworten, da ist das Frühstück abrupt zu Ende. Manfred speibt in den Brotkorb.

Unsere Wege trennen sich, endlich hat jemand die Zentrifuge angeschmissen, ich fliege raus, denn ich besitze die schwermütigeren Gedanken, und JC versucht Manfred und dessen schwer angeschlagenen Körper zum nächsten Termin zu bugsieren, da müssen sie jetzt gemeinsam hin. Die Wegbeschreibung hab ich mir wieder nicht gemerkt, aber ist ja auch egal. Ich steige stattdessen in die S-Bahn und fahre durch die Stadt. Einfach so.

Das Tröten des Zuges vor dem Abfahren hat etwas Lustvolles, ihm haftet etwas von einem Kirtag an. Es soll lustig sein und Spaß suggerieren: »Komm her, steig ein, ich bin ein unterhaltsames Fahrgeschäft, gleich geht's los!« Statt bunten Jetons und Zuckerwatte gibt es starre Blicke und zerkratzte Fenster.

Ich stehe vor einer großen Wiese, die von hunderten Menschen in Beschlag genommen wird. Machen die da ein Fest? Ein bemaltes Schild verrät mir, hier soll ein Park sein, und tatsächlich erstreckt sich eine große Weite zwischen den sonst so eng beieinanderstehenden Gebäuden.

Die Menschenmassen ziehen mich gravitätisch an, es riecht

nach Gegrilltem, Musik mischt sich unter das Geplapper, alles ist so anziehend. Volksfeststimmung, endlich verstehe ich den Begriff in all seiner Schönheit! Nicht bullige Typen mit fleischigem Nacken, die im Feinrippunterhemd mit hochrotem Schädel am Griller hocken, sind gemeint. Volksfeststimmung, ich habe mich in den Begriff verliebt, man muss wohl in Berlin sein, genau in diesem Augenblick, so meine Arbeitshypothese, um ihn voll auskosten zu können wie die verbotene Teigschüssel der Mutter beim Kuchenbacken.

Ich bin wohl auf einem Festival gelandet: Essen, Musik, Sonne. Alte Menschen mit Sakkos und wallenden Tüchern, spielende Kinder, Hunde, Punks, Alternative, Rocker und vereinzelt verirrte Touristen wie ich – Touris, das klingt so schön abwertend und doch treffend zugleich. Alle halten diese kleinen Bierflaschen in ihren Händen, also besorge ich mir auch welche. Das wirkt keinesfalls aggressiv, sondern trägt zur lässigen Stimmung, dieser sogenannten Volksfeststimmung, bei. Niemand hat etwas Schlechtes im Sinn, weit und breit, und da sind Stände und dort eine andere Wiese mit einem bewachsenen Hügel, es ist alles voller Menschen, uns verbindet ein Band der Gelassenheit. Es ist einzigartig schön.

Berliner, ihr verdammten Glückskinder!, möchte ich rufen, traue mich dann aber doch nicht.

Und neben den Musikern und Akrobaten, den Verkäufern und Würstchenbratern, den Punks, den Kindern und Pensionisten, Nachbarn und Polizisten, Bier und Cola, da kifft auch jemand, fickt ein Pärchen in den Büschen, aber da ist nichts Verruchtes dran, bloß Liebe.

An diesem Ort fangen keine Geschichten an, aber ab hier beginnen sie zu zählen.

Den Gutteil des Nachmittags verbringe ich auf diesem spontan entwachsenen Volksfest, die restliche Zeit fahre ich herum und spaziere durch die Straßen. Oder um Klartext zu sprechen: Ich tue alles, um jeden Gedanken an Doreen von mir wegzuschieben. Wo soll ich denn überhaupt anfangen, nach ihr zu suchen? Und wie? Einmal will ich spontan sein, und dann endet das erst wieder in so etwas; Passivität halt, was auch immer. Ich bin zu faul und zu gelähmt.

Es wird Zeit, um aufzubrechen, ich krame einen zerknüllten Zettel aus meiner Hosentasche und streiche ihn glatt, darauf steht eine Adresse.

Wir gehen am Abend etwas trinken, zu dritt.

Da ist nur das gleichmäßige Brummen des Ventilators, meine Augen sind geschlossen, ich brauche einen Moment für mich. In Wien habe ich solche Momente zwar immer öfter, aber in dem Computerspiel meines Lebens sitze ich gerade im Berlin-Level, einen halben Meter von Manfred entfernt, und seit sein Körper wieder mehr von dem tut, was er eigentlich sollte, kann er scheinbar reden, ohne Luft zu holen, sogar ganze Gespräche finden ohne das Zutun anderer statt. Meistens versuche ich seine Ergüsse in meiner Erzählung zu ignorieren, trotzdem sehne ich mich nach einer Pause von seinem Geplappere und der blöden Goschn.

Als ich die Augen öffne, schaue ich in ein kaputtes Spiegelbild, zersprungene Fliesen am Klo, in manchen Scherben erkenne ich Stücke von mir wieder. Es stinkt bitter nach Urin mit einem Schuss Kloake.

Während ich so am Pissoir stehe, denke ich an Jo, aber das ist nicht annähernd so erotisch, wie es sich anhört. Ich erinnere mich an eine lebhafte Diskussion, die wir mal über Klosteine geführt haben. Sie hat mir ernsthaft erzählen wollen, wie sie mal wo eingeladen war, ich glaube, es war ein Date, und sie so fürchterlich nach Schweiß gestunken hat, weil sie mit dem Russen-Auto mit der kaputten Heizung gekommen ist. Das war ihr ausnahmsweise unangenehm, also hat sie sich auf die Toilette geschlichen und sich den Klostein unter die Achseln und auf die Brust gerieben; so die Legende.

Für wen sie sich wohl den Aufwand angetan hat?

Nachdenklich schaue ich in das Pissoir, natürlich hängt dort ein Klostein. Da taucht ein blöder Gedanke an die Oberfläche, er kann nur von Jo kommen, sie muss ihn mir aus der Ferne oder in der Vergangenheit mal eingepflanzt haben, »es geht ja um nix«, wie sie immer sagt, also will ich mir den kindlichen Spaß machen, ohne auf die Konsequenzen zu achten, und den Klostein irgendwie aus der Schüssel befördern. Und JC mitbringen. Vielleicht in sein Getränk geben, ich weiß noch nicht.

Wie ein Weltklassefußballer, dessen Trikotnummer, Position und Name mich nicht interessieren, vollführe ich mit meiner Fußspitze kleine Kunststücke, drücke den sehnlich gewünschten Klostein vom Abfluss weg und samt der Halterung nach oben; das ist in diesem Moment mein Ziel, mein Glück soll davon abhängen, Euphorie brandet in mir auf, wie ich den Stein des Weißen knapp an den Rand verschiebe, ich muss nur noch zugreifen, aber dann geschieht etwas anderes.

Etwas Blödes.

Alkohol gehört bestimmt zu den umstürzenden Mittätern, jedenfalls verliere ich plötzlich das Gleichgewicht, kippe um und schlage mit dem Kopf gegen das Pissoir. So richtig. Ich spüre kaltes Porzellan und den Geruch von Urin. Riskiert und verloren. Da kann ich mich nicht mehr halten und beginne zu lachen. So weit habe ich es schon gebracht, da ist nichts anderes mehr, ich habe alles verloren, mir bleibt nur noch das Lachen. »Das ist doch zum Heulen!«, spucke ich aus und neben die Schüssel. »Was mache ich nur mit meinem Leben!« Keine Frage, sondern eine verklausulierte Feststellung, das erkennt man am fehlenden Fragezeichen.

Leute kommen in die Toilette, einer fragt, ob eh alles okay sei mit mir, ein anderer murmelt, ich hätte mir wohl was eingeworfen. Schön wär's. Stattdessen stehe ich auf, gehe zum Waschbecken und wasche mir Gesicht und Hände.

Zurück in meiner Rolle, die ich mich nicht abzustreifen traue, zurück zu den anderen.

Der Geheimtipp, den JC bei einem seiner unzähligen Geschäftstermine von mir unbekannten Geschäftspartnern bekommen hat, ich stelle sie mir übrigens in übergroßen Lederjacken und dunklen Sonnenbrillen vor, hat uns hierher geführt: eine illegale Wohnzimmerbar zwischen Abbruchhäusern und wirklichen Besetzerhochburgen in der Nähe des Mauerstreifens. Rein geht's durch den Erdkeller, dort dienen ein paar Bänke und Fässer als Einrichtung, Bier und Schnaps gibt es aus ebendiesen Fässern oder aus großen Flaschen mit abgekratzten Etiketten. Durch einen schmalen Durchbruch an der Rückseite gelangt der mutige Besucher ins Stiegenhaus und in den zweiten Stock, der erste ist nämlich zugemauert, und dort, also im zweiten Stock, wurde aus einer Wohnung alles rausgerissen, was nicht gerade tragend ist, und ein bisschen darüber hinaus.

»Schaut schon gefährlich aus«, sage ich und nippe an meinem Mojito, dabei verziehe ich das Gesicht, denn ich hasse Cocktails.

»Geh, Blödsinn. Glaubst, die würden das so rumhängen lassen, wenn was wär? Die strengen, überkorrekten Deutschen? Wir sind ja nicht in Wien«, antwortet JC und trinkt zufrieden, er hat uns großzügig eine Runde Cocktails spendiert, ohne nachzufragen, mir wäre ja Bier lieber gewesen, sogar das ohne Etikett.

»Wir sind in Berlin«, darf ich erinnern, »ich glaub, das zählt also gerade nicht. Noch nicht. Oder vielleicht auch nie.«

»Bah, du Pessimist mit Abo auf Lebenszeit.« JC lehnt sich zurück und nimmt noch einen Schluck aus seinem Glas, dann steckt er die Hand zufrieden in seinen Hosenbund. Wenn ich seinen Blick richtig deute, scheint er aber doch nachzudenken. Hoffentlich tut er nichts Unüberlegtes.

Der Inhalt unseres gefährlich-oder-nicht-Gesprächs entspringt an der Wand gegenüber, die schauen wir beide an, von ihr fällt Putz großflächig ab wie Hautfetzen von Leprakranken, und auf Augenhöhe hängt dort ein offener Stromverteiler mit zwei Drähten, die wie dürre Storchenfüße daraus hervorstehen. Ich bin der Meinung, das könnte gefährlich sein, JC ist dagegen, weil das schummrige Licht in dieser Wohnung von nackten Glühbirnen kommt, die irgendwie provisorisch von der Decke hängen, das da an der Wand kann also folglich nichts sein, höchstens eine abgeklemmte Leitung.

Wir greifen wieder zu unseren Cocktails, einer von uns widerwillig.

In dem Moment kommt Manfred mal wieder mit Nachschub und Erdnüssen von der Bar im Erdgeschoß und sieht, wie unsere Blicke den sich gerade nicht kreuzenden Drähten gehören. Die sind ihm vorher nicht aufgefallen, also greift er gleich mal hin.

Es wird für kurze Zeit sehr hell und sehr laut. Und dann sehr dunkel.

JC fragt als Erster in die Stille hinein: »Manfred?«

Kurz darauf werden wir unsanft durchs Stiegenhaus gedrängt und aus dem Erdkeller geworfen, was uns sogar für Berliner Verhältnisse unverhältnismäßig vorkommt.

Unbekümmert klopft JC Sakko und Hose ab, auf seiner Brust hat sich durch einen in der Hektik verschütteten Cocktail ein Fleck gebildet, er verschmiert ihn noch großflächig.

»Spannender Abgang. Eine Adresse hab ich noch, die soll genauso angesagt sein!«

Ein Klopfen weckt mich an diesem verkaterten Morgen. Ich brauche ein paar Minuten – die Zeit, in der man vom leichten Schlaf in den wachen Zustand geschoben wird, um zu verstehen: das Klopfen ist nur in meinem Kopf, und selbst dort ist es mittlerweile zu einem schmerzhaften Pochen angewachsen. Automatisch fasse ich mir an die Stirn, treffe aber nur meine dunkelblaue Schramme, die ich vom Toilettenzwischenfall behalten habe, und die mir nur noch mehr Schmerzen durch den Schädel jagt; in meinem Nervenzentrum muss ein Gewitter losbrechen. Meine pelzige Zunge schleicht derweil unkontrolliert durch die Mundhöhle, scheint noch alles da und an seinem Ort zu sein, schmeckt aber nach abgestandenem Bier und kalter Asche.

Die ersten Worte spreche ich an diesem Tag beim späten Frühstück, ein Krächzen kommt aus meiner Kehle, ich höre mich ganz wie ein Vogeljunges an. Ich bin erschöpft, mein überschwappender Gefühlsmix vom Vorabend ist einer sich ausdehnenden Leere gewichen, also alles wie gewohnt.

Ernüchterung hat sich meiner bemächtigt, wie nach jedem Rausch, jetzt muss ich wieder stark sein, wieder funktionieren.

Ich lasse den Tag geschehen. Oder wie JC sagt und lacht und mir dabei auf die Schulter klopft: »Es geht ja um nix.«

Ich werfe ihm einen genervten Blick zu, will sogar den Mund aufmachen, bin aber zu erschöpft dafür. Vielleicht habe ich ihm gestern gegenüber ja was angedeutet, Jos Worte wiederholt? Muss so gewesen sein, Gedankenlesen geht glücklicherweise erst im neuen Jahrtausend.

Es geht ja um nix. Ja, eh. Nur ums Leben.

Mir gefallen die dunkelgetäfelten U-Bahnen und die Berliner Sprache darin, sie klingt so herrlich versifft wie die Stadt selbst. Womöglich sind alle Berliner entweder betrunken oder auf Drogen und weggetreten, das wäre schön. Die Menschen sind freundlich, das ist für mich als Wiener ungewohnt, die Abstände zwischen den U-Bahn-Stationen sind lang, dazwischen liegen Schluchten und Heldenreisen, an letzterer nehmen wir alle teil.

Der Zug ruckelt, trötet und ich habe meine Station verpasst, eigentlich wollte ich schon zwei U-Bahnhöfe früher aussteigen, aber wurscht. Stattdessen lehne ich meinen Kopf gegen die vibrierende Scheibe und komme nicht auf. Soll was Schlimmeres passieren, sie wird schon wieder umdrehen und zurückfahren.

Beim nächsten Halt in einem orange gekachelten Bahnhof strömt eine unverhältnismäßig große Menge an Menschen in den Waggon, meine Lethargie wird durch Selbstschutz bedroht. Wo die bloß alle auf einmal herkommen, frage ich mich, bin aber schließlich doch zu müde und zu gleichgültig, um nach Antworten zu suchen. Es wird enger in der U-Bahn, ein paar Mädels mit Strümpfen in Neonfarben drängen sich vor mich und steigen sich gegenseitig auf die Füße, achten aber peinlich genau darauf, nur ja nicht am Freak, der anscheinend ich bin, anzustreifen.

Seltsamste Person in der Berliner U-Bahn sein und gemieden werden, check, denke ich und zeichne in Gedanken ein Häkchen in die Luft.

Als ich meine Augen für längere Zeit auf eine Stelle fixieren kann, schaue ich zu einem Punk mit großem rosa Irokesen und einer mit Nieten besetzten Lederjacke. Er hält zwar eine Bierdose in der Hand, hat aber die Augen geschlossen und droht bei jeder Kurve vornüber zu fallen. Knapp vor dem Scheitelpunkt fängt er sich immer und kippt mit einem ungemütlichen Krachen nach hinten auf die Sitzbank.

Moment, was war das?

Wie ein Computerprozessor hat mein Gehirn ein Programm im Hintergrund laufen lassen, das meine Umgebung ständig auf verschiedene Schlagworte überprüft. Völlige Science-Fiction, ich weiß, und doch hat da jemand gerade einen Namen ausgesprochen, der etwas in mir ausgelöst und Alarm geschlagen hat: Doreen.

Also konzentriere ich mich; ja, es waren wohl die Mädels vor mir, die, die mich so abstoßend finden. Ich hätte doch duschen und meinem Drang nach Frischluft nicht ohne Weiteres nachgeben sollen.

Es ist laut, dutzende Menschen reden durcheinander, von draußen rauscht der Tunnel an den Fenstern vorbei, aber dennoch kann ich Fragmente verstehen. Eine Doreen wollen sie treffen, das geht aus ihrem Gespräch klar hervor, später, am Abend dann. Und sie hat einen Künstlerfreund. Ich bilde mir ein, jemand hat Wien erwähnt.

Keine Frage, denke ich und Schweiß tritt aus meinen Poren, die müssen von Doreen reden, von meiner Doreen, es kann keine andere sein! Das ist der Tritt, den ich gebraucht habe, es gibt doch Gerechtigkeit und – halt, die steigen ja aus. Wo finde ich Doreen denn nun?

Panisch wanke ich aus dem Zug. Das Signal trötet zwar, dass man nicht mehr darf, doch ich tue es trotzdem, quetsche mich zwischen Leuten hindurch und steige gerade noch rechtzeitig aus. Da vorne gehen die Mädels, lange Beine in Neonfarben, sie sind gut zu erkennen.

Sie reden flaches, belangloses Zeug und gehen ziemlich schnell, drehen sich nur einmal zu mir um.

Das ist kein guter Blick.

Bin ich zu auffällig? Ich schaue an mir hinab, natürlich trage ich das T-Shirt mit dem Senffleck, was sonst, außerdem habe ich eine Schramme am Schädel, bin ungewaschen, stinke nach Bier, Zigaretten und Schweiß. Ob ich sie bitten soll stehen zu bleiben? Dann könnte ich die Situation erklären und etwas über Doreens Aufenthaltsort erfahren.

»Hallo, ihr da! Kann ich euch kurz was fragen?«

Da laufen sie weg, in großen Schritten halten sie auf eine Treppe zu, und ich bin nicht in der Lage, ihnen zu folgen. Der zu erwartende Aufwand beim Hinterherlaufen zieht mir alle Stecker, schlagartig bleibt mir die Energie für den Antrieb weg, ich bleibe stehen, als ob jemand eine Haltelinie in den Boden gezogen hätte.

Besser so, definitiv.

Einen Bruchteil habe ich noch verstanden: heute Abend treffen sie Doreen im Betriebswerk, was und wo auch immer das ist, aber da muss ich hin.

»He, Spacko! Wat machst'n hier fürn Rabatz?«, sagt der Punk, der früher fast umgefallen wäre, jetzt aber ziemlich sicher hinter mir steht. Er packt mich an der Schulter und dreht mich zu sich herum. »Haste die Trullas belästigt?«

Ich möchte ihm eingehend versichern, dass dem nicht so ist, aber ich reagiere zu langsam, dank meines Zustands bewege ich mich in Zeitlupe, selbst das in mir aufschießende Adrenalin kann mir nicht mehr helfen.

»Ich hab nur wen gesucht und wollte die was fragen«, setze ich zwar an, doch der Rest des Satzes ist irrelevant.

»Halt deine blöde Schnauze, Stänkafritze! Du schnallst ooch jarnüscht, wa?«

Ich sehe noch, wie er mit der Hand ausholt, dann steuert sie auf mich zu und ich kurz darauf in Richtung Boden.

Es gibt Fragen, die kann man zwar stellen, aber die Antworten darauf sind nicht relevant. Angenommen, ich schnippe eine Zigarette von einem Hochhausdach, dann kann ich zwar überlegen, auch aus Sicht der Zigarette, ob das wirklich eine kluge Idee ist, ob das brennende Ende womöglich ein Feuer entfacht oder in jemandes Glas landet und ihn oder sie nahe an den Erstickungstod bringt. Wie auch immer meine Überlegungen und die der weggeschnippten Zigarette ausgehen, sie werden nichts daran ändern, sobald die Physik zu Werke schreitet.

So ähnlich ist das auch jetzt.

Es ist eine legitime Frage, ob ich da wirklich hin soll. Natürlich bin ich wegen Doreen in Berlin.

Das heißt, wenn mich JC nicht auch dazu gedrängt hätte.

Es geht um nix, stimmt schon. Also lieber was tun, statt nichts tun. Aber eine Schlappe riskieren? Obwohl, was kann übler sein als ein Punk, der mich per Faust mal eben in die Werbeunterbrechung schickt? Ich nehme ihm das nicht übel, aus Sicht eines Dritten hat die Szene bestimmt befremdlich gewirkt, ein fertiger Typ, der flüchtende Frauen anstiert, da ist sein Handeln schon nachvollziehbar. Trotzdem hätte er mich zu Wort kommen lassen sollen.

Die Fragen sind also legitim und die Antworten irrelevant, weil: wir sind ohnehin längst da.

Seit Stunden stehen wir in der Schlange vor dem Betriebswerk und warten auf Einlass. Es ist mitten in der Nacht, näher am Morgen als am Abend, die Tore haben sich erst zu Mitternacht geöffnet, und weil die routinierten Partygeher schon vor uns da waren und jetzt dran und drin sind, warten wir noch draußen; der vor Vorfreude zappelnde JC, der vorübergehend wiederhergestellte Manfred alias der Sechs-Millionen-D-Mark-Mann und ich.

Es hat abgekühlt, doch hier wie da speichern Unmengen an Grau, also Beton, der jede ungelenke Großstadt ausmacht, Wärme und strahlen sie unablässig wieder ab. Brennende Blechfässer säumen den Weg der Schlange bis vor zum Eingang, daneben steht zu beiden Seiten ein Bauzaun. »Der beste Club der Welt!«, wiederholt JC ständig und gerät mit jedem Umlauf näher an den Höhepunkt. Man sollte halt ein Club-Mensch sein, oder zumindest Techno-Fan. Also schlechte Voraussetzungen für mich.

Aus dem viereckigen Ziegelbau wummern tiefe Bässe, sie durchdringen mannshohe Milchglasfenster, werden durch Farben und Scheinwerfer im Inneren aufgebauscht. Rund um das Gebäude gibt es bloß Ruinen und verbogenes Metall; hundert Meter entfernt stehen angeleuchtete Wracks von alten Zügen.

In dem Gebäude ist Doreen, vermutlich. Sie darin zu finden wird kein Zuckerschlecken (das wollte ich immer schon mal sagen, wer sagt so was im Alltag?), aber immer noch einfacher, als in der ganzen Stadt nach ihr zu suchen. In der Schlange steht sie jedenfalls nicht, die kontrolliere ich alle paar Minuten, wenn ich auf und ab patrouilliere, daher kenne ich auch schon die Türsteher vom Sehen. Das sind Hünen, sie tragen Helme, Bärte und so viel Metall und Tinte im Gesicht, als ob sie Opfer einer explodierten Schreibmaschine geworden wären. Außerdem kleiden sie sich in viel zu engen roten und blauen Pagenuniformen mit Epauletten und fantasievollen Orden und Abzeichen, die Nähte müssten jeden Moment platzen, aber ich vermute, das ist so gewollt.

Endlich sind wir an der Reihe. JC geht lässig voran, deutet uns, Abstand zu halten und verhandelt kühl mit einem der Türsteherhünen. Der hat ein Namensschild auf der Brust, kyrillische Schriftzeichen, mit seinen Blicken fährt er durch uns hindurch wie ein Panzer durch eine Gipswand, ganz so, als ob wir gar nicht da wären.

»Auf was sind die denn drauf?«

Der Hüne schreit nicht, er hat eine tiefe Stimme, eine feste Stimme, das weiß er, deshalb reicht es, wenn er sie normal benützt, die Techno-Musik aus dem Hintergrund untermalt ihn nur verhalten.

Mit Sorgenfalten auf der Stirn dreht sich JC um und schaut Manfred und mich an, als ob er ein unsichtbares Monokel im Auge behalten müsste.

Manfred wirkt naturgemäß krank, selbst wenn er es nicht ist, und ich »unglücklich. Das ist noch schlimmer«, fällt der Hüne sein Urteil. Zu meinen Schrammen und dem dreckigen T-Shirt sagt er nichts; Teilsieg.

Eine lebhafte Diskussion entsteht zwischen JC und dem Türhünen, in der sie gegenseitig Argumente wie Sperrfeuer ins Feld führen, auch Manfred schaltet sich ein und macht alles schlimmer, ich starre derweil in den Himmel und dann, weil wir auf einem kleinen Podest vor den Werkstoren stehen, auf die Schlange hinter uns.

Keine Doreen.

Keine Jo.

»Nein, ihr nicht«, brummt der Hüne mit der tiefen Stimme und schiebt Manfred und mich weg. Das Urteil ist endgültig, unanfechtbar. Wir müssen hinabsteigen, dort ist es dunkel und schlecht ausgeleuchtet, die Abgewiesenen sind nicht wichtig und verschwinden daher in der Versenkung. Auch das gehöre zum Betriebswerk, hat mir JC erklärt, genau wie die vielen Abweisungen.

»Aber ich muss da rein«, sage ich mit Nachdruck, und außerdem, »bist du mein Therapeut, oder was?«, blaffe ich den Hünen an.

»Türsteher, ist kein großer Unterschied. Find dich erst mal selbst, bevor du da rein willst. Sieht man doch sofort, mit dir stimmt irgendetwas nicht.«

Stopp, was? Ich will mich dem Hünen stellen und aus der Dunkelheit emporsteigen, aber er überprüft bereits die nächsten Besucher, und sein Kumpel, ein anderes Modell ohne Sprachausgabe, ist da recht eindeutig. Die schwere Pranke auf meiner Brust soll wohl so was heißen wie: Nein heißt nein, und jetzt verduftet.

Sie ignorieren uns für den Rest der Nacht.

Auch das gehört zum Betriebswerk.

Berlin, das ist der Ursprung allen Irrsinns, habe ich am Würstelstand in Wien festgehalten, deswegen soll es hierher gehen, hat JC dann gemeint. Wirst schon sehen, hat er noch am Rollfeld gemeint.

Das Einzige, was ich in diesem Moment sehe, ist der langsam anschwellende Straßenverkehr, Autos, die sich verschlafen durch den dämmernden Morgen schieben.

Wir sitzen in einer toten Ecke am Bauzaun, die Beine von uns gestreckt, als ob sie uns fremd wären, Gliedmaßen, die nicht zu uns gehören. Manfreds Kopf ist nach hinten gekippt und lehnt am Gitter, sein Mund ist offen, er schläft. So ruhig und angenehm habe ich ihn noch nie erlebt. Auch mein Kopf lehnt am Gitter, ich schlafe jedoch nicht, mein Blick geht in flachem Winkel nach vorne.

Die Nacht hier draußen war ewig.

JC ist im Betriebswerk verschwunden, also haben wir es uns hier gemütlich gemacht, zuerst Bier vom Späti geholt, dann Korn, geraucht und geplaudert.

Manfred ist schlimmer als ich, da bin ich mir nun sicher. Strukturierter, vorausschauender, durchtriebener, mit Plan A bis Z vor den Augen und Sakkos und Krawatten im Schrank, die er nur zu gerne trägt. Was er nicht so gerne macht, ist das hier. Ich finde das eigentlich nicht so schlimm, es ist warm und bis vor Kurzem haben die Tonnen noch gebrannt, das hatte was von dieser künstlichen Ghettoatmosphäre, wie sie in Filmen vorkommt, die ich auch im Bezirks-Kino zeigen würde.

So wie Manfred wäre ich irgendwann geworden, wenn ich länger beim Teletext geblieben wäre und gewartet hätte, bis sich die herankriechende Biederkeit auch in den letzten Winkel meines Körpers eingenistet hätte. Zuerst bekämpfst du das biedere System, dann arrangierst du dich mit seinen Regeln und in der letzten Phase dringt es in dich ein und assimiliert dich. Und dann hast du sie, eine Karriere: juhu.

Trotzdem hat mich der M. rausgeschmissen.

Lustig, in meiner Brust breitet sich ein flaues Gefühl aus, so warm, als ob etwas auslaufen würde, dabei habe ich mich schon länger nicht mehr angeschüttet. Ich glaube, mir hätte Schlimmeres passieren können als beim Teletext rauszufliegen. Ich hätte ein Manfred werden können, ganz ohne semilustigen Zusatz.

Auf diese Erkenntnis hin zünde ich mir eine Zigarette an und fahre mir durch die Haare. Ich könnte noch ein bisschen die Augen schließen, nur kurz. Sollte ich wohl besser Wache halten? Aber bei mir gibt es nichts zu holen, und Manfred ist sowieso paranoid und trägt daher, wie er mir vorhin verraten hat, eine von diesen Touristenbauchtaschen und hat überdies Geld in den Socken versteckt. Mutig und meiner Meinung nach völlig verdient, wer sich das antut und diese Verstecke ausrauben will.

Apropos, da kommt einer auf uns zugelaufen.

Heute Nacht habe ich viele Leute aus dem Club wanken sehen, manche sind gekrochen, andere getragen worden, aber keiner von denen, wirklich niemand, ist so rausgerannt wie gerade eben der da: JC.

Nur aus der Nähe betrachtet sieht er ziemlich fertig aus, aber das täuscht, er hat bestimmt was eingeworfen. JC hat einen richtigen Laberflash, die Sätze sprudeln nur so aus ihm heraus, das Ende eines Wortes wird vom nächsten Anfang verschluckt; irgendetwas mit neuen Geschäftsideen. Ständig springt er von einem Bein aufs andere und tanzt zu den dumpfen Bässen, die aus dem Hintergrund durch den Morgen dringen, dann macht er einen Sprung und rennt ein paar Meter vor uns her. Er zittert und schwitzt sehr stark, allerdings ist es Sommer und er kommt gerade aus einem Club, muss also nicht unbedingt etwas bedeuten. »Und dann, weißt du, sage ich dir, aber bitte sag's niemandem weiter, weil das ist geheim, haben mich zwei«, an der Stelle bricht er den Satz ab und schaut sich hektisch um, »Agenten angesprochen«, flüstert er, »zwei Agenten«, wiederholt er und deutet die Zahl Zwei mit Zeige- und Mittelfinger, womöglich macht er auch mit voller Absicht das Victory-Zeichen, ich weiß es nicht, er ist noch schwerer als sonst zu durchschauen, aus seinem Mund kommt nur wirres Zeug. »Ein Mann, der aussah wie ein Mann, und eine Frau, die kaum ein Wort gesprochen hat. Ich weiß nicht, von welcher Seite die waren, hörst du? Ich weiß die Seite nicht!«

»Es gibt keine Seiten mehr«, will ich einwerfen, um JC zu beruhigen, so als Argument, aber auch zum Abtasten seines Zustands. Manfred ist mir eine große Hilfe, er kämpft gegen den Halbschlaf und hält dankenswerterweise seine Klappe.

»Psst, sag das nicht so laut!«, und dabei legt er seinen Finger auf meinen Mund und pfeift dann lange und ohrenzerreißend. »Die wollen doch nur, dass du das glaubst.«

»Wer sind denn die?«, nuschle ich.

»Na der Mann, der aussieht wie ein Mann, und die Frau mit den langen blonden Haaren! Psst!« Ohne Ankündigung wirft sich JC auf den Boden, seinen Blick lässt er gehetzt wie einen Helikopter durch den sich lichtenden Himmel kreisen. Da ist niemand, zumindest nicht direkt über oder um uns. »Die zwei haben mich vor einer Razzia bewahrt. Als es eng wurde, haben sie mich auf eine geheime Tanzfläche gezerrt, und dann ins Klo. Dort haben sie mich stundenlang in einer Kabine eingesperrt, aber ich musste so dringend und konnte nicht!«

Ich bleibe ganz ruhig, sage nur: »Es gab keine Razzia.«

»Oida, zum Glück, sag ich dir.« Erleichtert wischt sich JC über die Stirn, aber der Schweiß kommt gleich wieder nach, so wie Wassertropfen, die auf einer kalten Getränkedose kondensieren.

»Komm, wir bringen dich ins Hotel. Du solltest dich etwas ausruhen, der Flieger geht bald.« Das ist zwar ein bisschen gelogen, der Flieger geht erst am Abend, aber in dem Zustand steige ich mit ihm nirgends ein. Er hat nun mal die Tickets, und hierbleiben mag ich dann doch nicht.

Unsanft trete ich gegen Manfreds Beine, er grunzt und wacht auf.

»Meine Herren, unsere Spielzeit ist abgelaufen.«

Die Stadt dreht sich in stockenden Bildern an uns vorbei, wie diese Fotobetrachter für Kinder, einmal drücken, neues Bild. Bahnhof Zoo, dann Straßen, hoher Beton, Stahl, die Spree. Wir sitzen im Taxi und schauen aus dem Fenster. Aus dem Autoradio quillt Musik; wir schweigen, auch der Fahrer spricht nicht. Ob wir das aus Ehrfurcht tun, stiller Anteilnahme oder Abschiedsschmerz, weiß ich nicht, aber es ist ein gemeinsamer Moment und ich habe nicht damit gerechnet, dass wir so einen erleben würden.

Berlin, das ist ein Cocktail für den Geist, er regt an, fügt Neues hinzu, rührt kräftig um. Zu Teilen bin ich versöhnt mit dieser Geschichte aus zwei Städten, befriedigt und befriedet, einverstanden. Die große Liebe ist es nicht, doch wir bleiben Freunde. Diese zwei Hälften, die zu einer Stadt zusammenwachsen, sind ein kultureller Gegenentwurf zu Wien, der Menschen wie mir das Gefühl verleiht, einmal mehr zu sein, einmal mehr zu schaffen, diese eine Treppenstufe nach oben zu kommen.

JC lehnt erschöpft neben mir auf der Rückbank und umklammert eine Wasserflasche wie ein Geier seine Beute, trotzdem rutscht sie ihm manchmal aus der Hand. Der Irrsinn verbreitet sich schneller als anderswo, hier gelten keine Geschwindigkeitsbegrenzungen, JC hat schon recht. Unsere Jahre werden wie auch andere vor ihnen in die Geschichte eingehen, aber unsere werden hoffentlich mit dem Mauerfall in Erinnerung bleiben, mit der Weitsicht, die durch die Öffnung der Grenzen entstand, den Blick in Länder, die die meisten von uns nur aus dem Atlas kennen.

Vermutlich wird die von Berlin ausgehende Welle sowieso irgendwann ganz Europa erfassen, selbst Wien, auch wenn bis zu uns bekanntlich alles länger braucht, selbst dieser fade Witz.

Bleibt noch die Sache mit Doreen.

Ich kann ehrlicherweise nicht behaupten, ich wäre nur JCs wegen nach Berlin gekommen. Er hat mich zwar dazu gedrängt und seinen unsichtbaren Griff nicht mehr von mir genommen, bis wir auch tatsächlich gemeinsam in den Flieger gestiegen sind, das habe ich schon gemerkt, gleichzeitig war halt doch ich es, der zu dieser Reise eingewilligt hat. Weil ich mir eingeredet habe, ich würde Doreen meine Unabhängigkeit von ihr, mein Glück ohne sie zeigen, und es dann doch nicht getan habe, wegen diesem keimenden, gärenden, schimmelnden Gefühl, dieser schwachen, faulenden Sehnsucht nach ihr. Die mir sonst gar nicht abgeht, abging, aber just in dem Moment fehlte, als es eine Möglichkeit für ein Wiedersehen gab.

Schließlich wurde nichts draus, ob das an mir oder widrigen Umständen liegt, ist nebensächlich. Ich habe den Gedanken an sie lästig vor mir hergeschoben und bin dann im entscheidenden Moment zuerst eingeknickt und dann gescheitert.

Das hört sich ein bisschen nach meinem Leben an.

Ich bin froh, dass die Tage, dass alles vorbei ist. Das war ein Leben in Bruchstücken, von einer Scherbe zur nächsten taumelnd.

Berlin? Keine Alternative für mich.

Das Taxi bremst und kracht auf den Randstein, die Musik verstummt, und wieder einmal sind wir da.

In der Abflughalle riecht es nach verbrannten Pizzaresten aus dem Backrohr, es ist stickig, wir werden noch eine Weile im Abflugbereich des Terminals warten müssen.

Unsere Wege trennen sich, Manfred wirkt noch kränker als zu Beginn unserer Bekanntschaft, er wird über Frankfurt nach Paris weiterfliegen oder auch umgekehrt.

JC und ich sitzen im Flugzeug zurück, zurück nach Wien. Was haben mir die Tage gebracht?, überlege ich und bin froh, als mir der Boden unter dem Fenster weggezogen wird.

Die Angst vor dem Abstürzen währt nur kurz, noch eine Zigarette, dann nicke ich ein.

»Komm«, sagt Jo und zieht sanft an meiner Hand. Ihr Arm wühlt sich tief in die Bettdecke und holt mich daraus hervor. Gerade schlafe und träume ich noch, die zerwühlte Bettdecke ist ein Strudelteig, ich will vor den über mir wie Wellen aneinander schlagenden Teiglappen flüchten, doch sie stürzen auf mich herab, ich bin die Füllung und ein Konditor bäckt einen Apfelstrudel aus mir. Der Strudel wird enger und schnürt mich ein, ich schmecke Zimt, und endlich werde ich aus Bettdecke und Traum gerissen, irgendwie wird alles real und gut, zumindest für kurze Zeit.

Nun liege ich verdreht auf meiner Matratze und kenne mich nicht aus, bin geschockt, die Welt ist mir zu viel, denn da im Dunkeln steht nämlich Jo. In meiner Ein-Zimmer-Wohnung. Für die sie keinen Schlüssel hat.

»Wie bist du hier reingekommen? Es ist mitten in der Nacht«, grunze ich schlaftrunken meine Eröffnung, für Jo dürfte sie sich anders angehört haben, eher nach: »ie bis u eineeommen? Itten Nach.«

Ihr Lächeln durchbricht die Dunkelheit wie eine Gabel den zerbrechlichen Strudelteig, eine andere Antwort erhalte ich von ihr nicht, gleichzeitig wundere und frage ich mich, wie ich gerade auf diese Analogie komme.

In T-Shirt und Boxershorts, was man im Sommer halt so zum Schlafen trägt, zieht sie mich aus dem Zimmer und raus in die Stadt.

»Woher wusstest du«, setze ich an und halte inne, nachdem ich meine nackten Füße über den warmen Asphalt tapsen höre, das Geräusch gefällt mir, das Gefühl auch. »Woher wusstest du«, fange ich erneut an, dieses Mal konzentrierter, »dass ich gestern Abend zurückgekommen bin? Hast du mir etwa nachspioniert?«

Jo runzelt die Stirn, glaube ich, ihre Fransen überdecken sie ein bisschen. »Du warst weg?«

»Fast die ganze Woche.«

»Echt? Wo denn?«

»Berlin.«

Kurz scheint sie nachzudenken, ein Gedanke glimmt wie ein Holzspan in ihr auf, dann zuckt sie die Schultern, als wäre das alles gar nicht wahr oder völlig egal. »Hab ich nicht mitgekriegt. Dabei könnte ich schwören, wir haben uns gestern oder so noch getroffen. Sicher, dass du nicht doch hier gewesen bist?«

Während ich noch an das verhängnisvolle Gespräch mit JC am Würstelstand denke, schiebt mich Jo wie einen Botenstoff durch die engen Adern Wiens, durch Gassen und Straßen, über kleine Plätze, die bedeckt sind vom silbernen und goldenen Glanz der Auslagen, daneben aufsaugende Schwämme aus Dunkelheit. Das einsame Brummen des Verkehrs und der maritim anmutende Geruch nach Kanal erinnern mich an Italien, und noch immer ist der Sommer ein bisschen Kirtag für mich.

Es beginnt zu nieseln.

»Willst du immer noch wissen, was ich so mache, wenn ich mich durch den Tag treiben lasse?« Jo wartet meine Antwort nicht ab. »Das da«, erklärt sie stolz und deutet auf ein unscheinbares Haus, versteckt hinter Planen und Gittern.

Wie ein 400-Meter-Hürdenläufer, der genauso trainiert ist wie ich, also gar nicht, also wie ein gescheiterter 400-Meter-Hürdenläufer, lehne ich kraftlos an der gegenüberliegenden Hausmauer, mein T-Shirt kratzt, der Kragen ist erstaunlich weit oben, ich werde erst später verstehen, dass ich es verkehrt herum trage. Mein Kopf kippt auf meine Schulter und meine Augen rollen wie in einem Kugellabyrinth zur Seite, die Lider klappen bis zur Hälfte drüber, gute Nacht, gleich wird hier geschlossen. Mein Unterkiefer geht dagegen nach unten, mein Mund lädt zur großen Feier in den Tanzsaal ein.

»Nicht einschlafen, ich mach hier was Intimes mit dir!«

So einen Peitschenknall in Jos Stimme habe ich noch nie gehört. Ich strenge mich an, ihren Worten zu folgen, als ich sie eingeholt habe, wartet der stechend süßliche Geruch von

Urin auf mich, hoffentlich stammt er nicht von Jo oder mir. Ich fixiere sie also, so gut mir das gelingt, mit meinen rollenden Augen und raune ein »was?«, gefolgt von der unglaublich gescheiten Schlussfolgerung: »Du sanierst Häuser?«

»Dodl«, sagt sie leise und macht irgendwas mit den Augen, ich kann es in der Dunkelheit nicht genau erkennen. »Stadtstreunen, hab ich gemeint. Ich schleiche mich durch die Seite der Stadt, die Leute wie du«, den letzten Teil betont sie überdeutlich, »nicht sehen, mit geschlossenen oder offenen Augen daran vorbeigehen. Ich steige in verlassene Häuser, klettere auf Dächer, schau mir die Tunnel unter der Erde an.« Jo macht einen Schritt aus der Dunkelheit, ihre Augen sind weit geöffnet und schimmern, das habe ich an ihr noch nie erlebt.

Sie meint das ernst.

»So kriegst du einen ganz anderen Blick für das Alltägliche. Du gehst nicht mehr durch die Gassen, ohne jede Ecke mit deinem Blick abzusuchen, dich zu fragen, was wohl hinter der Tür steckt, wo dieser Schacht hinführt, und warum all die interessanten Spielplätze versperrt sind.«

Dann legen wir los.

Routiniert schiebt Jo ein Eisengitter zur Seite, wir schlüpfen durch den Spalt und klettern über eine Leiter auf einen Baucontainer, schon sind wir mittendrin im Gewächs aus Rohren und Holzbrettern, für Jo scheint alles kinderleicht, ich dagegen zittere, was aber auch am Nieselregen liegen mag. Stockwerk für Stockwerk hangeln wir uns im Schleier des Verborgenen nach oben, ich erlaube mir sogar trotz meiner flüchtenden Restschlaftrunkenheit, Spaß daran zu finden, und denke an diesen Super-Mario-Spielautomaten, denke an den Affen und den Videospielprotagonisten mit Schnurrbart und Mütze. Wind streift durch das Gerüst, mein verkehrt angezogenes T-Shirt flattert an mir wie eine zerrissene Fahne, allmählich wird es nass und der Regen klebt den Stoff an meinen Körper.

Über mir hält Jos Hintern einen Monolog, mehr sehe ich gerade nicht von ihr, höre aber, wie sie von Freiheit spricht und dass diese eine große Rolle spielt, wenn du etwa auf ein Dach kletterst und dann auch noch auf die letzte Leiter und dann hast du ganz Wien unter dir, um dich herum nichts außer Abgrund. »Dann überkommt dich schon ein ziemlich geiles Gefühl von Freiheit, glaub mir. Du sitzt dort oben und lässt den Ausblick auf dich wirken, wie ein Film in einem Fotoapparat, der gerade belichtet wird, gleichzeitig ist da die Höhe, du weißt, du solltest aufgeregt sein, aber trotzdem bist du total entspannt. Die ganze Alltagskacke verschwindet in einer Glaskugel. Und du lässt sie erst wieder raus, wenn du wieder auf den Boden kommst. Dann merkst du erst den Trubel dort unten.« Ein bisschen klingt das nach einer Sucht, so wie sie da spricht, als ob sie auf einem Trip wäre, da, sie lacht und sagt es sogar selbst! Worauf habe ich Schisser mich da nur eingelassen? Wie immer auf gar nichts, neuerdings passieren mir solche Dinge halt.

Unsere Wanderung durch das Baugerüst findet ein Ende, wir sind oben angekommen und stehen auf einem Flachdach mit vielen Antennen, Gittern und klobigen Kästen aus Edelstahl, normalerweise haben die Ventilatoren und machen Lärm, blasen einem Essensgerüche und warme Abluft um die Nase.

Zielstrebig packt Jo meine Hand und zieht mich zur Dachkante hin. Wäre ich nicht vom Regen durchfeuchtet, würden mir Schweißperlen auf der Stirn stehen. Obwohl die Dachkante ziemlich breit ist, wage ich mich nicht näher heran.

Wie ein trotziges Kind zieht sie weiter an meiner Hand, quengelt ein paar Sätze und schließlich setzen wir uns tatsächlich hin, das haben wir stumm ausgehandelt. Jo lässt ihre Beine hinunterbaumeln, blau-weiße Sneaker, am linken Fuß sind ihre Schuhbänder offen.

Daneben sitze ich.

Auch meine Beine baumeln vom Dach; sie hängen ins Nichts, das erzeugt ein komisches, taubes Gefühl, dabei sagt mir mein Verstand, es sollte sich nicht so sehr anders anfühlen, als wenn ich auf dem Verkaufstresen im Kino sitze, einen guten Meter über dem Boden. Doch das hier ist surreal und etwas lächerlich.

Gegenüber leuchtet ein grelles Neonschild. Es ist pink und wirkt ganz so, als ob es jemand aus einem Fotoalbum mit alten Stadtansichten ausgeschnitten hätte, da unten klebt noch eine Fotoecke, da ein Stück Karton, auf der Rückseite stehen mit Bleistift geschriebene Erinnerungen, ein paar der Wörter sind unleserlich. Vermutlich Werbung für einen Nachtklub, verborgen zwischen den Mauern und von unten abgeschottet durch das Gerüst; ich kenne ihn ohnehin nicht. Die pinken Leuchtstoffröhren bilden die Form einer stehenden Maus, sie strahlt hell in die Nacht, brennt ein Mal hinein. Unter uns liegt Wien und sieht dabei aus wie ein Hochglanzfoto. Auf den Straßen kaum Bewegung, da sind keine Straßenbahnen, Busse, Autos, keine Menschen, Hunde, Lebewesen. Ein unbestimmtes Rauschen liegt über den Gebäuden, wie eine Decke, das muss der Atem dieser Großstadt sein, ein schlafender Riese, der niemals richtig aufwacht, ja, genau.

»Wir sind angekommen«, flüstert Jo und deutet mit einem Kopfnicken in ihre Richtung. Sie legt die Füße auf die Brüstung und lehnt sich zurück, dabei fällt mir ihre leopardengemusterte Jogginghose auf, die sie immer trägt und die ich so mag. Auf ihrem Gesicht glänzt ein feiner Film aus Schweiß und Regen, sie sieht aus wie in der U-Bahn, als wir uns das erste Mal begegnet sind, einzig die fettigen Haare fehlen.

Sie mustert mich eindringlich, dann fährt sie mit der Hand zwischen ihre Beine.

Ich weiß nicht, wie es jetzt weitergeht. Das ist keine normale Situation in meinem Leben, aber das sind die letzten Wochen und Monate auch nicht gewesen.

Dinge passieren, die ich nur zum Teil mitbekomme und daher kaum geordnet wiedergeben kann, weil: es ist ja immer noch mitten in der Nacht und ich bin wirklich müde, aber auch etwas erregt. Eine ungewöhnliche Kombination aus Gegenteilen, wie wenn man Magen-Darm hat, sich aber gleichzeitig aufs Szegediner Gulasch freut.

Jo befriedigt sich selbst. Sie sagt, ich soll es auch tun.

In der Dunkelheit muss ich mich nicht schämen, das sollte ich bei Jo sowieso nicht, unsere Körper kennen einander schon, seit dem Anfang, das war eine gute Idee. Sie haben nichts mehr voreinander zu verbergen.

Wir schauen uns an, unsere Blicke sind intimer als bisher, als ob sie eine kleine Zielscheibe tief im Inneren des anderen treffen würden und dort bunte Lampen auslösen; es ist eine seltsame Fantasie, die Jo da entwickelt hat und an der sie mich teilhaben lässt. Unter uns die Stadt, wir hören dem Rauschen zu, unseren Körpern, fühlen den Regen auf der Haut.

Jo sagt: »Komm her«, und hält mir ihre Hand hin.

In meinen Ohren hat sich ein Stausee aus Schweiß gebildet, Brocken aus Schmalz treiben wie Kekskrümel im Kaffee herum. In meiner Vorstellung glaube ich zu fühlen, wie sich der Inhalt entleert und meinen Hals hinabrinnt, als ich die Kopfhörer absetze.

Die Batterien des Walkmans sind leer.

JC hat ihn mir geliehen, die Kassette auch, direkt aus dem Radio aufgenommen. Jetzt steckt das Kunststoffband ohne Möglichkeit zur Bewegung fest, eine tote Schlange in einem Sarg aus Hartplastik. Seltsames Märchen.

Eine Straßenbahn wirbelt Staub vom Asphalt auf und

schiebt ihren Torso in die Haltestelle. Türen öffnen sich, Menschen steigen aus und granteln, andere Menschen steigen ein und granteln, ich bin unter ihnen.

In dieser Stadt gehört das zum guten Ton.

Unter Ächzen fährt die Bim an, sie klingt wie ein alter Maulesel, der eine schwere Last, einen Mühlstein oder Käseräder, groß wie Burgtore, in der Mittagshitze über den Dorfplatz schleppen muss, und auch ich ächze, schwanke und lasse mich auf einen warmen Holzsitz fallen. Wie ein Hammer schlägt mir die Sonne auf den Kopf, dafür ist das Fenster nach unten geschoben und niemand beschwert sich über den Zug, den der Fahrtwind verursacht. Es sind die kleinen Kompromisse, die uns die großen vergessen lassen.

»Ich bin übrigens ziellos«, werde ich sagen, falls mich ein anderer Fahrgast ansprechen sollte. Tut natürlich niemand; zum Glück.

Eigentlich wollte ich das ganze öffentliche Verkehrsnetz abfahren, das hielt ich für eine gute Idee, als ich heute früh aufstand, aus dem Fenster sah und »das ist eine gute Idee« in den leeren Raum hinein sagte, wo die Entscheidung, der Satz und die darin enthaltenen Wörter dumpf in meine Matratze eindrangen und zwischen Federn und billigem Füllmaterial versanken. Ich wollte wissen, ob man von den Stadtwerken, dieser Vereinigung, deren Klang etwas Brachiales, Mechanisches mit sich trägt und an die Maschinenstadt Metropolis erinnert, danach in einen geheimen Klub oder Orden aufgenommen wird oder zumindest eine Medaille oder Urkunde oder einen Gratisfahrschein erhält. Doch ich werde es nie erfahren.

JC war wenig begeistert, als wir uns zufällig über den Weg gelaufen sind. Stattdessen hat er mich geschüttelt und immerzu gerufen: »Was habe ich mit dir nur falsch gemacht?« Dann hat er mir den Walkman aufgezwungen.

Ich kann's ihm ja nicht mal übel nehmen. Da verschafft

er mir eine einmalige Chance für den Sommer, die nie einen Platz im herkömmlichen Gefüge meiner Realität gefunden hätte, und ich verspiele sie, indem ich sinnlos durch die ganze Stadt fahre. Zu mehr reicht mein Antrieb nicht. Andererseits: Irgendwie muss ich ja wieder zurück ins Kino.

Also treibe ich wie ein beschriebenes Origamifigürchen durch die Stadt, meine Körperteile bestehen aus Seiten, und jedes Blatt rauscht einzeln durch die Schreibmaschine, ein Typenhebel nach dem anderen schlägt auf mich ein und hinterlässt seine schmutzigen Abdrücke. Durch den Vorgang des raschen Beschrieben-Werdens fühle ich mich gehetzt, aber niemand anders als ich sitzt an der Maschine und steuert die Tasten, lässt mich springen und laufen und schreien und tanzen, nein, nicht tanzen, aber flüchten und weinen und weg sein.

An manchen Tagen zerrinnt meine gute Gefühlslage schneller als ein Eislutscher in der Sonne und wird von Ameisen verzehrt, dabei versuche ich, sie nach dem Aufstehen wie einen Morgenmantel überzustreifen, nehme mir ganz fest vor, sie ab sofort zu haben, es wird mit dem nächsten Summerton gut, mit dem nächsten Summerton wird alles endlich gut. Ich bin glücklich, und dann bin ich es nicht mehr, dafür gibt es keinen Grund.

Mein Gedankenwirbel könnte noch allerlei Nichtigkeiten verschlucken, er könnte auf Seekarten auftauchen und in Sagen und Liedern von Piraten besungen werden. Oder ich erspare mir die lange Litanei an Worten, die nicht genug Substanz hätten, um immer das gleiche Selbstmitleid zu teilen, und reiße diese Seiten aus der Geschichte raus, verbrenne sie, wir tun so, als hätten sie nie existiert.

Vom Gefühl her, also wenn es ein Gefühl sein soll, dann: nicht Glück. Aber auch nicht Traurigkeit. Es ist halt so in diesem unbestimmten Zwischenzustand. So wie dieses Land, so wie die Menschen.

Es ist Zeit, sich von alten Angewohnheiten loszusagen.

Da ist ein Riss im rosa Zuckerguss, der diese Geschichte überzieht, im Verputz, der die Unzulänglichkeiten des Mauerwerks verstecken soll. Wie ein unbelehrbarer Patient, der eine verheilende Wunde wieder und wieder blutig kratzt, stehe ich vor der Mauer und kletzle den Kalk von der Wand, immer in der Hoffnung, darunter den alles erleuchtenden Gedankenmonolog vorzufinden, der mir mein eigenes Verhalten erklären kann.

In der körperlich weniger dramatischen Außenwelt, ja, die gibt es noch, sitze ich an der Schwelle zu meinem Betonplattenbalkon, die vorderen Beine des Liegestuhls stehen draußen, die hinteren im Wohnzimmer, und auf meinem Schoß liegt mein Heft, es wird von einer nackten Glühbirne hinter mir angestrahlt. Ich nippe an einem schmutzigen Glas, schmiere Sätze auf Papier und grabe dort, wo ich Dinge verdrängt hatte. Diese abbröckelnde Stelle im Zuckerguss, sie besteht beim genaueren Hinsehen aus den zwei Exen dieses Sommers: Ex-Job, Ex-Freundin.

Das sind zwei Reißzähne, die tiefe Löcher hinterlassen haben, und die freie Zeit zum Nachdenken vergrößert die Wunden, bohrt in ihnen herum, bis dickes dunkelrotes Blut aus mir raussprudelt. Oder um beim Zuckerguss zu bleiben: Brombeermarmelade. Widerwillig, ächzend und stöhnend, und entweder blutend oder Marmelade absondernd, muss ich mich damit auseinandersetzen.

Meldungen aus dem Fernschreiber oder dem Fax nehmen, umschreiben und komprimieren, in das Computersystem des Teletextes einspielen und mich danach zufrieden Journalist nennen, das war zwar vieles, aber nie mein Traumjob, um diese abgegriffene Widersprüchlichkeit zu verwenden. Neuerdings muss die Arbeit auch noch Spaß machen, man muss sich selbst verwirklichen, dafür brennen, notiere ich nachdenklich, dann kratze ich mich am Kopf, asche über die Brüstung und starre auf die Durchzugsstraße mit den Autos und Scheinwerferkegeln hinab, die diese in der einsetzenden Dämmerung vor sich herschieben. Ich glaube, es war Bukowski, der schonmal so etwas geschrieben hat, womöglich stammt es aber auch gar nicht von ihm. Es gibt Dinge, von denen glaubt man lange, sie würden zueinander gehören, und irgendwann verknüpft man sie dann.

Mich kotzt das übrigens auch an.

Dieser anwachsende Drang, für jeden Scheißjob Spaß und Leidenschaft vorzuspielen, diese Maxime in wirklich jedem Winkel auszufüllen, und nur ja nicht Job sagen, denn das klingt abwertend. Die Arbeit sollte mich am Leben erhalten und Möglichkeiten eröffnen, um etwas wirklich Sinnvolles anfangen zu können, aber stattdessen erstarrte sie immer mehr, wie Lehm, und ich begann in dieser Festung zu ersticken. Was nützt mir diese Sicherheit, wenn der Preis dafür die Freiheit ist?

Beim Teletext ging's sowieso nur um physische Anwesenheit, Teleheimarbeit hin oder her. Wenn der Hintern nicht Abdrücke auf dem Sessel hinterließ, galt sein Besitzer als faul, ganz egal, ob er tatsächlich gearbeitet oder zehn Stunden am Stück Kreuzworträtsel und Fehlersuchbilder in der Zeitung gelöst hatte. Warum sollte ich so einem Job hinterhertrauern?

Die Sonne hat sich nun vollends hinter den umliegenden Hausdächern versenkt, ein paar Minuten erleuchtet diese riesige Gasfackel noch westlichere Teile Europas und bringt den Menschen Licht und Wärme, ich währenddessen schlurfe nur zur Küchenzeile und fülle mein Glas wieder auf. Fanta mit Bier, ich bin von den Berlinern immer noch hingerissen.

Bleibt noch Doreen.

Kennengelernt haben wir uns eines Nachts beim Fortgehen,

früher, als sich mein Körper noch besser regeneriert hat. Wir waren Freunde von Freunden, eine zufällige Ansammlung auf einer Geburtstagsfeier, die sich normalerweise so nie ergeben hätte, wie eine ganz seltene Sternenkonstellation. Ich weiß noch, wie wir im Taxi gemeinsam gelacht haben und auf der Rückbank umgefallen sind, die Welt um uns herum war nur mehr Hintergrundgeräusch. Ich war verliebt, aber ich glaube nicht, sie jemals geliebt zu haben. Und doch bin ich irgendwie wegen ihr nach Berlin geflogen, bin durch diese zwei Städte gestreunt, wollte mit halber Kraft ins Betriebswerk eindringen, habe die ganze Nacht davor gewartet und nur einen zugedröhnten JC abbekommen.

Doreen war in Ordnung und hat sich meiner erbarmt, wir sind eine Symbiose eingegangen und haben einander erhalten. Vermutlich hat sie mir einen Gefallen getan, als sie so überraschend – zumindest für mich überraschend – ihre Sachen gepackt und im Vorzimmer aufgestapelt hat. Da war nichts von mir, wozu auch.

Ein Zittern durchzuckt meinen Körper, nicht nur, aber auch, weil ich den warm gewordenen Rest der Mischung aus Fanta und Bier runterschütte. Unser Zusammenleben wurde mir irgendwann ziemlich egal, wir hatten uns längst in eine Zweckgemeinschaft verwandelt, statt einem Anflug von Verliebtheit war da nur noch Sicherheit. Dann hat sie mich verlassen, diesen Zustand beendet, und im zweiten Moment, das lag bestimmt auch am Bier, war ich tatsächlich froh darüber, denn mir hatte zu diesem Schritt der Mut gefehlt, auch wenn sich sein Schatten schon längst am Horizont abgezeichnet hatte.

Als feste Freundin hätte ich Doreen nur unter Androhung von Waffengewalt klassifiziert.

Sogar mir ist klar: Ich sollte nichts und niemandem nachtrauern, was und wer immer nur die sichere Variante war, aber nie der große Traum, nie die Idee, für die es etwas zu riskieren gilt. Solche Sachen liebt man nicht, man hängt auch nicht daran, sondern geht mit ihnen durchs Leben und akzeptiert sie, wie schlechtes Wetter oder Mundgeruch.

Beide sind nach einiger Zeit weg und das ist unangenehm, weil ihr Fehlen meinen gewohnten Ablauf zerstört, meine Sicherheitsvorrichtungen außer Kraft gesetzt hat. Emotional trifft mich das genauso wie früher, nämlich gar nicht, versuche ich mir einzureden, schreibe ich auf. Die Veränderungen sind es, gepaart mit der Ungewissheit, die mir seit Wochen und Monaten Angst bereiten, nichts anderes.

Eine Fanta-Bier-Mischung geht noch, wie heißt das gleich, ich fülle mit dem Zeug nachdenklich mein Glas auf und lege mich auf die fleckige Matratze.

Später läuft noch eine Filmvorstellung. Niemandem ist aufgefallen, dass ich ein paar Tage gar nicht da war. Niemandem, nicht mal mir.

Ich bin töricht und kann nicht schlafen, eine schlechte Kombination. Der Kugelschreiber kratzt wieder mit Tinte gefüllte Gräben ins Papier, ich muss noch etwas verarbeiten, die Katastrophe einer Filmvorführung.

Er tötet nur zu Mittag, ein klassischer Italowestern, begann ganz normal, also mit einem Matrixautomaten, dessen Bedienung mehr mit Glück als mit Können zu tun hat, Steckbrücken, die nicht mehr funktionieren, und einem schwachen Stromschlag zum Wachwerden. Im letzten Drittel des Films, mal wieder knapp vor einem Pistolenduell, schmale Augen, Glockenschläge, Klapperschlangen und Tumbleweed, fiel dann plötzlich der Projektor aus, wobei plötzlich nur für jemanden gelten darf, der das vorangegangene Flackern der

Lampen nicht bemerkt hat. Nicht bemerkt haben dürfte diesen Umstand ein testosterongeladener Jugendlicher, der voller Empörung aufgesprungen ist, nachdem das Mädchen neben ihm noch empörter aufgesprungen war, als sie nach etwas Klebrigem in seinem Schoß griff und es fälschlicherweise für Naschzeug hielt.

Überflüssig zu erwähnen: die Vorstellung war gelaufen.

Gelaufen bin dann auch ich, nämlich weg vor dem jugendlichen Testosteronpaket, das seine Männlichkeit vor seiner Begleitung unbedingt wiederherstellen wollte. Nach einer kurzen Rangelei, denen im Westernstreifen nicht unähnlich, landete ich im wie üblich mit Sperrmüll vollgeräumten Kinosaal, Berge an Gerümpel, alles gelagert auf klapprigen und desolaten Holzsitzen.

Doch etwas war anders. Wie ich da so lag und meine blutige Nase in jedes verfügbare Stück Stoff wischte, sah ich sie: eine olivgrüne Reiseschreibmaschine. Jetzt steht sie bei mir im Zimmer, aber ich werde sie nicht verwenden. Mit meinem Zwei-Finger-System komme ich nicht weit, außerdem gefällt mir das Geräusch der Anschläge nicht. Eine Schreibmaschine sollte eine mächtige Mechanik besitzen, die nach einem Atomkrieg noch problemlos funktioniert, das sollte man auch raushören. Die hier ist aber zu sanft, also schreibe ich die meiste Zeit lieber mit der Hand.

Im Halbdunkeln kann ich das beschriebene Papier kaum sehen, meine Lampe leuchtet gerade stark genug, um lange Schattenwürfe zu erzeugen. Den wenigen Wörtern, die meinem Stift entspringen, setze ich eine Krone auf, hänge ihnen Juwelen um, versuche sie zur Königsfamilie zu erheben, einzig, es klappt nicht. Wie ich bleiben sie einfaches Volk, etwas Gewöhnliches, nur leere Hülsen im Proletariat des Geschichtenerzählens. Meine Genossinnen und Genossen vom Komitee zur sozialen Ausbildung des kritischen Volksgeistes würden das sicher gut finden. Oder sie würden es schrecklich finden und mich verbannen, bei Kommunisten weiß man nie, nicht mal die Geschichte.

Ich schreibe weiter, schwitze. Rauche.

Niemand da, der sagt: »Komm ins Bett.«

Jo ist die letzten Tage sehr beschäftigt.

Ich könnte die Glut der Zigarette gegen das Blatt Papier drücken, sie würde die Wörter zerfetzen, Buchstaben für Buchstaben auslöschen und bloß Ruinen hinterlassen. Nichts würde fehlen. Ich will dem Gedanken folgen und ihn schon auskosten, da höre ich es: Aus dem Erdgeschoß kriecht ein kratzendes Geräusch zu mir hoch. Ich schaue auf die Uhr, es ist weit nach Mitternacht, und bald wird es dämmern.

Ich stecke mir die Zigarette in den Mund, fahre mir durch die Haare und krame danach in meinem Küchenschrank. Der Geruch von muffigem Holz schlägt mir entgegen, da ist auch Wachspapier, das abblättert und zerfällt. Bewaffnet mit einer Taschenlampe und einer abgebrochenen Gardinenstange tapse ich hinaus ins dunkle Stiegenhaus und steige über die kalten Steintreppen nach unten.

Das könnte ein wunderschönes Stiegenhaus sein, lichtdurchflutet, hergerichtet, mit Wohnungen und Büros, voller Leben. Ich könnte dort oben wohnen, andere Mieter grüßen, »Wie läuft die Fotoagentur?«, »Wie geht das Studium?«, mit manchen würde ich mich so gut verstehen, wir könnten im Hinterhof grillen. Stattdessen zerfällt das Gebäude, ich muss aufpassen, um auf keine Glasscherben zu treten, und im Hof türmen sich alte Einrichtungsgegenstände und mit Moos besetzter Bauschutt.

Am Ende der Treppe bleibe ich stehen und halte inne. Ich überlege, direkt nach draußen zu gehen, dann biege ich aber doch ins Kinofoyer ab. Es knirscht unter meinen nackten Füßen wie Schnee, in Wahrheit ist das nur altes Popcorn, ich hätte es wegkehren sollen. Morgen dann. Die Taschenlampe bleibt so lange wie möglich ausgeschaltet, meine Augen haben sich an die Dunkelheit gewöhnt, meine volle Aufmerksamkeit gilt der Eingangstür, von dort scheint dieses Kratzen zu kommen. Dahinter steht eine schlaksige Gestalt, sie ist einen Kopf größer als ich und trägt eine Kapuze. Wie ein abgeladener Betonblock bleibe ich mitten im Foyer stehen, unsichtbar im Dunkeln, wie ich hoffe. Gänsehaut bevölkert meine Arme, und ich habe keine Ahnung, was ich eigentlich tun soll, ausgerüstet mit Taschenlampe und Gardinenstange, ein Leinwandheld für Arme. Einen Vorhang aufhängen? Ich sollte ins Bett gehen, es ist nicht mein Kino, nicht mein Problem.

Die Taschenlampe geht an.

Vor Aufregung habe ich mit meinen Fingern daran herumgespielt.

Die schlaksige Gestalt schaut hektisch in meine Richtung, dann sehe ich nur die Rückseite ihrer Kleidung fliegen, sie verschwindet auf die Straße. Ich sollte sofort reagieren, aber ich erwache nur langsam aus meiner Starre. Wie mit Watte umwickelt gehe ich zum Eingangsportal mit dem dicken Messingrahmen, jeder Sinneseindruck wirkt weit weg, ich stecke den verbogenen Schlüssel ins Schloss und sperre auf. Zuerst bemerke ich nichts, dann das Gekritzel auf meinem handgemachten Plakat für Er tötet nur zu Mittag. Auf dem leer stehenden Bezirks-Kino-Café und der Auslage mit den verblichenen Zeitungen sieht es nicht anders aus. Gekritzel. Ich trete näher, leuchte mit der Taschenlampe bis knapp unter mein Kinn.

Das ergibt keinen Sinn.

Das kann man kaum lesen.

Die Wörter stehen nicht nur eng aneinander gedrängt, sie überlappen sich auch, als wären sie aufeinander geschrieben worden, Schicht für Schicht aufgetragen, wie Farbe beim Ausmalen. Sie sehen eckig aus, spitz, wie eingefrorene Wellen, die gegen ein unsichtbares Kliff branden. Ich kann kaum etwas entziffern, »Karoass«, »Fabrik« und »Tiger« glaube ich zu erkennen. Steht da »Gold«? Ich weiß es nicht. Da hat sich jemand ganz schön Mühe gemacht, denke ich und drehe mich um.

Da hat sich jemand wirklich Mühe gemacht.

Das Schaufenster. Verkehrszeichen. Das Café mit den Hakenkreuzkaffeehäferl auf der Straßenseite gegenüber. Der Asphalt. Überall finden sich die gleichen Markierungen, die gleichen Wörter, die sich überlappen, spitze, eingefrorene Wellen, die eine andere Geschichte abseits ihres Inhalts erzählen. Es muss Stunden gedauert haben, um das Gekritzel überall hinzuschreiben. Oder weniger, wenn man es eilig hat und die Gedanken schnell aus dem Kopf haben möchte; weil sie so wehtun, Druck erzeugen und kaputtgehen, wenn sie nicht sofort, jetzt, in diesem Moment, die Gedankenwelt verlassen und Realität zum Anfassen werden.

Ich gehe in die Knie und leuchte auf den Asphalt. Die Straße wurde mit weißer Kreide beschrieben, unleserlich bis auf wenige Wörter. Es sind andere, die ich entziffern kann, »Liebe« und »Hektik«.

Das sieht nicht gesund aus.

Mir tut die schlaksige Gestalt leid, ich wollte sie nicht verjagen, hätte lieber mit ihr gesprochen, sie auf Zigaretten und Bier eingeladen. Schade.

Ein großes Verkehrsschild, dreieckig, mit rotem Rand, man soll Vorrang geben, doch auf seiner vormals weißen Innenfläche brechen sich Wellen an Wortverkettungen, überlagern sich Krakeleien. »Schmerz«, steht da, und »Paragraph«, glaube ich.

Ich schreibe über die Welt, jemand anderer schreibt in ihr.

Neuerdings leistet mir ein Haustier Gesellschaft, wobei ich es schon komisch finde, dass Gesellschaft etwas ist, das man leisten muss. Das klingt anstrengend, wobei das manche Gesellschaft tatsächlich so an sich hat, also wird es damit auch irgendwie wieder wahr. Jedenfalls: Ich habe es gefangen und eingesperrt.

Es heißt Herr Bert, ist ein riesiger Staubfusel – Maße LxBxH: 5x5x5, aber mehr so kugelförmig – und ich habe ihn in ein ausgewaschenes Marmeladenglas gesperrt; Deckel drauf, aber natürlich mit kleinen Luftlöchern. Die braucht Herr Bert, er muss ja noch wachsen.

Im Bezirks-Kino habe ich ihn immer mit dabei, manchmal trage ich ihn einfach so mit mir herum, etwa, wenn ich von der Matratze aufstehe und einen halben Meter in die Wohnküche gehe, oder wenn ich von der Matratze aufstehe, in den gähnend leeren Kühlschrank blicke – wieder die Frage: Warum sagt man das? Wenn ich leer bin, gähne ich ja auch nicht, dann grummelt mein Bauch – und dann bei offener Tür vergesse, was ich eigentlich wollte und was es sowieso nicht gibt. Jedenfalls, ich gehe dann weiter ins Bad, vermeide es, in den Spiegel zu schauen, ärgere mich, dass ich doch in den Spiegel geschaut habe, und gehe dann aufs Klo. Manchmal muss ich da an Jo denken.

Herr Bert ist natürlich immer mit von der Partie. Gerade lese ich ihm aus der Zeitung vor, dann nehme ich ihn mit in den Vorführraum und erkläre ihm den Projektor, er ist ein guter Zuhörer, stellt keine Fragen und unterbricht mich nie. Am liebsten würde ich ihm Wackelaugen aufkleben.

Ungeheuerlich, was das Ausbrechen aus der nach deutschen Industriestandards geformten Gesellschaft mit einem Menschen so anstellen kann. Zum Glück ist Herr Bert bei mir.

Er leistet mir Gesellschaft.

Von unten sieht es aus, als ob wir unter einer dicken Eisdecke sitzen würden, durch die vereinzelt Sonnenstrahlen wie lange Pfeile aus Licht stoßen. Es ist spät, statt blauem Himmel gab es heute nur trübes Grau, einzig am Abend bricht die vermutliche Eisdecke etwas auf.

Wir sitzen auf warmem Betonboden. Rundherum Risse, abgebrochene Steine und Splitter, aus den Ritzen wachsen Pflanzen, vereinzelt ragen Stahlstreben wie mahnende Zeige- oder schimpfende Mittelfinger hervor. Ich lehne mich mit einem glückseligen Lächeln zurück und strecke mich am Boden aus, vorher kippen noch Gründerzeithäuser, Bäume, der Donauturm, die Quader des AKH und eine weit entfernte Hügelkette nach unten weg und damit aus meinem Blickfeld.

Ein paar Meter neben mir klafft ein riesiges Loch im Stahlbeton, eine heute unvorstellbare Explosion hat das vor Jahrzehnten hinterlassen. Eigentlich ist der Flakturm für Besucher gesperrt, Jo ist das natürlich egal. Sie wollte da einmal rauf und dann immer wieder und dann mit mir, also heute.

Wir sitzen und lachen und wälzen uns auf dem Dach herum, manchmal vergegenwärtige ich mir für einige Sekunden den ungestörten Ausblick, eine Stadt voller Ameisen, die so viel Leben unter uns zeigt. Jo holt zwei Bierdosen aus ihrem Rucksack und macht sie auf, Schaum spritzt in meine Richtung, das macht sie absichtlich. Sie schlürft die weiße Krone vom Rand der Dose, der Schaumbart auf ihrer Oberlippe sieht süß aus. Sie reicht mir das Bier, aber ich setze mich viel lieber auf und küsse sie, mache ihre Lippen sauber. Ich bin dabei sehr sorgfältig.

»Besser«, sage ich und schaue sie abwartend an. Jo grinst verschmitzt und bläst sich eine Haarsträhne aus dem Gesicht, dann lehnt sie sich vor, unsere Lippen schweben übereinander, und stößt vom Bier auf. Auch das ist Jo, auch das gehört zu diesem Ding, das wir miteinander haben. Dann leckt sie mir über die Lippen, wir schmecken nach Bier und küssen uns doch.

»Geht so«, sagt sie und setzt sich auf, »da fehlt noch was«, orakelt sie weiter, winkelt ihre Beine an und zieht den Rucksack näher. Wie ein Ameisenbär auf der Suche nach Beute wühlt sie darin herum, findet den gesuchten Gegenstand und fischt ihn heraus: Es ist ein Päckchen Gras. Das überrascht mich mittlerweile weniger, als wenn sie mir wieder was ins Essen gäbe. Einmal hat sie Kekse gebacken, Haschkekse. Und dann hab ich mich einmal nach dem Dosengulasch so komisch gefühlt, aber Jo bestreitet vehement, irgendetwas hineingetan zu haben. Trotzdem waren wir danach beide ziemlich hinüber.

Jo dreht sich also einen Ofen und klemmt ihn sich zwischen die Lippen, hält eine Flamme an die empfindliche Spitze aus Papier, erst dann zieht sie vorsichtig daran, es sieht fast liebevoll aus. Rauch strömt aus ihrem Mund, sie schließt die Augen. Jo ist gerade nicht da, hinterlassen Sie doch eine Nachricht oder versuchen Sie es später nochmal. »Das ist so was von besser als deine ganzen Zigaretten.« Sie schmunzelt und schaut mich an, hält mir das glimmende Papier hin.

Ich schaue Jo abwartend an, mit ihren astronomischen Sensoren registriert sie meine Zurückhaltung. Trotzdem lässt sie mir Zeit, hebt erst dann sanft ihre Augenbrauen wie in einem Renaissancegemälde und stößt ein leises »Hm?« aus. Die Deutung überlässt sie ganz mir. Das mag und schätze ich so an Jo.

»Wir haben noch nie darüber gesprochen«, sage ich.

»Und das ist jetzt der Zeitpunkt?«, fragt sie.

Ich nicke unsicher, wünsche es mir aber: ja, das ist der Moment, lass uns einmal darüber reden, um dem Beamten in mir Genüge zu tun und seine Formulare auszufüllen.

»Na gut, dann kriegst du deine Antwort«, sagt sie und nimmt noch einen Zug, dann hält sie mir den Ofen wieder hin, unten ihre Finger, oben das glimmende Ende. »Ein bisserl Gras ist schon okay. Du musst halt aufpassen, ich tu's zumindest«, und dabei dreht sie ihren Kopf zur Seite, schaut von diesem hochaufragenden Betonbunker der Nazis auf die Stadt hinunter. »Okay, schlechtes Beispiel. Aber hier«, sie macht Schwimmbewegungen und zieht mit ihren Handflächen einen Schutzkreis um uns, »sind wir ja irgendwie sicher, könnte also schlimmer sein.«

Ich nehme ihr den Ofen schließlich ab, das Zeichen stiller Übereinkunft; Jo zeigt sich beruhigt.

Sie greift nochmal zum Rucksack und holt ein in Papier gewickeltes Wurst-Käse-Brot daraus hervor. Ihr Gesicht strahlt die Reinform von Glück aus, eine kleine Sonne, sie schwebt direkt vor mir. Ein Schluck Bier, dann lächelt sie mir zu, rülpst. Und setzt ihre Rede fort. »Mich entspannt das Gras, macht mich glücklich. Nein, vergiss den Teil, streich das. Ich bin glücklich«, betont sie extra, »das Zeug verstärkt das bloß. Als ob ich damit ein größeres Stück Kuchen abbekomme, eine größere Portion Leben. Es geht einfach mehr rein«, sagt sie fast entschuldigend und zuckt mit den Schultern.

Ich mag Jo, mir geht es besser, wenn wir gemeinsam Zeit verbringen, und nachdem sie mir das Zeug nicht selten unters Essen gemischt hat – das Dosengulasch halte ich weiterhin für den Versuch einer gescheiterten kulinarischen Revolution, Roter Oktober in der Küche –, kann ich es auch getrost rauchen. Mit dieser Frau. Mit Jo.

Ich nehme einen tiefen Zug, mir wird ein bisschen schwindelig. Vielleicht hätte ich mehr trinken sollen, es ist noch immer sehr heiß. Eigentlich machen wir ein zu großes Fass auf, aber zumindest einmal wollte ich darüber gesprochen haben, das war ich uns schuldig, mir und dieser kleinen Stimme, die irgendwo hinter einem aufgeräumten Schreibtisch in meinem Kopf sitzt.

Scheiße, ich bin irgendwann erwachsen geworden und das geht nicht mehr weg.

Ausgestreckt liege ich auf dem Boden, habe mich auf meine rechte Seite gestützt. Der Beton ist hart und hat zu viel Kontrast, allerdings ist er warm und nicht heiß, er frisst sich also nicht in meine nackte Haut am Unterarm. Jo sitzt noch immer mit angewinkelten Beinen da, kifft, isst Brote und trinkt Bier. Ich folge ihrem Beispiel, greife mir ein Brot und scheitere zuerst an der Verpackung, glaube eine übergroße Raupe im Kokon vor mir zu haben. Mit Jos Hilfe kriege ich es auf, Papier raschelt, ich schmecke Schinken auf Butterbrot. Geil.

»Manchmal hilft mir das beim Runterkommen«, meint Jo und unterdrückt ein herzhaftes Aufstoßen; währenddessen zieht sie mit ihrer Hand einen dieser unbegreiflich großen Kreise, als ob sie mit einem unsichtbaren Stück Kreide einen Teil der Welt abtrennen oder markieren oder beschützen möchte, und ich weiß nicht, ob sie damit das Gras, die Aussicht oder einfach alles meint, und ob sie mich darin eingeschlossen hat.

Was auch immer sie meint, der Seele tut es jedenfalls gut, da hat sie recht.

Ein unbeschreiblicher, kaum fassbarer Gedanke tropft als Destillat in meinen Verstand, das Wort Amikiste bleibt an der Innenseite meiner Augen hängen.

Auf dem Weg zum Flakturm sind wir eine schattige Allee entlanggegangen, sie war von dichten, grünen Laubbäumen gesäumt. Mit einem Donnern kam ein kolossales Auto US-amerikanischen Fabrikats angefahren, eine richtige Amikiste eben, ganz wie in den Filmen, ganz wie im Bezirks-Kino: weiß, flach, ein Cabrio und von solch einer Länge, dieser Satz dauert schon so lange und das Auto war immer noch nicht an uns vorbeigefahren.

Wir lachen, als wir das Auto in unserer Erinnerung immer weiter wachsen lassen. »Es reicht von einer Kreuzung bis zur nächsten!«, rufe ich und kriege mich kaum noch ein, so lustig finde ich das, mit einem aus einer Betonritze gerupften Grashalm zeichne ich eine provisorische Skizze in die Luft. Mein Auto hat ein Lenkrad in der Größe eines gigantischen Schiffsteuerrades, zehn Mann Besatzung sind nötig, um es zu drehen, mindestens! Die Matrosen müssen sich alle an dieselbe Speiche hängen, mit vollem Gewicht, und kräftig daran ziehen, damit es ein klein wenig nachgibt und sich um eine Achteldrehung bewegt. Selbst dann lenkt aber nicht die Amikiste ein, in Wahrheit bewegt sich der Erdball unter ihr weg und bewegt sich in eine andere Richtung. Das ist einfacher.

»Wenn du schläfst«, flüstert Jo und legt ihren Kopf auf meine Brust, sie hat gar nicht zugehört oder meine letzte Fantasie nicht mitbekommen oder nicht verstanden, »dann bist du ein Mahlwerk.«

»Ach so?«, frage ich erstaunt, »schnarche ich?«

Jo schüttelt den Kopf und lacht amüsiert, als ob ich etwas völlig Abstruses von mir gegeben hätte, dann beginnt sie mir die wahren Funktionalitäten meines Körpers zu erläutern. »Wenn du schläfst, nehme ich manchmal einen Bleistift oder Salzstangen und stecke sie dir in eines deiner Nasenlöcher, am liebsten das linke, links ist gut. Und dann drücke ich so lange, bis der Bleistift oder die Salzstangen zermahlen sind.«

»Das ist aber doch kein Mahlwerk«, wende ich folgerichtig unsicher ein.

»Doch, weil dann staubt es bei deinen Ohren raus, das wird alles gemahlen. Der Bleistift samt Mine, die Salzstange samt

Salz und diesen Gewürzdingern drauf. Und aus dem Staub und deinem Ohrenschmalz backe ich dann so kleine Küchlein und esse sie, bevor du aufwachst.«

Weil wir beide beweisen wollen, wie fit wir noch sind, denken wir uns Altwiener Schimpfwörter aus, denn Altwien klingt immer besser, etwa beim Zwiebelrostbraten oder beim Suppentopf. Ab der dritten Runde läuft es auf Gebäckstücke hinaus, die wir uns gegenseitig an den Kopf werfen, es geht uns weniger ums Merken und Wiedergeben, wir haben uns ja nicht mal die Wörter davor gemerkt. Es sollte daher niemanden verwundern, wie sich der nachfolgende Dialog gestaltet.

»Hurnei.«

»Hurnbeidl.«

»Hurntascherl.«

»Hurnkipferl.«

»Wapplerlaberl.«

»Trottltopfn.«

»Oaschstrudl.«

»Schaßgolatschen.«

Das Spiel geht zu Ende, unsere Gedächtnisse sind zu löchrig, deshalb vergessen wir auch, wer gewonnen haben könnte und wie oft wir ein Wort schon gesagt haben.

Jo erzählt mir von ihrem Traum, einmal eine Wasserbombenschlacht in einer Kinderhüpfburg zu machen, allerdings sind alle Ballons mit Rindssuppe gefüllt; der billigen, wo man das Pulver in unbedruckten Kübeln beim Großhandel kaufen kann. Sie stellt sich das lustig vor. »Das stelle ich mir lustig vor«, kichert sie. Dazu trinkt sie ein Bier, das passt dazu.

»Wir alle sind das Abbild dessen, was wir nicht werden wollen«, schießt es mir plötzlich ein und aus meinem Mund raus, ich habe mich aufgesetzt, schaue ernst über Jo hinweg und in den unter uns liegenden Park.

»Wer ist es denn, der du nicht werden willst?«, fragt Jo.

»Der Vater meines faden Lebens«, antworte ich, das Gehirn auf Automatik.

Jo nimmt den Faden auf, zieht daran, wickelt ihn um ein Knäuel und entdeckt eine Verbindung zu Eltern. Nicht zu ihren oder meinen im Speziellen, aber zu einem Ritual, das wir interessanterweise beide kennen, als wäre es ein fixer Punkt in allen Dimensionen von Familie und Kindheit: die feierliche Zeremonie, mit der am Samstagnachmittag Schwedenbomben zum Kaffee gegessen wurden. Die Mutter hat die Packung vorsichtig geöffnet, dabei hat das dünne Plastik vor lauter Erregung geknackt, und danach wurden die sechs Stück in einem Kreis auf einem feinen Porzellanteller angeordnet, drei mit reiner Schokoglasur, drei mit Einsprengseln von Kokosstreuseln. Der Vater hat dann die Zeitung aus der Hand gelegt und sich ein Geschirrtuch in den Kragen gesteckt, um das gute Hemd vor Flecken zu schützen, er würde es am Sonntag in die Kirche anziehen müssen. Ich verabscheue Schwedenbomben, aber ich schwöre und mache mir eine bunte Notiz im Hinterkopf auf einem noch bunteren Zettelchen, ich werde Jo eine Packung kaufen. Dann bewerfe ich sie damit oder stopf ihr eine in den Mund oder stecke sie ihr in die Hose. Da muss ich loslachen.

Schon redet Jo darüber, wie sie letztens in einem Schanigarten eine Kleinigkeit essen wollte. Daraufhin kam ein Rabbi an ihren Tisch: »Greifen Sie mal meine Semmeln an. Die sind doch hart!« Dann soll der Rabbi durch den ganzen Schanigarten gegangen sein und auch den anderen Gästen seine, er erwähnte es bereits, harten Semmeln gezeigt haben. Jo soll derweil seelenruhig bestellt haben, das muss man ihr lassen, Sacherwürstel mit Brot, Senf und Kren, doch dann sei der Rabbi wieder gekommen: »Tasten Sie mal, ob ihr Brot nicht auch hart ist!«

Ich lache, aber »die Geschichte hat mir doch schon JC erzählt.«

»Dodl, die hast du mir erzählt«, seufzt Jo, sie kuschelt sich an mich und legt ihre Hand auf meine Brust. Das Bier ist ausgetrunken, die Brote aufgegessen, das Gras längst aufgeraucht, wir sind beide müde. Über uns wird gerade das Wolkentuch weggezogen und lässt uns damit in die Weite blicken, das Blau des Himmels verfärbt sich dunkel und gewinnt an Kraft, das Gewölbe über uns wird purpur bis dunkelrot. Wir haben es zwar nicht geplant, aber wir könnten die Nacht genauso gut auch hier oben verbringen.

»Weißt du«, murmelt Jo und schließt die Augen, »am liebsten schaue ich mir im Fernsehen das Schneegrieseln an. Du bist aber auch ok.«

»Mir machen Fernsehserien Angst«, bemerke ich in diesem Moment zum ersten Mal. »Stell dir vor, du und ich, wir beide wären in einer. Du könntest um die nächste Hausecke gehen, oder hier die Treppe runter, nur kurz aus meinem Sichtfeld, und plötzlich schreiben die Autoren dich raus. Du wirst nicht mit einer anderen Schauspielerin besetzt, keine Erklärung, nichts. Du verschwindest, bist einfach weg. In der nächsten Folge tun alle so, als ob du für sie nie existiert hättest.«

»Aber du müsstest nur tief in die Augen der Figuren schauen«, erwidert Jo, »und die Kamera würde einen kurzen Moment aufzeichnen, ein Zucken der Pupillen, und du wüsstest, sie wissen es, und nichts in dieser Fernsehwelt hat auf Dauer Bestand.«

Ich brumme eine Antwort, meine Konzentration geht woanders hin, ich will noch etwas die Augen offen halten, beobachte den Himmel, aus dem allmählich weiß funkelnde Stecknadelköpfe hervortreten. Das will ich noch genießen, Jo und diesen Sommer. Beide will ich festhalten, niemals gehen lassen, aber nicht das Gefühl in einem Einmachglas konservieren, sondern für immer in ihm weiterleben. Schon morgen könnten wir verschwinden.

Mir fallen die Augen zu.

Oder ein Drehbuchautor schreibt uns aus seiner Fernsehserie.

In weiter Entfernung höre ich eine Gruppe von Menschen lachen und klatschen, da ist auch Musik, sie könnte dem Abspann der heutigen Folge entspringen.

Mit dem Besen erzeuge ich kleine Popcorngebirge und kehre sie von einer auf die andere Seite des Kinosaals. Verwechslung in Pamplona ist zu Ende, und das bedeutet, für mich gibt es viel zu tun. Aus dem Popcorn wird eine ganze Gebirgskette und ich wundere mich, denn so viel habe ich heute doch gar nicht verkauft, zwischendurch hebe ich auch einen leeren Becher oder aufgerissene Schokoriegelverpackungen vom klebrigen Fußboden auf, das klingt und fühlt sich an, als ob ich ein Pflaster von einer Wunde abziehen würde.

Gerade eben schiebt sich das vor mir hergeschobene Popcorn gegen ein Paar abgetragener Lederschuhe. Sie gehören dem Mann Ende vierzig mit Halbglatze. Das ist eine weitverbreitete Beschreibung von Männern Ende vierzig, daher will ich wie in einer Quizshow lösen: Es ist der Mann Ende vierzig mit Halbglatze, der immer mit einer Dose Bier kommt und noch vor dem Ende der Werbung einschläft. Und jetzt immer noch schläft.

Das ist neu.

Vorsichtig stoße ich ihn mit meinem Präzisionsreinigungswerkzeug an. Wäre toll, wenn er sich nicht zu Tode getrunken hätte.

Nein, da grunzt er und grüßt mich, unfreundlich war er noch nie.

»Schon vorbei?«, fragt er leise und mit einer Stimme, die zwischen zwei vibrierenden Streifen von Schleifpapier entstanden sein muss.

Ich nicke, schiebe weiter das Popcorn von einer Richtung in die andere, brumme: »Mhm.«

»Das Ende mag ich nicht, da mach ich immer die Augen zu.«

»Kann ich verstehen«, antworte ich und stütze mich auf meinen Besenstiel, er kracht und kämpft hörbar gegen das Auseinandersplittern, »das hätte anders ausgehen müssen. Er hätte das Buch kriegen sollen. Oder zumindest die Strafe.«

Der Mann Ende vierzig mit Halbglatze lacht herzhaft, sein ganzer Körper bebt und wird wie ein Sack durchgebeutelt. Ich sehe seine schlechten Zähne, dann erhebt er sich wie ein König aus seinem Thron, wankt, unsicher wie ein frisch geworfenes Kalb, vermutlich riecht er sogar ähnlich.

»Oder etwa nicht?«, frage ich und kehre meine Popcornberge um ihn herum. Ich rede ja gerne mit den Zuschauern, also, wenn es sein muss, aber irgendwann will ich auch fertig werden; er soll merken, da gibt es eine Tür und sie steht offen.

Er tut mir den Gefallen und taumelt Schritt für Schritt in Richtung der Öffnung. Ein bisschen tut er mir leid.

Im Türrahmen bleibt er stehen, kommt auf meine Frage zurück. »Hätte auch anders ausgehen können«, sagt er und bekommt Schluckauf. Selbst aus der Entfernung könnte ich schwören, er hatte Gulasch zu Mittag.

Der Mann Ende vierzig mit Halbglatze zuckt die Schultern, unter seinen Achseln breiten sich feuchte Flecken aus. Er lacht.

»Wie denn?«, frage ich.

»Weiß nicht. Anders. Mit einem Ausgang, den man nicht erwartet hätte. Sie hätten sich auch niemals treffen können.«

»Braucht es denn überhaupt ein Ende?«

»Na klar! Wie weiß man denn sonst, wann es vorbei ist und man gehen muss?«

Der Mann Ende vierzig mit Halbglatze lacht und verschwindet.

»Das ist doch keine Literatur.«

»Was?«

»Zumindest keine anspruchsvolle Literatur. Da fehlt etwas, was alle preisgekrönten Klassiker der neueren Weltliteratur in sich tragen. Da fehlt ein Stück Größe.«

»Nämlich?«

An dieser Stelle muss ich unseren Dialog unterbrechen, es ist wohl an der Zeit, meine Rolle als Erzähler ernst zu nehmen und kurz aufzuklären: Wir sind noch gar nicht da.

Wir, das sind JC und ich, und wir kreuzen gerade mit dem Taxi durch die Innenstadt und müssen seit einer Stunde da sein, weil ich noch Zigaretten gebraucht habe und JC meinte, er kenne da eine günstige Bezugsquelle am Mexikoplatz, was sich als abzusehender Blödsinn entpuppt hat, und danach verfrachtete er uns in ein billiges Taxi, was ein noch viel größerer Blödsinn war. Nach einer Tasse türkischem Kaffee sind wir nun auf dem Weg, haben sogar vorgeglüht und werden gleich bei der Feier des Komitees zur sozialen Ausbildung des kritischen Volksgeistes, kurz KzsAdkV, reinplatzen.

Jedenfalls: Als es so weit ist, rumpelt es im Vorraum lautstark, und die kunstvoll aufgetürmte Garderobe aus leichten Sommerjacken kippt über zwei Typen, die gerade zur Tür hereingekommen sind. Um keine Missverständnisse zu erzeugen: einer davon bin ich, der andere nicht.

Der andere Typ, also JC, rappelt sich gleich wieder auf, seine zum Gruß erhobene Hand sticht wie die Fackel der Freiheitsstatue aus Planet der Affen unter dem Knäuel hervor. Schnell hat er zuerst sich befreit, dann mich, und gemeinsam gehen wir zum Empfangskomitee, angeführt von niemand geringerem als Katka, heute mit schlohweißen Haaren.

»Genossin«, sagt JC knapp, nickt anerkennend und streckt sein Rückgrat durch, »ich begrüße dich mit dem Gruß der Mitglieder des Komitees zur sozialen Ausbildung des kritischen Volksgeistes: Freundschaft!«

Ich schaue abwartend zwischen den beiden hin und her, Fäuste werden gereckt, sage dann gelangweilt: »Das, was er sagt.«

Katka kommt näher, sie mustert mich von oben bis unten, zieht dann einen Halbkreis um uns, in ihrer Hand ein Glas Rotwein. »Du«, sagt sie und fährt den Zeigefinger der Hand aus, mit dem sie gleichzeitig ein Rotweinglas hält. »Wir brauchen das Kino.«

Mir fährt ein stechender Schmerz durch den Körper, als ob sie mir einen glühenden Draht in den Brustkorb gestoßen hätte und im Anschluss durch mein Nervensystem ziehen würde. War's das?

»Wir machen einen großen Kinoabend. Ein paar Klassiker vorführen, Bildungskino, den kritischen Geist der Leute anregen. Wir geben dir eine Liste mit Titeln, du musst die Filmrollen organisieren, außerdem Getränke und Essen besorgen«, bestimmt sie mit strengem Blick. »Den Rest übernehmen wir.«

Ich stammle eine Antwort, irgendwie stolpern mir ein paar leere Sätze von der Zunge; ich habe verstanden. Das heißt Arbeit, aber ich krieg das hin. Besser als die Alternative.

»Das wird eine der letzten Aktionen unseres Komitees. Danach lösen wir es auf und gründen uns neu. Das braucht es, um mit der Zeit Schritt zu halten. Vielleicht gründen wir eine Bewegung oder gehen in den Untergrund. Es wird auf jeden Fall Zeit für Erneuerung.«

Der türkische Kaffee schießt meine Speiseröhre nach oben,

das darf nicht wahr sein, denke ich mir, wie eine Warnanzeige steigt mir Säure hoch, fast spucke ich auf den teuren Flokati, der bestimmt echt ist. »Das werden auch die letzten Tage des Bezirks-Kinos«, ergänzt Katka gelassen nebenbei. Natürlich, für sie bedeutet das ja nichts. Für mich bedeutet das das Ende meines Sommerlebens, das mittlerweile mein ganzes echtes Leben geworden ist.

»Darauf trinken wir, was? Ein paar Tage bis zum großen Knall«, jauchzt JC und stößt fest gegen eine Bierflasche, die er mir in die Hand gedrückt hat, es schäumt, Tropfen schießen oben heraus und regnen rund um uns zu Boden. Gegen Katkas Glas stößt er nur sanft mit dem Flaschenhals, schaut sie verträumt an, als ob er vor einem unergründlichen Gemälde stehen würde.

»Der große Kladderadatsch«, korrigiert sie ihn kühl.

Ich trinke schnell aus und begebe mich auf die Suche nach Schnaps.

Mein Leben bricht gerade auseinander, es hat ein Ablaufdatum erhalten. Das hatte es zwar immer, doch nun sehe ich es deutlich vor mir; bald werde ich es nicht mehr genießen können.

So ganz verstehe ich nicht, welche Leute sich auf dieser Feier rumtummeln. Es scheint aber, als ob ich einen Platz im KzsAdkV gefunden hätte und ihn bis zur Auflösung behalten darf; eine milde Geste, vielleicht ist es auch bloß wurscht. Wir Genossinnen und Genossen wollen jedenfalls bald weiterziehen, die Nacht hat hier begonnen, sie soll woanders enden.

Kurz darauf sitze ich im Taxi, als hätte jemand eine Seite in einem Buch umgeblättert oder das Band im Videorekorder vorgespult. »Ich kann mich nicht erinnern, hierhergekommen zu sein«, sagt jemand, denke ich.

Das Taxi schaukelt wie ein Boot durch den dunklen Abend, warmer Fahrtwind drängt sich durch die heruntergekurbelten Fenster und hält mich wach. Im Seitenspiegel kann ich JC ausmachen, er sitzt hinter mir, daneben eine Frau mit hellblonden, fast weißen Haaren. Sehr verwirrend das alles, wie ein französischer Kunstfilm, in dem gleich jemand entführt wird, ein Kind weint, eine Frau mit Deformationen im Gesicht sich vom Autodach herunter lehnt und mich auf die Wange küsst.

»Da simma, Meister«, sagt der Taxifahrer und hält seinen Mercedes an. Es wirkt, als ob sich beim Stopp eine Nikotinwolke aus den Sitzpolstern und Stoffbezügen gelöst hätte, der Innenraum ist völlig verraucht, ich verstehe auch warum und trage wohl eine Teilschuld, in meinem Schoß liegt Asche, meine Hand zerdrückt gedankenlos einen Filter zwischen den Fingern. Lässig nicke ich, sage »Ja, das seh ich«, drücke ihm ein paar bunte Scheine in die Hand und steige aus. Hinter uns fahren zwei weitere Taxis an den Straßenrand, das ist ja eine ganze Flotte, Leute steigen aus und eilen auf mich zu. Um mich bilden sich ein großer Kreis und ein paar kleine Kreise, wie Bläschen in einer Regenlacke, ganz hinten stehen JC und Begleitung, ich kann ihr Gesicht wieder nicht erkennen, könnte auch eine andere Frau sein. Wäre gut, wenn sich JC schnell zu meinem Ursprungskreis durchschlagen würde, aber natürlich passiert das nicht und ich bleibe allein.

»Wohin gehen wir?«, ruft eine Stimme aus der Kreisblasengruppe. Eine andere Stimme rülpst, zwei Mädchen lachen, ein Genosse steht vor dem Schaufenster eines Haushaltselektronikgeschäfts, schaut in einen Fernseher, der das Bild einer oben angebrachten Überwachungskamera zeigt, und schiebt sich seine pomadisierten Haare wie einen Wackelpudding zurecht. Ich glaube, den kenn ich: Oaschlochschnösel.

Die Situation tut alles, um mich zu überfordern, da sind eine Menge Leute, und sie reden und warten darauf, dass etwas geschieht. Noch dazu hat es den Anschein, als ob der Aufbruch in die Innenstadt meine Idee gewesen wäre, ich also etwas damit zu tun hätte. Wenn ich nur wüsste, was ich mir dabei gedacht habe. Hektisch schaue ich mich um und versuche meine Umgebung zu bestimmen, aber hektisch kommt gerade nicht so gut, meine Umwelt verschwimmt zu Streifen, die aussehen wie im Kino, wenn ein Raumschiff auf Überlichtgeschwindigkeit beschleunigt.

Wusch, denke ich mir.

Besser langsam.

Also schaue ich mich ruhig um und versuche meine Umgebung zu bestimmen. Das Ding da hinten sieht aus wie eine U-Bahn-Station, dahinter könnte die Donau fließen.

In meinem Kopf läuft ein Prozess ab, der in Mechanik und Tempo an einen münzbetriebenen Kaugummiautomaten erinnert: irgendwie funktioniert's. Nachdem Schalter, Zahnräder und Federn ineinandergegriffen haben, stapfe ich voller frischer Hoffnung in die nächste Häuserschlucht, irgendetwas wird schon hier sein, mein früher noch nicht so betrunkenes Ich wird sich bestimmt etwas gedacht haben.

Hoffentlich. Und wenn es nur Blödsinn war.

Eilig gehe ich voran, führe meine Entourage aus Genossinnen und Genossen und mitgefangenen Anhängern durch die schmalen Altstadtgassen, die sich in dieser Stadt hinter jeder Ecke auftun, daneben Klötze aus Stahl und Beton, Graffiti, oranges Licht aus Straßenlampen, schleichender Verkehr, Müllcontainer, taumelnde Fußgänger, so wie ich einer bin. Immer mehr taumelnde Fußgänger, sogar Musik, wie mir gerade dumpf in meinem mit Wachs überzogenen Körper bewusst wird, anders ist diese Trägheit nicht mehr zu erklären, ohne nicht von einer Gesundheitsschädigung auszugehen.

Ah, Beisln, puh. »Rein mit euch, ich hab da was vorbereitet«, verkünde ich großkotzig und lade mir gleich die nächsten Schwierigkeiten auf, aber um die kümmere ich mich später. Unser Kollektiv zieht an mir vorbei, manche ignorieren mich, andere lachen, klopfen mir auf die Schulter, und einer, der noch fertiger ist als ich, wirft sich an meine Schulter und schluchzt; ich hätte echt was drauf und wir sollten demnächst gemeinsam ins Kellerstöckl seiner Eltern im Burgenland fahren. Ich sage dankend ab und schiebe seine verschwitzte Hand von meiner feuchten Schulter. JC geht an mir vorbei, streckt mir seinen nach oben gereckten Daumen entgegen, er sieht aus wie ein Joystick an einem Spielautomaten, gleich schießen bunte Tetris-Blöcke aus seinen Augen.

Was für eine verrückte Nacht. Ich werfe ein paar Münzen ein und starte eine neue Runde.

Filmriss. Ich hasse das Wort, es erinnert mich an meine Arbeit im Kino, bei der mir tatsächlich einmal eine Filmrolle gerissen ist und ich sie nicht flicken konnte. Wie hoch ist die Chance, so was abseits aller Klischees wirklich zu erleben? Eingekesselt von meiner eigenen Panik, habe ich die nächste Rolle eingelegt und den wenigen Zuschauern erzählt, wie der Film die nächsten Minuten weitergegangen wäre. Oder weitergehen hätte sollen; ich hab den Streifen noch nie gesehen und ein bisschen Abwechslung schien mir nicht verkehrt. Schlechter ist die Geschichte des Films dadurch auf keinen Fall geworden.

Egal.

Jedenfalls, wir sind zurück in der Gegenwart und ich finde mich an einem eng bestuhlten Tisch in einem engen, dunklen Beisl wieder, Rauchschwaden stehen in der Luft und können wie Zuckerwattebäuschchen abgebrockt werden; es ist laut. Wir trinken Bacardi-Cola, Glas um Glas, gerade hat uns die Kellnerin ein ganzes Tablett gebracht und auf den Tisch gedroschen. Die Frau wirkt erschöpft und abgekämpft, ich kann mir ausmalen, wie lange ihre Schicht schon dauert und wie lange sie noch dauern wird, ihre weiße Bluse ist schmutzig, Aschereste und Spritzer von Getränken befinden sich darauf, ihre Schminke im Gesicht ist etwas verschmiert, wie ein Bild, das schief hängt. In ihrer unordentlichen, verschlissenen Art erinnert sie mich an Jo. Bevor ich mir eine Frage dazu stellen kann, etwa, warum ich sie nicht mitgenommen oder zumindest eingeladen habe, stoßen wir miteinander an; es wird geschrien, die Stimmen dröhnen in meinen Ohren, ich kann kein Wort verstehen, unsere Gläser krachen wie Autoscooter aneinander, dann stürzen wir das dunkelsüße Getränk in uns rein und nach unten. Mein Magen verkrampft sich, ich verziehe das Gesicht, etwas Säuerliches steigt meinen Rachen nach oben. Wie in einer Produktionsstraße wird dadurch ein Mechanismus im Überlauf ausgelöst, plötzlich öffnet sich eine Schleuse in meinem Kopf; jemand, der nicht ich bin, hat den Film geflickt und ich weiß wieder, wo wir hier gelandet sind.

In unserer Betrunkenheit sitzen die Genossinnen und Genossen und ich in der Okay Bar, was schon rein vom Namen her der Hammer ist, mich aber keinesfalls überrascht. Die Okay Bar liegt im Keller, die Treppe nach unten gleicht einer schwarzen Abfahrtspiste und ist Mutprobe und Todesdrohung zugleich. Ich vermute dahinter ein geschickt ausgeklügeltes Geschäftsmodell: Leicht betrunkene Gäste schaffen die Treppe in dem Zustand niemals nach oben, taumeln zurück ins Lokal und werden notgedrungen zu schwer Betrunkenen, fliegen die Treppe runter und werden dann, je nach Grad der Verletzungen, vom Taxifahrer oder Sanitäter abgekratzt.

Sollte man nach dem gefährlichen Abstieg noch ein Bewusstsein in seinem zerbrechlichen Gefäß aus Fleisch und Knochen behalten können, merkt man sogleich, man hätte lieber nichts gemerkt: hier ist es dreckig und schmuddelig. Hinter der Eingangstür erhebt sich die Theke wie eine mittelalterliche Festungsanlage und wehrt Angriffe von Lanzen oder Rammböcken ab; der Fliesenboden ist gesprungen, teilt sich weiter hinten aber ohnehin in geflecktes Linoleum und noch weiter hinten sogar in einen Belag aus unebenen Ziegelsteinen. Es gibt kaum freie Plätze, aber wir haben einen Platz an einem Couchtisch ergattern können, der bedeckt ist von einer Schicht aus Wachsresten und konzentrischen Kreisabdrücken verschütteter Getränke. Wir versinken in durchgesessenen, versifften Fauteuils, die Sitzfläche will ich mir gar nicht anschauen, etwas sticht mich in den Hintern, und ich hoffe inständig, es ist keine Kakerlake; für so was kann man nie betrunken genug sein. Neben mir lehnt eine schiefe Leselampe, ihr Schirm ist von dicken Lurchen bevölkert, Maden aus Staub, die vor ihrer Verpuppung stehen; die losen Enden kringeln sich im warmen Luftzug und winken mir zu wie Schlangenköpfe aus einer Grube. Katka, JC und die anderen Mitglieder unserer exorbitant gewachsenen Gruppe scheinen sich wohlzufühlen. Das bereitet mir Sorgen.

Aus den Lautsprecherboxen dröhnt keine Musik, die jemand mit einem Funken Restverstand gerne hören würde, daher versuche ich die Schallwellen zu verdrängen, so wie man als trotziges Kind die Luft anhält oder die Nase zudrückt, bloß mental und mit den Ohren. Es nützt genau Null. Im Dialekt geschmetterte Schlager fluten meinen Gehörgang, es wird viel über Österreich gesungen, verlassene Männer, die große Liebe und ein unspezifisches Früher, wo alles besser war, und Schnitzel und Sex.

Der Lokalbesitzer torkelt durch das Kellergewölbe, er muss es sein, anders lässt sich diese Gestalt nicht erklären. Der Einfachheit halber nenne ich ihn Andy, mit Ä ausgesprochen, also Ändy, so sieht er für mich nämlich aus: hohe Stirn, Halbglatze, deutlicher Bauchansatz. Er trägt ein graues T-Shirt, seine Jeans sind speckig und glänzend, die Zähne sind kaputt. Ändys natürliche Körperhaltung ist gekrümmt, dabei macht er sich an junge Mädchen ran, die seine Töchter sein könnten. Einer davon kann er einen Kuss auf die Wange abgewinnen, dafür kriegt sie einen Kurzen. Er grölt, reißt die Arme nach oben. In diesem Keller kann auch ein Verlierer zum Gewinner werden, die Regeln der Außenwelt gelten nicht, sind ausgesperrt. Mir tut die Kellnerin von vorhin leid, ich sehe sie nicht mehr.

Zwischen den vor Menschen überbordenden Tischreihen kurvt ein Mann im Rollstuhl umher; er scheint jemanden zu suchen, wirft misstrauische Blicke wie andere Dartpfeile. Ich schätze ihn auf Ändys Alter, so Mitte vierzig. Er trägt eine schwarze Lederjacke und bewegt seine Räder mit der rechten Hand, in der anderen hält er einen Goldpokal mit roten Flügeln, darin schwappt eine klare Flüssigkeit. Mühelos quetscht er sich durch eine Lücke am Nachbartisch und ich kann ihn bis hierher hören: »Das ist mir im Krieg passiert.«

»In welchem Krieg?«, fragt jemand zurück.

»Mafiakrieg«, gurrt er und trinkt aus dem Pokal. »Eines Morgens, um drei Uhr früh, haben sie mich abgefangen«, dabei schlägt er sich mit seiner freien Hand wild auf den Oberarm. »›Wir brauchen Informationen!‹, haben sie gesagt«, sagt er und grunzt. »›Aber meine Herren: Ich bin auch bei der Mafia‹, habe ich gesagt«, sagt er. Es ist ein Schauspiel.

Ich schaue auf mein verkalktes Glas, der Rand bricht sich in galaktischen Mustern, die trüben Stellen werden zu Weltraumnebeln, die kernigen Punkte Sterne oder Planeten. Unsere Gespräche sind nicht halb so unangenehm wie dieser Keller, aber ihr Inhalt ist so seicht, schon beim Aussprechen der Worte vergesse ich ihren Sinn und ihre Existenz.

Ich drücke auf die Vorwärts-Taste und das Bild springt weiter, Farbbänder flackern über unser Leben und die nächste Einstellung beginnt.

Eine bewusste Entscheidung, ganz ohne Filmriss.

Jemand aus unserem Komitee bestellt eine Runde Schnapsgläser mit buntem Inhalt, der Kerl neben mir hebt an, trinkt, erbricht ein bisschen in das Glas, der Rest läuft über das Stamperl hinaus, er hebt wieder an und trinkt es aus. Etwas Kotze ist in seinem Bart hängen geblieben, gleich unter dem einen Nasenloch. Das ist für mich eine Sollbruchstelle, ich verabschiede mich und gehe aufs Klo. Der Abend geht an meine Substanz, momentan siegt Erschöpfung vor Übelkeit. Ich pinkle, klappe dann den Klodeckel nach unten und setze mich hin.

Bei hämmernden Bässen und scheppernden Gläsern schlafe ich tatsächlich ein.

Ein feiner Biersprühregen benetzt mir das Gesicht, damit werde ich aus meinem traumlosen Schlaf gerissen. »Geht eh noch?«, fragt der namenlose Kerl, der soeben Teile seiner eigenen Kotze getrunken hat. Er hat sich wohl gefangen und starrt über der Klotür auf mich herab, zumindest schwebt sein Kopf dort oben, daneben ein Glas mit Bier.

»Ja ja«, antworte ich und spucke auf den Boden. »War nur ein langer Tag«, sage ich; ein langes Leben auch.

»Dafür hab ich was«, sagt der Kerl und scheint an sich rumzufummeln; ich sehe nicht, was er tut, uns trennen immer noch Dreiviertel der Klotür. »Das lädt deine Batterien auf«, verkündet er, dann fällt eine bunte Tablette in meine Hand.

Nachdem ich aus der Toilette rauskomme, glaube ich, mich

plötzlich in einem anderen Lokal zu befinden, mit der Okay Bar hat das nichts mehr zu tun.

Mein Zustand scheint sich rapide zu verschlechtern, stelle ich in der Selbstdiagnose fest, JC als Sparringpartner erspähe ich auch nicht. Besser auf Bier umsteigen und den sicheren Weg einschlagen.

Die Nacht ist bald gelaufen.

Ich halte mich an der Theke fest, um nicht umzufallen, was ich gerade für eine reale Möglichkeit halte, wenn nicht jemand von hinten angelaufen kommt und mich mit Holzpfeilern oder Sandsäcken abstützt.

Ändy hat sich gemeinsam mit der armen Kellnerin hinter der Bar verschanzt und spuckt dort vermutlich in die Gläser der Gäste, die er als Konkurrenz für seine viel zu jungen amourösen Eroberungen ansieht.

Mir ist das egal.

Wer in so einem Zustand ist wie ich, der darf keine besonderen Anforderungen an Hygienemaßnahmen oder ans Leben überhaupt stellen.

Mit einem Mal steht da ein Bier vor mir, »Aha«, denke und sage ich, »hab ja sogar schon davon getrunken«, greife mehrmals nach dem Glas und bekomme es schließlich zu fassen, verschütte etwas auf meinem Leiberl und trinke einen kühlen Schluck davon.

Blöd daran: Das ist nicht mein Glas. Ich habe nämlich noch gar nicht bestellt.

Der Erstbesitzer des Glases samt bestelltem und bezahltem Inhalt hat die Lage schneller als ich erfasst. Sein massiger Kopf, rot wie eine Tomate, was mich beinahe zum Loslachen bringt, fährt wild herum, wie eine wärmesuchende Lenkrakete hat er sein Ziel ausgemacht und fährt seine Pranke aus. Diese schüttelt heftig die Schulter eines anderen Mannes in Wandschrankform, der direkt hinter mir steht. Und zufällig auch ein Bier trinkt. Sehen sich ja verdammt ähnlich, diese Gläser.

Unnötig zu erwähnen: Die Sache geht nicht gut aus. Als aufopfernder Erzähler muss ich meiner Pflicht trotzdem nachkommen.

Schon fliegen die Fäuste. Es sieht aus, als ob sie mit unsichtbaren Schlägeln Trommeln spielen würden, bloß sind da keine Instrumente, außerdem schlagen die Fäuste nicht in die Luft, sondern aufeinander ein. Ich fühle mich wie in einem Film von Bud Spencer und Terence Hill und bin ein lustiger Nebendarsteller, der zwar keinen Namen hat, dafür in jeder Prügelszene eines auf die Nuss kriegt und mit einem witzigen Spruch abtritt.

Ich seufze und fahre mir durch die Haare, so ein witziger Spruch muss gut überlegt sein, also trinke ich das Bier aus und schaue zu, wie sich um die zwei Streithähne eine Menschentraube bildet. Die Zellteilung setzt ein, aus einer Traube werden zwei, die versuchen, die Kontrahenten auseinanderzubringen, ihre Adhäsion aufheben wollen.

»Früher wäre mir so was nicht passiert«, stelle ich heimlich für mich fest. Der Spruch ist zwar nicht witzig, dafür scheint er doch aus meinem Inneren zu kommen, hat sich am Alkohol vorbei einen Weg gebahnt und den einzig richtigen Ausgang gefunden. Früher wäre ich nicht passiert.

»Ich weiß nicht«, sagt sie und kneift die Augen zusammen, als sie mich mustert. »Ihr seid ja komische Vögel. Also, ich weiß wirklich nicht«, sagt die Krankenschwester nochmal. Ihr Kopf schwebt wie ein Luftballon vor mir auf und ab, zum Teil liegt das an meinem beträchtlichen Alkoholspiegel, zum anderen an der Tatsache, dass ich in einem Einkaufswagerl sitze und JC an der Haltestange steht und rumwippt.

Die Krankenschwester in der Ambulanz des AKH ist unschlüssig, sie hat schon viel gesehen, alleine in dieser Nacht, trotzdem sind wir etwas Besonderes. Sie hat sich nach vorne gebeugt und die Arme auf den Oberschenkeln abgestützt, die raue Krankenhauskleidung wirkt ganz und gar nicht so, wie ich sie mir in so manchen Träumen vorgestellt habe, da ist nichts Anschmiegsames, jede Verwechslung ausgeschlossen. Als sie meine Platzwunde begutachtet, kommt sie mir näher und ich kann ihren Atem spüren, mir schwappt eine Wolke Nikotin entgegen, das entschädigt mich gleich wieder für den Verlust eines Bubentraums; ich sollte sie fragen, ob wir nicht zusammen eine rauchen und über die Situation nachdenken wollen. Leider zieht die Krankenschwester ihr Gesicht zurück, und plötzlich kann ich den stechenden Geruch nach Schnaps wahrnehmen, der kommt vermutlich von mir. Oder JC. Oder Katka. Oder wie auch immer die anderen zwei heißen.

Es ist irgendwann nach Mitternacht und der Schmerz in meiner Schläfe fühlt sich dumpf an; manchmal fühle ich ihn deutlich, dann muss ich wieder nach ihm suchen. Vor mir steht eine Krankenschwester, die sich mit ihrer Arbeit wohl am ehesten über das Wort »krank« verbinden lässt.

»Wie oft denn noch: Rufen S' endlich meinen Vater an, der erwartet uns schon!«, drängt eine Stimme hinter mir. Ich überlege, ob ich mich umdrehen und nachschauen soll, wer da gesprochen hat, aber dem entgegen stehen Kopfschmerzen und Gleichgewichtsstörungen, die im Umkippen des Einkaufswagerls enden könnten.

Dabei hab ich JC gesagt, ich könne noch selber gehen.

»Ich weiß nicht«, wiederholt die Krankenschwester ihr Mantra, geht dann aber doch zum Anmeldeschalter und nimmt den Telefonhörer in die Hand. Indessen starre ich den Korridor entlang, links stehen Stühle, um die Uhrzeit sind einige mit Menschen und menschenähnlichen Wesen besetzt. JC schiebt mich in dem Einkaufswagerl näher an sie heran.

»Mafiakrieg«, erkläre ich einem Jungen, der mich mit weit aufgerissenen Augen ansieht. »Sie haben mich abgefangen und gesagt: Wir brauchen Informationen. Darauf ich: Aber meine Herren, ich bin auch bei der Mafia.«

Der Junge erklärt mir daraufhin, er habe irgendwelche Plastikfiguren verschluckt, aber nicht mehr alle in der Kloschüssel gefunden, daraufhin haben ihn seine Eltern hierhergezerrt.

Wir sinnieren über die Unterschiede von Lego und Playmobil, währenddessen versuche ich mein angedeutetes Spiegelbild im schwarzen Fenster zu ignorieren. Mir gefällt nicht, was ich dort sehe, meine Gesichtsfarbe ist weiß wie Papier, Bartstoppeln sprießen wie Dornen aus der Haut, dazu habe ich einen roten Pflatsch an der Schläfe, als ob mich irgendjemand mit Paradeisern beworfen und getroffen hätte.

Meine Hand ist, wie ich bemerke, völlig verkrampft. Mit der anderen streichle ich beruhigend über sie, langsam öffnet sich meine Faust wie eine aufgehende Blüte, darin finde ich ein blutbesprenkeltes Taschentuch und eine zerdrückte Bierkapsel, beides keine großen Schätze, aber erwartbar.

Hätte ich bloß nicht so viel getrunken.

Anscheinend, so wird meine Begleitung jedenfalls nicht müde, mir ständig zu versichern, bin ich beim Verlassen der Okay Bar auf gewisse Widerstände gestoßen. Die schwarze Piste aka Treppe nach oben habe ich wohl wenig grazil gemeistert, es seien von anderen Bargästen sogar Wetten abgeschlossen worden, die Quoten standen recht deutlich gegen mich.

Dann bin ich wie ein Stein runtergefallen.

»Vielleicht bin ich tatsächlich in einen Mafiakrieg geraten«, setze ich gerade an, doch da setzt sich das Einkaufswagerl in Bewegung, jemand schiebt mich voran. Wir rattern durch den Flur, ich kann mich nicht umdrehen und schauen, wer für mich verantwortlich ist. Ich bin es nicht.

Entgegen besseren Wissens tue ich es doch und muss mich beinahe übergeben, ein eiserner Schmerz schießt durch meinen Kopf, vor meinen Augen blitzen Sterne auf. Besser wieder in Fahrtrichtung blicken. Mein Fahrer, das habe ich gerade noch erkannt, trägt ein dunkelblaues Sakko mit goldenen Ärmelstreifen, es lässt ihn wie den Fischkutterkapitän aus der Werbung aussehen. Eigentlich würde ich ihn gerne hassen, aber er dürfte auch derjenige sein, der mich direkt zu seinem Vater bringt; ein Arzt, wie ich hoffe. Ich nenne ihn also Käpt'n Iglo, behalte aber auch Dr. Iglo im Hinterkopf, sofern da noch alles intakt ist.

Im Behandlungszimmer stellt sich heraus: Der etwa ein Meter fünfzig große Arzt mit Glasauge ist nicht begeistert von unserer Anwesenheit. Widerwillig näht er meine Platzwunde, und auch das nur, »damit das nicht ein Dilettant macht. Dilettantismus kann ich nicht aushalten, persönlich bist du mir egal.« Danach schließt er mich an einen Plastikbeutel mit einer durchsichtigen Lösung, damit ich wieder nüchtern werde; wir bekommen alle noch eine Standpauke, dann verschwindet er in einem Nebenzimmer und taucht nicht mehr auf.

Ich döse auf der Behandlungsliege und lasse lautlos Flüssigkeit in meine Venen tropfen, rund um mich lungern die anderen, schauen in das kalte Neonlicht und schweigen: JC, Katka, Käpt'n Iglo, ein Mädel mit Lippenpiercing aber ohne Namen, und natürlich ich.

Wir haben das Einkaufswagerl verloren, ich bin gestrandet.

Den Verlust unseres einzigen Vehikels haben wir schnell verkraftet. Käpt'n Iglo, den ich ausnahmslos so und nicht anders nennen werde, hat seinem Vater den Schlüssel für das Auto abgeluchst, deshalb sitzen wir jetzt in einem gelben Saab Cabrio.

Die Ausfahrt aus der Tiefgarage ist ein bisschen heikel, auf den ersten Metern hat die Kochsalzlösung noch nicht ihre volle Wirkung entfaltet, daher stirbt mir beim Anfahren mehrmals der Motor ab.

Mittlerweile geht's aber. Wir haben Plätze getauscht und ich sitze nicht mehr am Steuer, stattdessen der Käpt'n, er hat ja auch das Kapitänspatent und wirkt weniger rauschig als wir anderen, neben ihm sitzt das Mädel mit Lippenpiercing aber ohne Namen, vielleicht werde ich mir einen ausdenken, gerade fällt mir ein, ich habe sie heute Nacht noch nie sprechen hören. Auf der Rückbank sitzen, aneinander gequetscht wie eine Extrawurst zwischen den zwei Hälften einer Semmel, JC und Katka und ich. Katka hat ihre vornehme Zurückhaltung fallen gelassen, sie und JC liegen sich in den Armen, knutschen rum, fassen sich an; manches davon sollten sie besser zu zweit machen. Nur zu zweit.

Ich drehe mich peinlich und körperlich berührt zur Seite und lege meinen Arm auf das kühle Blech der Karosserie, die sanfte Nachtluft küsst meine Blessuren und die Innenstadt ist in das sirupartige orange Licht der Straßenlampen getaucht, neben uns sind vereinzelt Autos und immer noch erstaunlich viele Personen unterwegs, dabei ist es schon längst morgen. Unsere Scheinwerfer schneiden sich einen hellen Weg durch die Stadt, hinter uns wird die klaffende Wunde durch die Kraft der Dunkelheit gleich wieder verschlossen.

Wir sollten nach Hause fahren.

Oder wir nützen die Gelegenheit, die Nacht zum zweiten Mal zu starten. Sie könnte die längste sein.

Wir brausen durch die Straßen, an einer Tankstelle holen wir uns Bier, Chips und Schokoriegel. Wir schnuppern am bleiernen Geruch, der den Nachthimmel so toxisch auflädt, uns wird schwindlig, wir lachen, steigen ein und fahren zu einem abgelegenen Supermarktparkplatz. Wir schalten den Motor ab, drehen das Radio laut auf, lungern rum und trinken.

Katka und JC verschwinden im Gebüsch.

Schöne Nacht.

Ein Schrei entflieht der Dunkelheit, er klingt gar nicht so lustvoll wie die anderen Geräusche der zwei Pudernden, die wir in den letzten Momenten kaum noch übertönen konnten oder wollten. Jemand sollte nachschauen gehen, zur Sicherheit, und natürlich bin ich der Auserwählte.

Katka ist in ein Hundstrümmerl getreten. Aufgrund von Wärme und Konsistenz hat sie sich erschreckt, einen Schritt zur Seite gemacht und ist passenderweise in Glasscherben gestiegen. Die haben sie zwar weniger erschreckt, dafür aber umso lauter schreien lassen. Ihre Sandalen stehen fein säuberlich aneinandergereiht am Rand des Parkplatzes, als hätte sie sie ausgezogen, um eine fremde Wohnung zu betreten.

Die zwei, Katka und JC, können mir also egal sein. Aber: Im Gebüsch habe ich etwas anderes entdeckt, das mir überhaupt nicht egal ist, schon gar nicht in meinem erneuerten, bald wieder stark alkoholisierten Zustand, der mir gerade wilde Wachträume durch die geschädigten Synapsen jagt.

Im Nachbargebüsch hat jemand einen Anhänger voll Sperrmüll abgeladen, vermutlich von den umliegenden Wohnblöcken; neben einem Eiskasten, einem Schuhschrank und einem Hirschgeweih mit rot und weiß karierten Tüchern versteckt sich auch ein ramponierter Holzschlitten.

»Moment, pass auf, Dings«, murmle ich leise und setze mich auf den Schlitten, das Holz knarzt unter meinem Gewicht. Mit dem Teil könnte man bestimmt irgendetwas Erinnerungswürdiges anstellen, etwa die Höhenstraße runter rodeln. Oder einen mit Gras bewachsenen Hügel nach unten fahren, er müsste nur steil genug abfallen, sodass wir eine bestimmte Geschwindigkeit erreichen, dann wird schon etwas passieren, der Schlund zur Hölle könnte sich öffnen, eine Zeitreise, wir könnten ewig werden.

Wir könnten den Schlitten aber auch an die Anhängerkupplung des Autos anbinden.

Ich hebe meinen müden, rauschigen Blick und schaue zum gelben Cabrio. Indiemusik jammert aus den Boxen, als ob uns ein neuer Krieg bevorstehen würde, dabei geht's jetzt doch bergauf. Neue Zeiten, offene Grenzen, wir nützen unsere Chancen, sagt man.

Im Grunde lehnen mein sturzbetrunkenes Ich und mein fast schon wieder betrunkenes Ich an der Wand des nahe gelegenen Supermarktes, stützen sich gegenseitig ab, spucken Speichel auf den Boden, den sie wie ein krankes Tier absondern, und diskutieren darüber, warum das eine gute Idee wäre, das eben heute Nacht zu tun; oder auch nicht. Stockend bis grobmotorisch fahre ich mit den Fingern an meine Schläfe, die Stiche der Platzwunde zu zählen fällt mir schwer, als ob mir eine physikalische Unschärfe davon abraten wolle. Das ist schon mal ein Grund, der dagegen spricht. Andererseits habe ich einen Schlitten gefunden und als Experte weiß ich: Mit dem wird nix mehr passieren, wenn wir nicht sofort etwas damit unternehmen.

Erstmal eine rauchen.

Ich nestle eine Zigarette aus der zerbeulten Packung, stecke sie mir in den Mund und atme tief ein. Ach so, anzünden. Gut, brennt jetzt auch, kribbelt im Rachen, willkommen zu Hause.

Was würde Jo tun? Was JC? Letzterer wälzt sich wieder mit Katka über den Boden, das zertretene Hundstrümmerl dürfte ihnen egal geworden sein. Was würden die anderen tun? Was würde ich tun?

Ich mache die Zigarette am Holzrahmen des Schlittens aus und stehe auf. Die Zügel liegen in meiner Hand.

Ein gedämpftes Ticken dringt in regelmäßigen Abständen in meinen Kopf, es klingt nach kleinen metallenen Zangen, die ständig zugreifen und wieder loslassen, wie eine Armee Insekten, die nur auf den passenden Moment wartet und im Hintergrund lauert.

Dazu kommt oranges Licht, es leuchtet im gleichen Takt.

Meine Gedanken sind zu langsam, ich setze sie behäbig, wie ein Puzzle, zusammen, mir ist heiß, stelle ich dann fest, mein Gesicht schweißüberströmt.

Meine Augen sind geöffnet, ich starre durch einen langen Tunnel, an dessen Ende mich ein monotones Kaleidoskop erwartet.

Langsam setzen meine anderen Sinne wieder ein, der Gedankenfluss wird schneller und ich kann sogar kombinieren: oranges Licht plus ständiges Ticken gleich Warnblinkanlage. Applaus brandet auf, das Publikum jubelt.

»Wahnsinn, Hitparade!«, ruft JC und kommt auf mich zugerannt, ich kann ihn kaum verstehen, bin ganz auf das Ticken der Blinker konzentriert, es gibt für mich nichts anderes. Sein Mund verformt sich, stößt Laute aus, die ich nicht wahrnehmen kann, dabei klatscht JC in die Hände und sieht belustigt aus. Er applaudiert. Soll mich das beruhigen?

Um mich herum verteilt liegen zertrümmerte Holzlatten, das spitze Ende einer abgebrochenen Schraube sticht in meine Wade. Das sind die Überreste des Schlittens, sie hängen noch am Abschleppseil, das wiederum noch immer am Heck des Cabrios befestigt ist. Hinter dem Steuer sitzt Käpt'n Iglo und grinst, auf der Rückbank hat sich Katka ausgebreitet und raucht eine Zigarette oder so.

Wo ist die andere? Das Mädel mit Lippenpiercing aber ohne Namen?

Sie lacht, kommt von der anderen Seite auf mich zugelaufen, auch ihr Mund formt Laute, deren Entstehen ich zwar sehen, aber nicht hören kann. Ihre Hose ist zerrissen, blutige Stellen treten unter dem Jeansstoff wie ein bedrucktes Muster hervor.

Zusammen mit JC zieht sie mich hoch, ich muss mich erst orientieren. Wir stehen mitten im Wurstelprater, die Fahrgeschäfte und Buden haben geschlossen, die Wege sind beleuchtet; neben uns steht ein Boxautomat und gibt schräge, computergenerierte Töne von sich, das soll wohl ein Ansporn sein, ein paar Münzen darin zu versenken. Ich glaube, der Automat provoziert mich.

Den Hergang der letzten Minuten kann ich mir relativ schnell zusammenreimen, wirklich einfallen tun sie mir nicht. Wir sind auf die Prater-Hauptallee gebogen, haben den Schlitten ans Auto gebunden und sind dann losgefahren, zuerst nur einer alleine, aber damit war der Schlitten zu leicht, bei jeder Unebenheit ist er gesprungen wie eine Ziege, in den Kurven hat er sich fast überschlagen. Also mussten zwei Personen drauf sitzen, das Mädchen mit Lippenpiercing aber ohne Namen und ich. Sie hat sich an mir festgehalten, ich am Schlitten, und dann hat uns der Saab durch den Prater gezogen.

Bis das Mädchen dort hinten und der Schlitten und ich im Rolltor einer Schießbude gelandet sind.

Ich sollte mein Entscheidungssystem für den betrunkenen Zustand überarbeiten, ein paar unumstößliche Regeln etablieren, die auch dann noch greifen, wenn ich mich über alles Gewesene hinwegsetze. Kommt auf meine Liste. Die ich auch noch machen muss.

»Hey, ihr da!«, ruft Käpt'n Iglo und lässt den Motor an. Ich stelle mir vor, er redet mit uns wie mit seiner Mannschaft, gleich gehen wir auf Tauchstation und fangen ein paar Fischstäbchen in der Donau. »Da kommt wer. Ich glaub, das sind die Kieberer!«

Wir laufen und humpeln zum Cabrio. Noch während wir reinspringen, fährt das Auto los, der Holzhaufen, der in seinem früheren Leben ein Schlitten war und immer noch an uns dranhängt, rumpelt hinter uns her. Ich erkenne das als Problem und will mich schon über die Rückbank lehnen und versuchen das Seil aufzuknüpfen, doch JC zieht mich zurück auf meinen Sitz und der Holzhaufen verkeilt sich von alleine zwischen einem Laternenmast und einem Mistkübel und wird weggerissen. Im Rückspiegel taucht plötzlich Blaulicht auf, wir kontern immer noch mit der Warnblinkanlage.

»Schalt den Scheiß ab und fahr schneller!«, ruft JC von der Rückbank.

»Lass, ist doch schön«, seufze ich und strecke meine Arme in den Fahrtwind. JC ist nicht so entspannt wie ich, das ist neu.

Käpt'n Iglo erfüllt ihm den Gefallen mit der Warnblinkanlage, dafür dreht er das Radio laut, »eine gute Verfolgungsjagd braucht einen guten Soundtrack. Davon hängt ab, ob man auch entkommt«, lässt er uns wissen. Die bunten Lichter des Praters fliegen an uns vorbei, Juwelen und Fabergé-Eier, verpackt in schwarzem Samt, ich frage mich, wer die in der Nacht sehen soll, aber das gehört halt dazu. Wir fahren Zickzack, schrammen knapp an einer Geisterbahn vorbei und halten dann auf die Hauptallee zu, dort ist es auf den parallel verlaufenden Nebenwegen dunkler, mit ausgeschalteten Scheinwerfern können uns die Kieberer nicht so leicht sehen; wir denken nicht daran die laute Musik abzustellen, die brauchen wir ja zum Entkommen.

Nach einer sanften Vorwarnung, ein Summen und Prusten, beginnt Katka hysterisch zu lachen. Sie wirft ihren Kopf in den Nacken und schaut in den Himmel, dort sieht sie Sterne, oder in ihrem Zustand, das wird mir bei dem stechenden Geruch klar, maximal Streifen, die in kurzen Abständen an ihr vorbeifliegen müssen. Bevor ihr der Ofen aus der Hand fällt, greife ich danach und nehme einen Zug; zur Beruhigung, wie ich mir denke, und damit er nicht ausgeht, wäre schade drum. Ob Jo nach dieser Nacht stolz auf mich wäre? Ich weiß nicht. Und wäre das schließlich nicht auch egal?

Das Mädchen mit Lippenpiercing aber ohne Namen und den blutigen Beinen lehnt sich an mich, ihre Hand legt sie auf meine Brust, sie gluckst zufrieden, übernimmt dann den Ofen.

»Die Kieberer sind weg«, sagt Käpt'n Iglo und schaltet Scheinwerfer und Warnblinkanlage wieder ein. Orange blinkend rollen wir durch die Stadt, jemand hat das Radio verstellt, Udo Jürgens läuft, wir singen und grölen zu Griechischer Wein, kriegen Hunger und fassen den Entschluss, es müsse sofort eine Pizza her, mit Champignons, Käse, Schinken, Salami, viel Knoblauch und sogar Ananas, dazu viel Wein. Nächste Strophe, wir fahren stadtauswärts, weiter mit Udo Jürgens, mehr brauchen wir nicht, überholen einen Reisebus, winken den schlafenden Leuten darin zu, deuten mit unseren Händen, wir möchten gerne Wein trinken, es ist fabelhaft.

Dieser Sommer darf niemals enden.

Das Nächste, was ich bewusst mitbekomme, ist, wie ich von einer Mauer falle und in einem Gebüsch lande; mal wieder. Immerhin überrasche ich niemanden beim Rummachen, außerdem ist kein Hundstrümmerl in Geruchweite, also Erfolg auf ganzer Linie.

Ich drehe mich zur Seite und entscheide mich erstmal gegen das Aufstehen. Was mache ich hier gleich nochmal? Ich hätte früher nach Hause gehen sollen, spätestens nach der schweren Pizza, die hätte ich als Omen sehen sollen.

Alles dreht sich, ich kann die Erdrotation spüren, die Umlaufbahn der Erde um die Sonne, den Weg der Milchstraße in unserem sich ausbreitenden Universum, kosmische Distanzen und Geschwindigkeiten, lasst mich bitte einfach hier liegen.

Ein Blick zur Seite verrät mir dann doch, wo ich mich befinde: rundum Gitterstäbe und Zäune, es riecht nach Tieren und Dung. Da durchfährt mich dann doch ein Adrenalinstößchen. Was mein geschundener Körper nach Stunden der Vernichtung halt noch so hergeben kann, ich setze mich also halbwegs abrupt auf.

Natürlich, denke ich, und: Scheiße, der Zoo.

Im Dämmerlicht sehe ich eine Gestalt auf vier Beinen auf mich zustapfen, das schließt schon mal die meisten Amphibien, Fische, Pinguine und Flamingos aus. Gibt es im Schönbrunner Zoo Flamingos? Interessante Frage, aber die Antwort verschieben wir lieber auf ein andermal. Soll ich aufspringen und weglaufen? Ein Tiger oder ein Löwe oder ein Wolf würden mich doch sowieso einholen, fangen, zerfleischen, ausweiden und sich meine fein geschnittenen Innereien wie eine Delikatesse aus dem Feinkosthandel schmecken lassen.

Außerdem: Ich kann und mag mich gerade sowieso nicht

bewegen. Irgendetwas mit Aas, versuche ich mich an den Biologieunterricht in der Schule zu erinnern, aber die Lehrerin hat immer nur über Bäume und Blumen gesprochen; rette mich, Photosynthese!

Die Gestalt hat mich erreicht, ich blinzle vorsichtig, neugierig bin ich ja doch, ich will wenigstens wissen, welcher natürlichste aller Tode mich gleich ereilen wird.

Es ist eine Ziege aus dem Streichelzoo, sie leckt über meine Wange.

Gut, das kam unerwartet. Vor Erleichterung mache ich mir fast in die Hose. Ich streichle der Ziege über den Kopf, kraule sie zwischen den Ohren, das scheint ihr zu gefallen. Sie verhält sich ruhig, stößt ihren Kopf ein paar mal sanft in meine Richtung.

Die Freude über meinen neugewonnenen Freund währt nur kurz. »Da bist du ja«, sagt jemand und leuchtet mir mit einer Taschenlampe ins Gesicht, die aufsteigende Morgenröte verschwindet damit aus meinen Augen. Die Ziege nimmt Reißaus und haut in die beschränkten Weiten ihres Geheges ab, JC dagegen packt mich am Arm und zieht mich zum zweiten oder dritten Mal in dieser endlosen Nacht hoch und auf die Beine. »Komm jetzt, ich will noch einen Pinguin mitnehmen!«

Hinter meinen Augenlidern leuchtet es rötlich, dieses Mal ist es die Sonne, ganz ohne Herzklopfen und Warnblinkanlage. Dieser Milliarden Jahre alte Feuerball hat immer noch eine unglaubliche Kraft in der Hinterhand, man darf ihn nicht unterschätzen. Schweißperlen brennen auf meiner Stirn, mein Gesicht ist mit einer klebrigen Salzschicht überzogen, dabei wache ich gerade erst auf.

Als ich die Augen öffne, schaue ich einem Tiger ins weit aufgerissene Maul.

Das ist ungewöhnlich.

Aber ein geübtes, gar verkatertes Auge erkennt sofort: der ist nur aus Plastik. Ich richte mich langsam auf, als ob ich zerbrechlich wäre und bei der falschen Bewegung in tausend Teile zerspringen würde, was vermutlich sogar stimmt, und kratze mich am Hinterkopf, nach einer Weile taste ich meine Taschen ab: Geld, Schlüssel, Zigaretten, alles da. Auch das ist ungewöhnlich.

Ich rauche mir eine an und genieße die frische Morgenluft, so gut das halt geht, mitten auf einer Bushaltestelle. Heute muss Sonntag sein, zumindest lässt der Verkehr darauf schließen. Es ist kaum was los, die meisten Geschäfte sind geschlossen, ein einsamer Würstelstand bildet die Ausnahme. »Gut so«, denke ich mir, krame ein paar Schillinge aus meiner Tasche und wackle dort hinein. Meine Hand deutet wie ferngesteuert auf irgendeine Wurst, ob als verfrühtes Mittagessen oder verspätetes Frühstück ist mir egal. Heißes Fett bespritzt meinen Schnurrbart; schmeckt gut. Kauend setze ich mich wieder in die Bushaltestelle, die Beine lege ich auf den Tiger. Wo bin ich überhaupt gelandet?

Ein weißes Auto mit roten Streifen rollt langsam heran und bleibt längsseits zur Haltestelle stehen. Das ist kein Bus, schließe ich blitzschnell. Der Fahrer stellt trotzdem den Motor ab, öffnet die Tür und steigt mit seinem Kollegen aus, gemeinsam kommen sie auf mich zu. Sie bieten nicht an, mich mit nach Hause zu nehmen.

»Guten Morgen, die Herren Inspektoren.«

»Inspektor gibt's kaan«, sagt der eine grantig. Oder vielleicht ist er eh freundlich und könnte in Wahrheit noch viel grantiger sein, die Möglichkeiten bei der Polizei sind nicht enden wollend. Die beiden Nicht-Inspektoren nehmen dann den Plastiktiger in Begutachtung. »Na, was hamma denn da?«

Müde drehe ich meinen Kopf. Die zwei zerren an meinen ohnehin aufgebrauchten Nerven, außerdem versuche ich meine Wurst zu essen. »Tiger«, antworte ich mit vollem Mund und klopfe auf den Kopf, also auf den des Tigers, »aus Plastik, wie mir scheint.«

»Aso? Wir wissen aber schon, dass das nicht erlaubt ist.«

»Ist mir nachgelaufen«, sage ich.

Der Polizist schaut mich an.

Ich schaue den Polizisten an.

»Den lass ma schön da.«

»Den lass ma schön da«, wiederhole ich wie ein alterskranker Papagei. Noch immer lehne ich lässig ausgestreckt auf der Sitzbank, die Sonne sticht mir mit kleinen Plastikgabeln vom Buffet in die Augen, ich halte mir die Hand als Schutz vor.

»Und wie kommt der da her?«, will der Polizist wissen.

»Keine Ahnung.« Das war zumindest ehrlich. »Hat bisher brav auf mich aufgepasst. Sie müssen keine Angst vor ihm haben, ich glaube, er ist zahm.«

»Hören S', wegen schlechter Witze werd ma Sie nicht einsperren, aber wegen Diebstahl geht des leicht, gell!«

»So schlecht sind meine Witze ja gar nicht«, antworte ich und unterdrücke gähnend den Nachsatz, sie können mir immerhin keine schlechte Tierhaltung vorwerfen; besser nicht.

Als ich mich strecke, rinnt mir etwas Wurstfett den Arm hinab. »Sie werden mir wohl kaum glauben, wenn ich Ihnen sage: Ich bin heute früh aufgewacht und der Tiger war auf einmal da?«

Die Kieberer haben mich nach Hause gefahren, das finde ich zwar überraschend freundlich, aber ich vermute, da war ein

Hintergedanke im Spiel. Den Tiger haben sie als Pfand leider mitgenommen. Mich interessiert aber sowieso nur noch meine Matratze.

Ich gehe in den Hof des Kinos, sperre das Stiegenhaus auf und trabe nach oben, in mein Reich der Ein-Zimmer-Wohnung. Als ich mich endlich hinfallen lassen will, sehe ich, da liegt ein Körper unter meiner Decke.

In meinem Kopf läuft daraufhin eine Lottoziehung wie im Fernsehen ab, bunte Kugeln mit Bildern und Namen wirbeln umher, »Glückstrichter und Kugeln wurden überprüft« schallt es an mein Ohr, der Notar im Anzug nickt mir aufmunternd zu, ich solle den Schalter drücken, doch ich überlege, ob ich die Kugeln überhaupt anhalten und das Ergebnis wissen will.

Jo? Das Mädchen mit Lippenpiercing aber ohne Namen und den blutigen Beinen? Mir wird flau im Magen, dieses Mal aber nicht von den Mengen konsumierten Alkohols oder anderen Dingen, die ich in der letzten Nacht zu mir genommen habe. Was auch immer zwischen Jo und mir ist: es ist mir so wichtig, dass ich hoffe, es nicht im Suff zerstört zu haben. So jemand bin ich nicht. Aber ich war auch niemand, der auf gesperrte Flaktürme hinaufsteigt, Gras raucht, die Nacht durchsäuft, in Schlägereien gerät, nach Berlin fliegt und anscheinend in den Zoo einbricht.

Ich kratze meine winzigen Mutreste zusammen, es sind unbeträchtliche Rückstände wie in einer ausgeleerten Teigschüssel, dann schlage ich die Bettdecke zurück. Egal, wer da hervorkommt, ich kann mich daneben hinlegen und das Problem durch Schlafen erst einmal ein paar Stunden nach hinten verschieben.

Es ist ein lebensgroßer Plastikpinguin.

Wir müssen heute Nacht den halben Spielplatz vom Zoo leer geräumt haben. War JC dann auch noch hier in der Wohnung? Neben dem Pinguin liegen ein Werkzeugkoffer, lange Schrauben, Muttern, eine Kombizange und zwei Schraubenschlüssel.

Ich sinke auf die Matratze und schlafe sofort ein.

Am Bahnsteig geht ein Mann mit grau gelockten Haaren gemütlich entlang, er trägt zwei Tennisschläger über der Schulter, pfeift und wirkt entspannt, so wär ich auch gern. Stattdessen springe ich zwischen die sich schließenden Türen und falle kaputt auf einen Sitzplatz.

Die U-Bahn fährt an, und ich werde in der gepolsterten Schale des Sitzes hin und her geworfen. Hungrig beiße ich in ein Käsestangerl, das ich mir beim Bäcker um die Ecke mit meinem restlichen Geld gekauft habe. Die letzten Groschen kann ich auf ein Bahngleis legen und ihnen zuschauen, wie sie breit und platt gefahren werden.

Ich weiß nicht, welchen Tag wir heute haben.

Mein Mund füllt sich mit maschinell hergestellter Teigware und überbackenem Käse. Gebäckstücke, denke ich, sollten anders heißen, dann würden sie besser zu dieser Stadt passen. Jo und ich hatten schon einige gute Vorschläge: Hurnkipferl, Schaßgolatschen, Pudertascherl. Oder Trottlstangerl.

Dieser schwerwiegende Gedanke, der, wenn richtig weiter verfolgt, bestimmt die Bäcker und/oder Konditoren über kurz oder lang retten könnte, wird jäh unterbrochen. Nichts da mit der Rettung des Handwerks.

Vor mir steht ein junges Paar und küsst sich liebevoll, es sind die zwei aus dem Kino. Die Sommerliebe, denke ich schmunzelnd; schön. Ich kann nicht direkt hinsehen, das wäre zu aufdringlich, aber sie stehen eng beinander, die Finger des

Mädchens wandern über den Hintern des Jungen. Sie flüstern einander etwas zu, halten sich, küssen weiter.

Daneben sitze ich wie ein nasser Sack und fresse mein zweites Katerfrühstück, keine Ahnung, was gestern war, kein Plan, was morgen sein soll. Ich bekomme Appetit auf einen Gabelbissen und beginne zu weinen.

Im Foyer des Bezirks-Kinos stehen die Fenster offen, frische Luft strömt herein und treibt den stickigen Geruch nach Staub und verschimmeltem Papier zumindest ein bisschen aus dem Raum. Meine Finger fahren müde ihre Kreise, eine Ziffer nach der anderen dreht sich über das orange Wählscheibentelefon. Es schnurrt, quietscht, dann bekomme ich ein rauschendes Freizeichen.

»Filmverleih Gold.«

Ich starre an den Plafond und beobachte den wachsenden Wasserschaden, im ersten Stock ist ein Rohr kaputtgegangen und der braune Fleck breitet sich allmählich wie der Inhalt eines umgekippten Kaffeehäferls aus. Letzte Woche habe ich die Umrisse mit einem Bleistift eingezeichnet und sowas wie eine Landkarte erstellt, doch die Frontlinien wurden völlig von den Kräften der Wasserschadenkaffeefleckarmee überrannt.

Auch egal.

Erst nach dieser ausreichenden Begutachtung der Decke stelle ich mich vor und erkläre mein Anliegen. Anders kommen der Filmverleih Gold und ich nicht zusammen, unsere Geschwindigkeiten laufen zu unterschiedlich, nur durch eine Übersetzung werden sie allmählich synchron. »Utopia darf nicht untergehen, hätte ich gern«, sage ich und beiße mir auf die Unterlippe. Marschall Film war mir auf die Dauer zu anstrengend, vor allem, nachdem sie einmal auf ein Gespräch mit meinem Vorgesetzten bestanden haben.

Daher also Gold. Nachteil: Das Bezirks-Kino steht nicht unbedingt auf deren Prioritätenliste. Vermutlich steht es auf gar keiner Liste. Ich bin mir nicht einmal sicher, ob die überhaupt die Adresse des Lichtspielhauses kennen, in dem ich seit geraumer Zeit lebe.

Der Lieferant ruft vor seiner Abfahrt an und sagt, ich solle zur Kreuzung um die Ecke kommen, er würde dort bei rot stehen bleiben und mir die Filmrollen aus dem Lieferwagen werfen. Bei grün hingegen muss ich ihm bis zur nächsten freien Hauseinfahrt nachlaufen, in der Regel sind das ein paar hundert Meter. Die alten Filmrollen kümmern ihn nicht, »das ist nicht meine Zuständigkeit, die nimmt der Abholer mit.« Bloß zweifle ich mittlerweile an dessen Existenz, wie auch an der Durchsetzung von Mobiltelefonen oder leistbaren Heimcomputeranlagen, die alten Filmrollen stapeln sich hier schon bis unter die Decke.

Die Lagerräume im Keller sind feucht und modrig, und ich befürchte ernsthaft, die Decke könnte runterkommen, aber das sage ich dem Filmverleih natürlich nicht. Außerdem plagt mich die unerklärliche Angst, unten im Keller könnten sich abtrünnige Genossinnen und Genossen verschanzt haben und eine Revolution vorbereiten. Als einzige trockene Aufbewahrungsmöglichkeit der Filmrollen bleibt mir also nur der Vorführraum. Neben dem obligatorischen Staub, der sich unaufhaltsam wie ein Mal der Zeit im Gebäude ausbreitet und aus dessen zerfallenden Mauern besteht, riecht es in dem kleinen Raum schon säuerlich, Essig und Kampfer stechen in die Nase. Wäre ich Sommelier mit einem feinen Geruchssinn oder hätte ich mir meine olfaktorische Wahrnehmung nicht mit Nikotin im Übermaß abgetötet, würde ich auch einen Schuss Harz wahrnehmen. So oder so: gesund riecht anders.

Zu wissen, unter welchen Umständen die Filmrollen im Bezirks-Kino gelagert werden, würde den Abholer vom Filmverleih Gold bestimmt zum Vorbeischauen motivieren. Ich könnte ihm vom säuerlichen Kabuff und den Tropfsteinhöhlen im Keller erzählen. Aber was soll's, bald sperrt die Bude ohnehin zu.

Wir vereinbaren die Lieferbedingungen und den Preis, ich bedanke mich und lege auf.

Die letzte Vorstellung kann beginnen.

Jo schnauft, als ich schnaufe, als Wanessa schnauft, doch Jo hat sich nur verschaltet, und so hätte niemand von uns schnaufen müssen; das letzte Aufbäumen des Sommers macht uns zu schaffen, ich zerfließe bald im Sitz wie ein in der Sonne vergessenes Gummibärchen.

Wir sind jenseits der Donau, jenseits aller Hoffnungen, damit auch fernab jeglicher anerkannter Zivilisation. Es muss Monate her sein, als ich das letzte Mal auf dieser Seite der Stadt gewesen bin, keine Pointe. Warum wir jetzt hier sind, ist eigentlich schwer bis unmöglich zu erklären.

Um meiner lästigen Aufgabe als Erzähler trotzdem nachzukommen: Wir waren in einer illegalen Autowerkstatt hinter einer Lagerhalle, ich hab eine Bananenschachtel mit Ersatzteilen für den Filmprojektor bekommen und Jo ein Päckchen Gras. Das Ganze hätte nicht surrealer werden können, wenn wir anschließend mit einem gläubigen Affen kämpfen und Zahlenreihen in einen Macintosh Computer eingeben hätten müssen. So laufen die Dinge nun einmal jenseits der Donau.

Also, so ist das, deshalb sind wir hier; vor, hinter und unter uns die Straße, etwas Donau, Lobau, grün grün grün, und natürlich dieses monströse Ungetüm von Zentraltanklager, das einfach nicht aufhören will.

Während ich so schwadroniere und aus dem Ton in meinem Kopf seichte Gedankengefäße forme, macht Jo etwas extrem Seltenes, quasi den Dodo auf der Blauen Mauritius: Sie schaut in den Rückspiegel. Das muss sie nicht tun, der GAZ ist ein Block aus Stahl, eine Kraftanstrengung der Physik, Jo muss keine Rücksicht auf andere Autofahrer nehmen, denn auch, wenn sie sie wahrnehmen würde, so schnell kann das Auto ohnehin nicht reagieren. Trotzdem: Sie schaut in den Rückspiegel, biegt ab und fährt von der Straße auf einen unscheinbaren Schotterweg, nach ein paar Metern rollen wir vor einem morschen Schranken aus. »Mach mal auf«, sagt sie und nickt in dessen Richtung.

Mein Blick wandert zwischen Jo und Schranke hin und her, ich bilde mir ein Gespräch zwischen uns ein:

»Da steht Einfahrt verboten.«

»Aber nicht für wen, es könnte ja jemand anders gemeint sein und nicht wir, das wissen wir also nicht.«

Ein K.o.-Argument, da kann man kaum noch was erwidern, denke ich für den Bruchteil einer parallel stattfindenden Kernfusion in dem Millionen Kilometer entfernten Stern, der die ganze Chose hier veranstaltet, aber nein, ich erwidere in dem nur ausgedachten Gespräch nichts, sie hat ja recht und in Wahrheit ist es mir auch wurscht, alte Angewohnheiten sterben halt so schwer ab. Also steige ich aus und trotte zu dem Schranken, die Hitze unter der brennenden Sonne kommt mir im Vergleich zum Wageninneren direkt frisch, ja fast eisig vor; Ozonloch, mich fröstelt! Der Schranken geht nach oben, Wanessa seufzt, beginnt wieder zu rollen und befährt das Sperrgebiet. Ich lasse den Schrankenbaum aus Holz wieder runter, da springt die Beifahrertür auf und Jo ruft: »Hüpf rein, ich mag nicht schon wieder stehen bleiben.«

Gezwungenermaßen beschleunige ich auf moderate Schrittgeschwindigkeit, halte mich am Türrahmen fest, ein kleiner Sprung, zack, ich lande auf dem Beifahrersitz und federe mehrmals auf und ab, meine Schlafmatratze im Kino ist härter als das hier. Mit einer Hand schmeiße ich die Tür zu und greife mit der anderen nach den Zigaretten am Armaturenbrett; so müssen sich Helden in Tabakwerbungen fühlen. Von der Seite her kann ich Jos Grinsen spüren, sie ahnt meine Gedanken, natürlich ahnt sie die, wir wissen beide, wie schwachsinnig das ist, natürlich war das nix, aber ihr gefällt, wenn mir etwas gefällt, daher wird sie nichts dagegen sagen. Wenn einer glücklich ist, haben wir entschieden, kann man ihm das ruhig mal gönnen.

Sobald ich wieder an Bord des Autos bin, graut mir übrigens schon vor den nächsten Metern, denn der Schotterweg hört ohne Vorwarnung oder rostige Schilder auf, vor uns liegen Büsche, Moos, Gras und jede Menge tiefer Schlaglöcher, in denen ich vermutlich bis zur Hüfte verschwinden würde, wenn ich reingefallen wäre. Panisch klammere ich mich am Türgriff fest, gleich krachen wir ins erste Loch und gehen unter, SOS, die Besatzung verlässt den Panzerkreuzer, alle Mann von Bord; gleich werde ich Jo von ihrem Steuerrad losreißen müssen, damit sie nicht als Kapitän mituntergeht. Die Katastrophe ist unausweichlich, wir steuern darauf zu und – nichts geschieht. Im Gegenteil: Die Fahrt im Auto sowjetischer Bauart ist angenehm wie noch nie, wir gleiten über den unebenen Untergrund dahin, schweben, wie auf einem fliegenden Teppich, sanft und ohne Turbulenzen.

»Die Gute hier ist für die sibirische Tundra ausgelegt, für Asphaltschluchten in Moskau und Feldwege in der Ukraine. Mit Wien wird sie auf jedem Terrain fertig«, verkündet Jo und klopft zufrieden aufs Lenkrad.

Wie ein Luftkissenboot oder ein fliegendes Auto aus der

Zukunft schweben wir nun über den Waldboden und landen kurz darauf auf einer Weggabelung, zwischen den Bäumen hindurch können wir eine helle Fläche glitzern sehen.

»Gewusst?«, will ich wissen.

»Glaub nicht, eher geraten. War aber nicht schwer, hier gibt's ja nicht viel.«

Wir verlassen das Auto und steigen über einen halbherzig aufgestellten Stacheldrahtzaun, dann wandern wir über den Waldboden, bis wir schließlich an einer Lacke rauskommen, ein blauer Schönheitsfleck inmitten der Natur. Am anderen Ufer sehen wir einen kleinen Steg mit ein paar Ruderbooten, so illegal kann das hier also gar nicht sein.

Während ich noch starre und schaue und schaue und starre, beginnt sich Jo neben mir auszuziehen; sie ist ein wunderschöner Mensch, ich mag, wie die Realität an ihr klebt, glatte Werbewelten zerschellen an ihr wie fragile Glasfiguren. Sie ist oft verschwitzt, hat verstrubbelte Haare und trägt schlabbriges Gewand, das macht Jo für mich so echt, so verführerisch; natürlich sehe ich sie auch gerne nackt, aber das ist nur eine Draufgabe.

Jo ahnt nichts von meinen Gedanken, sie wirft ihre Fetzen neben einen Busch, dann watet sie zielstrebig ins Wasser, dreht sich zu mir um und lässt sich rückwärts reinfallen. Sie treibt auf dem Rücken, spuckt kleine Wasserfontänen in die Luft, dazwischen gurgelt sie ein »kommst du?«

Gleich. Zwar ist niemand in Sichtweite und der Gedanke ist mir vor Jo doppelt peinlich, aber irgendwie schäme ich mich, möchte mich nicht ausziehen. Da sitzt in mir dieser jahrelang antrainierte Reflex, der sagt, zu Hause nackt zu sein ist in Ordnung, Baden aber nur mit Badehose, sonst passiert was auch immer.

»Du kannst nicht mit mir vögeln und dann hier nicht die Hosen runterziehen wollen. Das gilt nicht, ist unfair, gegen die

Spielregeln.« Sie erinnert mich an das Intermezzo im Dachschwimmbad. »Da war dir das auch egal.«

Das war etwas anderes, will ich zuerst dagegenhalten, lasse es dann aber sein; es ist zu heiß für sinnlosen Widerstand. Ich ziehe also mein verschwitztes T-Shirt aus und lasse es wie eine unfertige Palatschinke auf den Boden klatschen, schlüpfe aus den Turnschuhen, Socken, öffne meinen Gürtel und lasse die Jeans nach unten gleiten. Bei der Unterhose zögere ich, theoretisch könnte ich auch damit reinspringen, zum Testen mache ich einen Schritt in Richtung Wasser, doch Jo hat mein Vorhaben geahnt, obwohl sie schon weit entfernt im See treibt. »Denk nicht mal dran!« Sie stellt sich auf, denn so tief ist das Wasser nicht, ihr Oberkörper ragt heraus, sie verschränkt beleidigt die Arme, sieht mich streng an; ihr Blick bohrt sich in meinen Schritt, mit sinnlicher Erregung hat das nichts zu tun. Jo will sehen.

»Das Wasser ist bestimmt kalt, immer daran denken«, rufe ich ihr zu.

»Siehst du das?«, entgegnet sie und breitet die Arme aus, deutet auf die sie umgebende Wasserlacke, »das ist mein Schweiß, den ich für dich hingegeben habe, weil mir so scheiß heiß ist.« Danach verschränkt sie die Arme wieder.

Also gut, Unterhose runter, Applaus aus der Mitte des Sees, ich nehme Anlauf und springe, sobald das Gras unter meinen Zehen nassem Schlamm weicht; das Wasser ist seicht, damit habe ich gerechnet, ich lasse mich trotzdem reinfallen, es ist angenehm kalt, eine kühle Faust umschließt mich, passt auf mich auf, ich verliere für einen Moment die Orientierung, da war ein Fisch an meinem Ohr oder auch nur eine Kaulquappe, dann tauche ich auf, Orientierung wiederhergestellt, und ich schwimme auf Jo zu.

Aus der Entfernung wird man nur zwei an der Wasseroberfläche treibende Köpfe sehen, Muppets, von unten gesteuert und mit Leben befüllt. Wir schwimmen ein Stück, über uns bläst ein Flieger Kerosin in den blauen Himmel, wir freuen uns über die schöne Linie und wie sie das Leben in zwei teilt, hier und dort. Dann findet Jo plötzlich Halt am schlammigen Boden, springt mir von hinten ins Kreuz und drückt mich unter Wasser, wir rangeln; oder Jo rangelt und ich kämpfe gegen das Ertrinken. Unter großer Kraftanstrengung schaffe ich es zurück an die Wasseroberfläche, doch sie nimmt mich in den Schwitzkasten, drückt fest zu, dann wieder Wasser, darüber brüllt und lacht sie. Ich muss auch lachen, schlucke Wasser und muss husten, was das Lachen automatisch und rasch einstellt. So geht das weiter, bis mich Jo wie ihre frisch erlegte Beute an Land zieht. Keuchend und nackt liege ich auf der Wiese, die Sonne kümmert sich um meinen Körper, küsst unsichtbare Wunden. Neben mir lässt sich Jo ins Gras fallen, wirkt glücklich und zufrieden, sie grinst: »Schön, gell? Wegen so was ist der Sommer meine Lieblingsjahreszeit, da ist alles möglich, und ich fühle mich unendlich.«

Meine Antwort besteht im zufriedenen Schließen meiner Augen. Hier könnte ich es aushalten. Kleine Bäche rinnen über meinen Körper, bald versiegen sie, trocknen aus, ich lege einen Arm über mein Gesicht, damit die Sonne nicht so sticht, aus orangerot wird schwarz. Ich tauche in die Dunkelheit ab und denke an den See und Jo, ich höre sie atmen, dabei werde ich schläfrig, meine Gedanken verlieren jegliche Kontur und schweifen ab, statt Ecken und Kanten, Quader und Pyramiden in meinem Kopf beginnen die Formen und Bilder zu verschwimmen, ein zäher Nebel breitet sich aus, indessen frischt der Wind auf, seine Berührungen sind meine einzige Verbindung zur Außenwelt, der Nebel wird dunkler, meine Gedankengesänge langsamer, leiser, ich bin knapp vor dem Einschlafen.

Der Globus dreht sich eine Zeit lang ohne uns, eine verirrte

Biene zieht konzentrische Kreise, wir dösen, und vielleicht ist es ein anderer Tag, vielleicht derselbe, wen kümmert es schon, wir liegen im Gras, irgendetwas verbindet uns, und solange wir nicht darüber nachdenken, wird sich auch nichts ändern, denn heute sind wir unendlich und morgen zerfallen wir zu Staub.

Vor JC und mir breitet sich ein Meer aus Köpfen und Händen aus, kleine Figuren, bunt, wie aus Lego oder Playmobil, ihr andauernder Krieg ist für den Abend beendet, sie alle erheben sich in Wellen, brechen nach vorne oder zur Seite, während die Hitze wie ein Gewicht unerbittlich von oben herabdrückt. Wie blöd muss man sein, kann man fragen, wie wahnsinnig blöd und frei von jeder Sicherung in den Gehirnschaltkreisen muss man sein, um an so einem Tag in ein Konzert zu gehen? Antwort: so blöd wie wir.

Im Praterstadion ist es zermürbend heiß, das sind wir schon gewohnt, trotzdem fällt das Atmen schwer. Wenige Meter neben uns kippt eine Frau mit langen schwarzen Haaren um. Soeben hat sie noch zur Musik gewippt und geklatscht, jetzt liegt sie da, umringt von zwei Sanitätern. Gleich geht's weiter. Wahnsinn, wie die Leute heute umfallen.

Wir rufen uns Dinge zu, JC und ich, deuten, ob wir nachher noch etwas trinken wollen, ein Bier, ja, für harte Getränke ist es definitiv zu heiß, oder wollen wir gleich was holen, ist ja nur der Vorsänger, wobei der gar nicht schlecht ist. Durch die Menge müssen wir eine Schneise schlagen, zuerst JC, dahinter ich, fast bräuchten wir ein Buschmesser, so haben wir nur die leeren Getränkebecher. Verdammt, was haben wir uns nur dabei gedacht? Wieder will ich JC etwas zurufen, da bricht der Vorsänger auf der Bühne in ein Geschrei aus, es hallt aus den

Boxen und durch das ganze Stadion, er will irgendwie die ganze Stadt mit Farbe beschmieren, vollschreiben, und da bleibe ich stehen und starre zur Bühne, kneife meine Augen zusammen, zwangsläufig muss ich an die Gestalt auf der Straße denken, die ich eines Nachts gesehen habe, das Lied geht weiter, er fürchtet sich nicht mehr, hat keine Angst, was auch immer. JC und ich warten ab, das Lied geht vorbei, es kommt etwas Ruhigeres, eine Ballade, und wir können uns unterhalten.

»Das ist noch einer dieser Tage, bald ist's mit dem Sommer vorbei«, bemerkt JC.

Ich richte meinen Kopf in die Abendsonne und schließe meine Augen; am Nasenrücken schält sich meine Haut, weiße Partikel folgen der Schwerkraft und rieseln wie Sandkörner aus meinem Gesicht. Jo und ich haben uns einen Mördersonnenbrand aufgerissen, wir sehen aus wie zwei frisch beigetretene Vollzeitmitglieder der Kommunisten.

»Mhm«, brummt die Antwort mehr aus meinem Torso als aus meinem geschlossenen Mund, bei dem Getöse geht das natürlich unter oder über, die Schallwellen sind überall, assimilieren alles, und JC sieht nur mein zögerliches Nicken und deutet das als Zustimmung, die fehlende Euphorie in meinem Brummen bekommen seine Ohren nicht mitgeliefert.

Natürlich weiß ich, worauf er hinauswill, glaube ich zumindest. Der Herbst rückt näher, ich muss also an meine Zukunft denken. Sooft ich es auch versuche, es gelingt mir nicht, ich verliere immer den Fokus, meine Gedanken driften wie eine wegbrechende Eisscholle ins offene Wasser hinaus. Ich muss etwas tun, aber was? Und wenn es schiefgeht?

Unsere Blicke kreuzen sich, JC sieht mich an, hebt die Augenbraue und seinen vollen Plastikbecher und prostet mir zu. Er versteht mich nicht.

Das Konzert ist nicht schlecht, der Sommer auch, aber wenn ich einmal kurz ins echte Leben hinüberzappe, bleibt mir keine der Eigenschaften erhalten, die ich hier gelernt und drüben verwenden könnte. »Du kennst mein Problem. Ich kann halt nicht wirklich was«, im Geiste bezeichne ich dieses Argument mit Beweisstück A, meinem Dahinsiechen im Bezirks-Kino.

»Geh bitte, das ist so ein Blödsinn, ich mag darauf schon gar nichts mehr sagen.« JC fährt dabei auf, als ob ihm jemand eine Kruste von einer gerade verheilenden Wunde gerissen hätte; ein bisschen gejuckt hat sie schon, es kam ihm also gar nicht ungelegen. »Sonst hättest du ja nie den Job beim Teletext bekommen. Oder den Hausbesorgerposten. Du bist nicht hübsch genug, damit dich jemand nur wegen deines Aussehens einstellen würde.«

»Danke. Aber beim Teletext haben sie mich gefeuert, und beim anderen verliere ich demnächst das Haus.«

»Das ist was anderes«, brüllt JC, er muss gerade ein Gitarrensolo übertrumpfen, schlägt sich dabei auch ganz wacker, ich verstehe die ersten Wörter, »du warst«, dann fängt die Lautsprecheranlage zu krachen an, Töne überschlagen sich, ich sehe, wie sich sein Mund bewegt, zwei Zahnreihen auf und ab wandern, die Zunge vollführt Kunststücke, Looping, Rolle, aber nichts davon kommt bei mir an.

Privatfernsehen, denke ich mir, da könnte ich es mal versuchen. Also, wenn die Teletext haben. »Haben die da Teletext?«

»Wo?«

»Beim Privatfernsehen«, sage ich.

»Spielshows«, sagt JC.

»Teletext«, beharre ich, »beim Privatfernsehen.«

»Und ich meine Spielshows«, sagt JC, »auch beim Privatfernsehen. Das brauchen die da viel mehr als Teletext, wie das Brot zum Überleben, täglich eine neue Spielshow, überleg dir das einmal!«

Ich brumme in meinen Bierbecher und tue, sprich, überlege es mir wirklich. Was für eine Spielesendung könnte ich erfinden, die noch auf keinem ach so versteckten Fernsehkanal läuft? Es müsste auf jeden Fall eine Ratesendung sein, auch irgendetwas Interaktives, wo man über das Telefon etwas im Studio oder am Fernsehschirm machen kann, und man bräuchte Schleim, den der Moderator über die Kandidaten kippt, außerdem einen Außenreporter, und der Schleim suppt dann über die Gewinner. Damit die gleich wissen: Moment mal, ich hab gewonnen und trotzdem werde ich wie der Verlierer behandelt, also gewinnen und trotzdem verlieren, ich habe das Beste gegeben und doch nichts erreicht, ja, das wäre meine Spielshow. Passender Titel fällt mir bestimmt noch ein, Der Gewinner Verliert Alles, so auf die Art.

»Übrigens«, beginnt JC und zieht das Wort in die Länge, um meine Aufmerksamkeit wieder zu gewinnen, ich bin zu lange in Gedanken abgetaucht, »ich muss mir die Tage einen neuen PC für die Arbeit anschaffen. Du kennst dich mit so was von früher doch aus. Kommst du mit?«

»Ich weiß nicht«, drücke ich rum; dabei stelle ich fest, ich war schon einmal wortgewandter, zumindest gefühlt. Egal, Hauptsache die Intention kommt rüber.

»Komm schon, das wird bestimmt lustig. Wir schauen uns auch die neuesten Mühlen an. Ich hab schon einen Compaq im Auge, der hat fette 20 Megabyte Festspeicherplatte.«

Wie langweilig. Das sage ich ihm lieber nicht, es würde uns nicht weiterbringen, durch meine potentielle Gegenwehr würden wir außerdem nur noch länger an einem Thema rumeiern, das uns oder uns folgenden Generationen einmal peinlich oder völlig unverständlich vorkommen könnte.

Stattdessen ich, ebenfalls in die Länge gezogen: »Übrigens, ich spiele nächste Woche einen alten Schinken, quasi der final countdown. Kommst du auf ein letztes Mal ins Bezirks-Kino?«

»Stellst du mir dann endlich deine sagenumwobene Jo vor?«

Darauf wieder ich: »Auch.«

Es dämmert früh. Der Himmel ist eine dünne Leinwand aus Papier, die von hinten mit Licht angestrahlt wird, die Wolken werden zu in Blut getauchte Wattebäusche, und an einzelnen Stellen leuchtet der blitzblaue Himmel, er wirkt wie die peinliche Unterhose, die durch aufgerissene Löcher im Stoff hindurchscheint.

Ich stehe vor dem Kino und rauche wie ein einsamer Fabrikschlot, in meiner Hand eine fast leere Bierdose. Das wird die letzte Vorstellung, danach ist das Bezirks-Kino Geschichte und der Sommer geht vorüber. Ich habe das Gefühl, dass auch ich mich einem Ende nähere.

Die Kommunisten kommen.

Das Komitee zur sozialen Ausbildung des kritischen Volksgeistes, KzsAdkV, hat sich diesen Filmabend als Abschlusserklärung ausbedungen. Als Hauptfilm ist Utopia darf nicht untergehen vorgesehen, danach folgen kurze Dokumentationen, die die ganze Nacht zur Diskussion anregen sollen. Später wird es noch ein Plenum mit Abstimmungen zur Zukunft des KzsAdkV geben, auch ich soll daran teilnehmen. Der letzte Punkt auf der Tagesordnung liest sich so: »Verabschiedung des Bezirks-Kinos, Einstellung der Besetzung, Rückgabe an Allgemeinheit, Erklärung zum öffentlichen Gemeinschaftsraum für den kritischen Austausch aller Einwohnerinnen und Einwohner des Großraum Wiens.«

Gut, mit der Wahrheit nehmen sie es nicht so genau, damit hatten die Kommunisten ja schon immer Probleme, eine Doktrin überholt die andere noch vor dem Trocknen der Tinte, doch vielleicht stehen die Türen bis zum Abbruch ja wirklich allen offen.

»Wir begrüßen dich mit dem Gruß der Mitglieder des …«

»Ja ja, Freundschaft«, fahre ich dazwischen und hebe meine Hand zur Faust, ich kenne das Spiel. Wenn die nur ein bisschen mehr Wert auf den Inhalt und weniger auf die Form legen würden. Typisch Mensch, muss sich Strukturen und Formen schaffen, um in der ausgedachten Hierarchie aufzusteigen und deren Werkzeuge zu benützen. Immer brav nach den Regeln, selbst die, die sie brechen wollen.

Meine Genossinnen und Genossen fahren heute die großen Geschütze auf, sie steigen bis ins Dachgeschoß hinauf und hängen Transparente aus den Fenstern. »Die Häuser denen, die drin wohnen« steht da drauf, daneben »Wir wollen alles, Herr Bundeskanzler!« Find ich beinahe mutig von den Schnöseln. Von meinem Betonplattenbalkon weht weiterhin die US-Fahne. Andächtig trinke ich mein Bier aus, rülpse in die vorgehaltene Hand.

Dann gehen wir alle rein.

Den Hauptstreifen habe ich bereits in den Projektor eingelegt, mittlerweile habe ich Übung darin, zwar nicht blind, aber ich kenne mich mit den bockigen Eigenheiten der Maschine aus. Wie Solettistangen, die gleich abzubrechen drohen, schiebe ich die Diodenstecker in die Löcher für Saalbeleuchtung, Bühnenlicht, Tonverstärker und Co. Die Werbung lasse ich heute sein. Nicht, dass tatsächlich jemand für die Spots bezahlt hätte, aber sie sorgen immer für einen wohligen Nostalgiekick im Publikum: Werbung für Zigaretten, Alkohol, Dosensuppen und Staubsauger, alles in verwaschener Optik mit längst verstorbenen Schauspiellieblingen der Nation.

Ich rümpfe die Nase und bereue es sofort, das Zelluloid verströmt einen ätzenden Geruch, als ob es durch die letzten Filmrollen wie ein Gewässer gekippt oder wie nukleares Spaltmaterial kritisch geworden wäre. Das gibt Kopfschmerzen. Nicht nur deswegen stecke ich meinen Kopf neben dem Objektiv direkt in den Kinosaal, da sitzen tatsächlich Leute, viele Leute, so gefüllt war er noch nie. Zwischen meinen Genossinnen und Genossen erspähe ich sogar ein paar normale Gesichter: der Mann Ende vierzig mit Halbglatze. Das junge Paar. Schön. Die letzte Vorstellung ist auch für sie.

Mit einem zärtlichen Tritt starte ich den Projektor, das bockige Teil braucht nur einen Schupfer, wie ein störrischer Esel oder eine gigantische Baumaschine, dann springt es mit Brummen und Zischen an und tut das, was man von ihm erwartet.

Ich gehe wieder vors Haus. Meine Arbeit ist getan.

Zerstreut und vergesslich trete ich auf den Gehsteig vor dem Kino, dort sehe ich eine dieser heruntergerittenen Telefonzellen mit eingeschlagener Scheibe und zerfleddertem Telefonbuch; genau so fühle ich mich, auch wenn es ein schwer übersetzbares Bild ist. Dann greife ich zu meiner Bierdose, aber die ist schon leer und fühlt sich außen warm an. Aus den zerfransten Jeans nestle ich eine Packung Zigaretten, heute bin ich stark am Übertreiben, eskaliere regelrecht und bin bloß noch ein Stück vom Kettenraucher entfernt. Letzte Vorführung, fuck, fuck, fuck!

Hätte ich noch eine Uhr, würde ich nervös drauf starren, dann seufzen, wieder starren, dann wieder seufzen, nochmal auf die Uhr starren und dann wild an Armband und Handgelenk herumzerren.

So seufze ich nur.

JC kommt angelaufen, da seufze ich gleich nochmal. Angelaufen meine ich wörtlich, seine Arme schwingen wie Hammerköpfe, vor und zurück, als hätte er in seinen Händen Gewichte oder kleine Sandsäcke versteckt. Er muss aufgedreht sein, denke ich mir und sehe meinen Gedanken wenig später bestätigt, als er fast an mir vorbeiläuft; erst eine Straßenlaterne, an die er sich wie an eine Haltestange im Bus klammert, kann ihn gerade so zum Anhalten bringen.

»Da bin ich!«, ruft er, tanzt wie ein Satellit in einer schmalen Umlaufbahn um die Laterne und schießt dann auf mich zu.

»Das seh ich«, sage ich verhalten und strecke ihm die Zigarettenpackung entgegen.

»Danke, mein Bester«, sagt er und klopft mir auf die Schulter. Während er seine Zigarette anzündet, bin ich schon beim Filter angelangt.

»Bier?«

Er nickt. Daraufhin gehe ich ins Foyer und greife unter den Verkaufstresen. Geheimvorrat für schlechte Tage, die sind nun gekommen, habe ich entschieden.

»Sind wir schon vollständig?«, fragt JC, als ich zurückkehre.

Ich schüttle den Kopf und drücke blauen Dunst durch meine Nasenlöcher. Vom Asphalt kriecht die Wärme nur zaghaft zu uns herauf, ich muss an Fondue denken, eklige Menschen hingegen, zu denen sich JC selbst zählt, an Raclette.

Minutenlang stehen wir so da, rauchen, trinken, reden kaum, nur über belangloses Zeug, wie wir es den ganzen Sommer über nicht getan haben, aber Wort für Wort tropft die Realität in unseren Alltag zurück: China, Bush, das Jahr der schlechten Fortsetzungen.

Jo kommt nicht wie aufs Stichwort, dieses Wunschdenken habe ich mir bei ihr niemals angewöhnt. Aber sie kommt, hat sie versprochen, und bei dem Gedanken wird mir schon wieder ganz mulmig im Bauch, als ob ich etwas Abgelaufenes zu mir genommen hätte, ich denke an Mikrowellenessen und das Mindesthaltbarkeitsdatum dieses Sommers.

Da fährt Jo in ihrem beigen GAZ um die Ecke, eigentlich verformen sich viel mehr Raum und Zeit unter der gewaltigen Masse dieses russischen Ungetüms mit dem verniedlichenden

Namen; ein paar Kilo mehr und das Auto verschwindet in einem schwarzen Loch. Der Wagen rollt unüberhörbar heran, er klingt wie ein Panzer mit Verdauungsstörungen, Jo blinkt zwar und fährt an den Straßenrand, wird aber nicht langsamer. Ich sehe sie mit den Händen herumfuchteln und verstehe, geübt packe ich JC am Arm und ziehe ihn von der Gehsteigkante weg. Der GAZ rollt, scheint plötzlich einen unsichtbaren Anker in den Asphalt zu rammen und bleibt fast augenblicklich stehen; mit dem letzten Ruck der Bewegung stößt er trotzdem ein Moped um.

»Das war ich nicht!«, schreit Jo sofort und springt aus dem Auto. Sie trägt ein weites ausgewaschenes T-Shirt mit dunklen Flecken unter den Achseln, außerdem hat sie ein gerötetes Gesicht, auf dem Spalt zwischen ihren Brüsten glänzt ein frisch aufgelegter Schweißfilm. Die Stoffhose klebt an ihr, Jo zieht sie im Gehen wütend zurecht, ständig lautstark »Das war ich nicht!« verkündend.

Bei ihrem Anblick durchströmt mich wohlige Wärme, meine Nervenenden tanzen Samba, feiern und freuen sich, sie zu sehen.

Mir wird bei ihrem Anblick ganz anders.

Als guter Gastgeber stelle ich die beiden einander vor.

JC, Jo.

Jo, JC.

Die zwei mir wichtigsten Menschen haben sich tatsächlich noch nie getroffen. Gut so, denn ich habe mir viel Mühe mit ihnen gegeben. Zum Glück sind beide exzentrisch genug, um eine Existenz außerhalb der Norm schulterzuckend zu akzeptieren. Der Einzige, der sich Sorgen macht, bin wie immer ich.

»Hey«, stellt sich JC wortgewandt und charmant vor, nur um unter meinem tadelnden Blick noch nachzuschieben: »Zeit wird's, der hat mir schon so viel von dir vorgeschwärmt.«

»Ach so?«, fragt sie und sieht mich mit zusammengekniffenen Augen an. Falls sie das dezent machen wollte, ist es ihr nicht gelungen. »Jo«, ergänzt sie und meint damit ausnahmsweise nicht ihren Namen, schon gar nicht den gleichnamigen Fruchtsaft.

»Schickes Auto, das du da fährst«, meint JC und deutet mit Bierdose und Zigarette in stereo auf den Russendampfer, von dem er glaubt, bereits der KGB habe ihn benützt. Den Floh habe ich ihm ins Ohr gesetzt, stimmt zwar nicht, aber die Variante der Geschichte gefällt uns allen besser.

Jo macht ihr Zungenspitzen-Mundwinkel-Ding und schaut mich an, die tief stehende Sonne brennt ihr einen Streifen wie indianische Kriegsbemalung ins Gesicht. Ich reiche ihr ein Bier aus dem Geheimvorrat. Sie hält sich die Dose zuerst an die Stirn, dann unter die Achseln. Als sie die Dose öffnet, spritzt der weiße Schaum in alle Richtungen. JC und ich lachen, sie flucht, dann lacht nur sie und trinkt einen großen Schluck. Auf ihrer Oberlippe hat sich ein Schnurrbart aus Schaum angesammelt, ich würde ihn gerne wieder runterlecken und sie küssen. Wir stehen aber gemeinsam mit JC auf der Straße, also weiß ich nicht, nach welchen Regeln wir spielen müssen. Jemand soll mir die verdammte Anleitung geben, die Anleitung fürs Leben und alles andere, denke ich und stelle mir vor, wie ich laut in mich hineinschreie. Dann denke ich an JC, an Jo, und mir wird bewusst, in welcher Gesellschaft ich mich gerade befinde.

»Scheiß drauf.«

Ich lege meine Hände in ihren Nacken und lecke ihr den Schaum von der Oberlippe.

»Uäh«, murmelt JC gelangweilt, er hat eine Zigarette im Mundwinkel stecken und versucht gleichzeitig aus der Bierdose zu trinken. Es folgt ein Geräusch des Würgens, wobei ich nicht weiß, ob es wegen uns ist, oder ob JC an sich selbst gescheitert ist.

»Uäh«, sagt auch Jo. Dann nimmt sie einen Schluck aus der

Dose, steckt mir ihre Zunge in den Mund und flutet unser beider Mundhöhlen mit warmem Bier.

Ich hatte recht: Der Einzige, der hier seinen Kopf völlig sinnlos zwischen zwei Mühlsteinen zermartert, der bin und bleibe ich.

Wir küssen uns, und es ist schön. Ich bin heftiger als Jo, wilder, sie ist zurückhaltend, womöglich will sie noch was vom Bier haben. Ich lasse von ihr ab, wir können später noch rummachen, hoffe ich.

»Wird Herbst, hm?«, stellt JC fest und schaut verstohlen gen Himmel, als ob dort oben eine Zustimmung aufgepinselt wäre.

»Kann sein«, mir wird tatsächlich kalt, die Sonne hat sich hinter die ersten Häuserblocks gesenkt und wirft tiefe Schattentäler über die Stadt, in ihr wird es tiefblau und kühl, wir sollten uns wohl bald verziehen.

»Ein ganzer Sommer«, klagt JC und schüttelt übertrieben den Kopf, als ob er auf der Bühne stehen würde, »und du hast so gut wie nichts gelernt. Wenn das mein Geld gewesen wäre, ich hätte dich als komplette Fehlinvestition von der Steuer abgeschrieben.«

Ich trete einen Schritt von Jo weg. »Den ganzen Sommer über hab ich den Filmvorführer gegeben und auf das Kino aufgepasst, außerdem bin ich zum Kommunismus übergetreten, war wahrscheinlich in Berlin, wurde von dir fast unter Drogen gesetzt und hab das Mindesthaltbarkeitsdatum meiner Leber halbiert.« Und natürlich habe ich Jo getroffen, aber ich weiß nicht, ob sie in die Aufzählung mit rein will, wer will das schon? »Also, was willst du denn noch von mir?«

»Eine langfristige Entwicklung«, und dabei presst er Rauch aus seinen Lungen, »du solltest endlich damit anfangen, ohne Zwänge zu denken. Mach's meinetwegen wie ein Kind, bis die idiotischen Erwachsenen kommen und es so lange mit Regeln zurechtschneiden, bis es aussieht wie eine in der Baumschule gezüchtete Buchsbaumhecke.«

Da legt sich ein Schalter in mir um. Irgendetwas Elektromechanisches, eine Überlast, ein Gewicht, Magnetfelder, Physiker könnten das bestimmt ursuper erklären. Der Sommer hat für mich jeden Tag aufs Neue begonnen, ich habe Jo gefunden, ich habe neue Freunde gefunden, vielleicht habe ich sogar mich gefunden, oder ein Ich, das ich so noch nicht kannte, oder einen neuen Weg, der zu einem meiner Ichs führte. Da lasse ich mir von meinem engsten, nicht besten Freund (auf den Unterschied lege ich besonders wert) nicht sagen, alles wäre umsonst gewesen.

»Du willst langfristige Entwicklungen?«, frage ich mit belegter Stimme, meine Entrüstung klingt nur langsam ab. »Von mir soll etwas bleiben?«, frage ich und kenne die Antwort, es gibt da etwas, was ich schon längst hätte tun sollen. Zielstrebig gehe ich zum Hofdurchgang des Bezirks-Kinos, der von der Straßenseite in den Innenhof des Gebäudes führt. Dort bröckelt schon der Verputz ab, wie verkrusteter Schmutz von den Händen eines Bauarbeiters, man kann die Ziegel ähnlich Jenga-Spielsteinen aus der Mauer rausziehen. Wie ein Kilo Äpfel am Markt halte ich den Stein in der Hand, wiege und begutachte ihn. Ja, macht einen guten Eindruck, ist in einem Stück, nicht gebrochen, und ganz wichtig: hat keine Druckstellen oder Würmer. Mit dem Ziegel in der Hand überquere ich die Straße, es gibt kaum Verkehr, problemlos kann ich vor dem gegenüberliegenden Gehsteig Position beziehen, ein paar Autos fahren um mich herum, hindern mich aber nicht an der Herausforderung.

Breitbeinig wie in einem Western beim Shootout stehe ich vor dem Café mit den Hakenkreuzkaffeehäferl samt passenden Untersetzern. Die goldenen Vogelkäfige sind leer.

All das Folgende geschieht in Zeitlupe, als hätte jemand die Fernbedienung in die Hand genommen und das Band im Videorekorder verlangsamt; ich kann die flimmernden Querstreifen auf mir spüren, sie überrollen mich wie Walzen in der Autowaschanlage, erdrücken mich und schneiden mir die Luft ab.

Aus JCs Hals quillt ein tiefer, lang gezogener Schrei hervor, er kippt nach vorne, beginnt auf mich zuzulaufen. Im Gegensatz zu ihm bekommt Jo große Augen, sie feuert mich an wie einen Sportler, los los los, dabei hat sie die Hände zu Fäusten geballt. Wie ein Kugelwerfer lehne ich mich nach hinten und hole aus, dann wuchte ich den Ziegelstein nach vorne, die Fliehkraft trägt erwartungsgemäß ihren Teil dazu bei und entreißt ihn mir am point of no return, er verlässt meine Hand und fliegt mit kaum vorhandener Rotation auf die Fensterscheibe zu. Das Glas zerspringt, Scherben fallen wie Eissplitter zu Boden, wie in einer Dauerschleife wiederholt sich das Geräusch des Klirrens in meinen Ohren; der Ziegel bahnt sich einen Weg durch die dicken Stoffvorhänge und Staubschichten, überfliegt einen Tisch mit Gläsern und hängenden Köpfen, touchiert einen Lampenschirm und schlägt auf dem Markttisch aus Bierkisten und Schalungsplatten auf. Ein Krachen und Scheppern, Scherben segeln über den Boden, jetzt wieder in normaler Geschwindigkeit, aber das ist auch schon egal, wie ich gerade bemerke.

Mein Atem ist flach und hektisch, wie ein verzweifelter Blasebalg beim Aufpumpen einer Familienluftmatratze. Jemand packt mich am Handgelenk, JC ist bei mir angekommen und sieht entgeistert zu der Stelle, an der eben noch eine verschmierte Scheibe mit sich in Auflösung befindlichen Buchstaben ihr

Dasein fristete. Auch Jo kommt angetrabt und schnauft, sie zieht ihre Stoffhose genervt nach oben und streckt ihr Kinn nach vorne: Ich habe die Modrigen aufgeweckt.

Keine Untoten wie in Das Blutparlament der fliegenden Leichen, den ich letzte Woche gezeigt habe, sondern Menschen, die in dem grindigen Café ohne Aussicht auf Wiederkehr in sich versunken sind. Verbrauchten Schichtarbeitern gleich, taumeln die Modrigen aus ihrer Fabrik, in der sie Kummer und Leid erzeugen, ihre Körper sind ausgemergelt und eingefallen, die Mechaniken des Cafés haben sie zur Selbstaufgabe getrieben. Verwundert bis unschlüssig blinzeln sie ins Tageslicht, gewöhnen ihre Augen an die plötzliche Helligkeit, vor der Sperrstunde kommen sie sonst nie raus. Ein paar gehen aufgrund des Vorgefallenen direkt nach Hause. Mir ist unwohl, Hitze und Kälte steigen in mir auf und vollführen ein Wechselspiel wie die Flüssigkeiten in einer Lavalampe. Für einen Rückzieher ist es allerdings zu spät, der Ziegelstein ist geworfen, ich muss auf Zug bleiben, also nutze ich die allgemeine Verwunderung und renne ins Innere des Cafés. In Star Wars hat das Imperium auch nicht damit gerechnet, dass ein einziger Ein-Mann-Jäger es wagen würde, den Todesstern anzugreifen.

Der Tisch mit den Antiantiquitäten ist tatsächlich kaputtgegangen, ein Häferl ist aber noch ganz. Wie ein Fußballer hole ich aus und ziehe durch, treffe das Häferl mit dem Spitz und schieße es weg. Es verschwindet unter einer Sitzbank im Dunkeln, wo es dem Ton nach zerbricht und sein Ende findet.

Mein Werk ist getan, von mir wird etwas bleiben.

Erleichtert gehe ich nach draußen zu den Modrigen und betrachte mit nach hinten gewandtem Kopf mein Werk, irgendetwas wird uns schon einfallen, im schlimmsten Fall steht Jos Auto gleich auf der anderen Straßenseite.

Aus der Versammlung höre ich einen monoton zu mir sagen: »Dei Kino brennt.«

»Was?«

»Dei Kino brennt. Do, schau.«

Und tatsächlich, oh, das Kino brennt.

Die Flammen klettern an der Fassade hoch, das Flackern gleicht Sternspritzern und Kerzen, die den Straßenzug erhellen, die Szene hätte etwas Weihnachtliches, wenn es nicht gar so warm wäre. Oder wenn es ein Baum wäre, der da brennen würde, und nicht ein Gebäude, auf das ich eigentlich achtgeben sollte. Die Scheiben im ersten Stock sind verschwunden, an ihrer Stelle züngeln Flammen wie verführerische Sirenen heraus, von unten dringt schwarzer Rauch aus dem Foyer.

Die breiten Doppeltüren mit den abgegriffenen Messingstreifen fliegen auf, dahinter kommen die Genossinnen und Genossen des KzsAdkV angelaufen, sie müssen das Feuer erst spät bemerkt haben, wenn ich mir das so anschaue.

Gewaltig, eigentlich. Arg.

Ich erkenne Katka und das Mädel mit Lippenpiercing aber ohne Namen, mit dem ich Schlitten gefahren bin, ich sehe Käpt'n Iglo und außerdem den Kerl, der sein eigenes Erbrochenes getrunken hat. Einem automatischen Impuls folgend will ich ins Kino laufen, JC allerdings packt mich an der Schulter und hält mich zurück. Rund um uns ist ein Tumult ausgebrochen, die Modrigen des scheibenlosen Cafés und die ehemals gespielten Hausbesetzer sind sich nicht grün und gehen in Schreiduellen aufeinander los; »Scheibe gegen Kino!«, wird als leicht brüllbare Parole wiederholt. Zu diesem inneren Kreis, der die Straße blockiert, kommen schaulustige Anrainer dazu, der Verkehr ist zum Erliegen gekommen, da kochen die Motoren von Autos unter dem Blech, knattern Motorräder, niemand stellt den Scheißlärm ab, und das Kino brennt und brennt vor sich hin.

JC muss brüllen, damit ich ihn verstehen kann. »Willst du den verdammten Helden spielen, oder was? Hör auf damit, das ist echt!«

»Sicher nicht, ich will nur schauen, ob wirklich alle raus sind.« Während JC noch damit kämpft, meine Worte wie Fäden aus der Kakophonie um uns zu entwirren, reiße ich mich los und renne ins verrauchte Foyer hinein. Den ganzen Sommer lang habe ich auf das Kino geschaut.

Ich habe es gehasst.

Die ausgeweideten Säle, den feuchten Keller, den bröckelnden Putz, ja sogar meine Ein-Zimmer-Wohnung und das leer stehende Bezirks-Kino-Café mit den alten Zeitungsausschnitten. Aber es ist mein Kino gewesen, und ich kenne mich hier aus. Das ist es auch, was ich jetzt tun will: meine Aufgabe zu Ende bringen, mich um das Kino kümmern.

Also sprinte ich zum Vorführsaal, meine Augen tränen vom beißenden Rauch und der Hitze, und auf einmal stehe ich vor einem unüberwindbaren Hindernis: Da führt zwar eine Tür in den Saal, dahinter gibt es für mich aber nichts mehr zu tun. Wo vor einer Stunde noch Stühle und Popcorn, Cola und Zuschauer waren, Seele und Leben eines Kinos, erkenne ich nur noch die Umrisse der Sitze, denen der rote Samt und die darunter hineingestopfte Polsterung vom Drahtgerüst gebrannt werden. In dem Moment weiß ich: es ist vorbei, die Nummer ist gelaufen, hoffentlich ist da niemand mehr drin, rauskommen kann sowieso keiner mehr.

Ich drehe mich um und will weglaufen, doch etwas eisig Kaltes läuft meinen Rücken nach unten, der Wasserschaden, denke ich, und dann fällt mir meine Ein-Zimmer-Wohnung ein. Ich besitze so gut wie keine Habe mehr. Die letzten Monate bin ich mit dem ausgekommen, was ich an mir hatte, inklusive Zigaretten und ein paar Schillingen, die ich für Alltägliches ausgegeben habe, Essen, Trinken und noch mehr Zigaretten. Da oben liegen nur meine Matratze, die US-Fahne und der verbrannte Topf ohne Deckel von meinem Vormieter.

Und mein Heft.

Ich laufe nach hinten und stoße die Tür ins Treppenhaus auf, es sieht noch unbeschadet aus, etwas warm, und es riecht, wie nicht anders zu erwarten, verbrannt; aber kein Qualm, kein Feuer. Die Stufen bestehen aus abgetretenem Stein, flach und breit, die werden noch lange halten. Am Weg nach oben nehme ich zwei Stufen auf einmal, ich reiße die Tür zu meinem Zimmer fast aus den Angeln, auch schon wurscht. Das Feuer frisst sich parallel zu mir die Hausmauer hoch, die Stofftransparente meiner Genossinnen und Genossen tragen ihren Teil dazu bei.

Auf meiner Matratze liegt ein Müllhaufen, ich durchsuche ihn, entdecke Kleidung, Zeitungen, leere Zigarettenpackungen, Musikkassetten, JCs Walkman, und dann endlich, da ist es, zerknittert und mit Flecken vorne drauf. Ich stecke das Heft in den Hosenbund, dann laufe ich wieder nach unten, kein Blick zurück. Der Rauch wird dichter, wie Tinte im Wasser breitet er sich aus, ich kann kaum noch sehen. Mit der Hand knülle ich mein Leiberl zusammen und halte es mir vor den Mund, ich versuche durch den Stoff zu atmen, doch die Luft scheint aus glühender Kohle und Glasscherben zu bestehen, jeder Atemzug sticht und kratzt in meinem Hals und ich muss husten.

Dann stehe ich im Foyer. Eine Welle heißer Luft überrollt mich, als nebenan die Konstruktion der Leinwand umkippt und die Decke herunterkracht. In mir ist etwas falsch gepolt, deswegen dreht sich mein Körper zwar weg und schließt die Augen, aber nur um gleich darauf in den Ursprung der Welle zu sehen, er ist ja neugierig und interessiert, mein Körper, ein bisserl blöd ist er auch. Die Tür nebenan führt immer noch in den Kinosaal, dahinter ist nichts mehr auszumachen. Ich höre das Knistern und Brennen des Feuers, ein tobender, brausender Sturm, der dort wütet, wo ich mich vor dem Aufwischen gedrückt habe, meistens auch mit Erfolg. Der Anblick der Flammen kettet mich mit gerade geschmiedeten Eisen an sich, ich gehe darauf zu, soweit es die Hitze erlaubt, und schaue in das Zentrum der Zerstörung. Es ist hell, der Schweiß rinnt mir in Sturzbächen von der Stirn und wäscht den Ruß von mir ab, gleichzeitig stechen Nadeln auf mich ein, eine bösartige Gestalt bewirft mich wohl damit, aber ich muss da weiter hinschauen, husten und keuchen und spucken, als würde mein Körper etwas abstoßen, den Sommer, die Menschen, als wäre das alles vorbei, als wäre … Dings halt.

Nun weiß ich, was ich zu tun habe.

Ich greife unter meinen Hosenbund, packe das Heft und werfe es mit Schwung in die Flammen. Der Donaukanal und JC, die Kommunisten, die Haschkekse und das Tanzen mit Jo auf dem Hochhausdach, das Vögeln, Berlin, die Fragmente der längsten Nacht, an die ich mich noch erinnern kann, das war alles ich, und das habe ich geschrieben.

Unsere Straße ist mit roten und blauen Leuchtkäfern gesäumt, sie geben brummende Laute von sich, zischen einander manchmal Befehle zu. Mehrere Löschwägen haben sich vor dem brennenden Kino positioniert, aus ihnen schwärmen Männer in schweren Monturen aus, die wie Ganzkörperregenmäntel wirken, dabei schützen die vor dem genauen Gegenteil. Sie richten ihre Löschspritzen in die aufbrausenden Flammen, dünne, weiße Fäden gegen die entfesselte Gewalt von Chemie und Physik.

Im Bericht der Feuerwehr wird stehen, der Projektor hatte einen Kurzschluss und wurde zu heiß. Der eingelegte Film begann deshalb zu brennen und mit ihm das ganze Lager. Das sich zersetzende Zelluloid wirkte wie ein Brandbeschleuniger, innerhalb weniger Sekunden stand der Vorführraum in Flammen, alles andere war Makulatur. »Ein Wunder, ein verdammt glücklicher Zufall, da hätte jemand draufgehen können.«

Den letzten Satz habe ich gerade auch JC und Jo erzählt, außerdem denke ich an mein Heft und könnte sein Ende erwähnen, aber die zwei hätten das vermutlich nicht verstanden, also lasse ich es lieber sein.

Meine Hände stecken während des Gesprächs in den Hosentaschen, unauffällig suche ich sie nach dem Inhalt ab. Später wird sich herausstellen, ich besitze noch einhundertsechsundneunzig Schilling und dreißig Groschen.

Der Asphalt ist nass, Ascheflocken und Rußpartikel treiben in trüben Rinnsalen über den Boden und mäandern um unsere Schuhe. Wir sitzen zu dritt an Wanessa gelehnt, die Straße ist noch immer abgesperrt, das Blaulicht hat vor einigen Minuten aufgehört zu leuchten, oder wir bemerken es nur nicht mehr, so wie die Hitze der Flammen uns irgendwann nichts mehr anhaben konnte.

Der Brand ist vorbei, hauptsächlich, weil es nichts mehr gibt, was jetzt noch brennen könnte. Das Innenleben des Bezirks-Kinos ist in sich zusammengebrochen und hat sich in einen dampfenden Haufen Schutt verwandelt, der vom bedrohlich aussehenden Gerippe der noch stehenden Mauern umrandet wird; verrußte Steine, furchteinflößend, wie der Eingang zu einem Mausoleum.

Die Nacht ist kalt und macht uns einsam, ich sehe keine Sterne, nichts, was uns Wärme spenden könnte, außer die Glutnester, die uns als kränkelnde Lagerfeuer durch die dunkelblauen Stunden begleitet haben.

JC glaubt, ich würde wegen des Brandes keine Probleme bekommen. »Katkas Stiefvater wollte das Kino sowieso abreißen. Der freut sich vermutlich sogar, hast ihm ja eine Stange Geld gespart.«

Ach ja, Katka und die Kommunisten. Was wie eine westdeutsche Popgruppe klingt, sind in Wahrheit die Überreste der vertriebenen Neohausbesetzer. Nachdem sie den Verlust ihres kurzzeitigen Hobbys für den Sommer zur Kenntnis genommen haben, sind sie in ihre eilig herbeigerufenen Taxis gestiegen und in alle Himmelsrichtungen davongefahren; oder in die Innenstadt, zu den Dachgeschoßwohnungen ihrer reichen Eltern.

Ich fühle das kühle Metall der Bierdose in meiner Hand, die letzten Stunden haben wir so gesessen und gewartet, uns vom Funkenflug wärmen lassen, die Reibungswärme der Realitäten zu spüren versucht. Meine Realität hat sich überhitzt und ist an sich zugrunde gegangen. In unseren Dosen befindet sich schon längst kein Bier mehr, wir hatten Durst und wollten nicht gehen, da hat uns die Brandwache der Feuerwehr Wasser zum Auffüllen gegeben.

Beim Sonnenaufgang ist es frisch, da ist zwar eine große gelbe Scheibe, trotzdem frösteln wir erstmals. Jo hat eine Stoffdecke aus dem Wagen geholt und eng um uns geschlungen, ihr Kopf liegt an meiner Schulter, sie sabbert ganz leicht.

JC gibt ein Lebenszeichen von sich, er stöhnt laut und erhebt sich, klingt, als ob er sehr alt wäre oder die Nacht lang durchgesoffen habe, aber nichts von beidem stimmt. Sorgfältig klopft er seine Kleidung ab, meint, er müsse weiter, Dinge erledigen, diesen PC kaufen, bald wieder nach Berlin, Manfred treffen und medizinische Hilfe anbieten und so. Ob ich noch was brauchen würde? »Ob du noch was brauchst, hab ich dich gefragt.«

»Ich komm zurecht«, antworte ich und schaue zu ihm auf, so wie ich es immer getan habe, bloß sitze ich in diesem Moment halt wirklich.

Mit dem Kino ist etwas zu Ende gegangen.

Das ist keine normale Verabschiedung für den Tag, kein »bis später, wir trinken morgen was und lachen«, das ist ein bisschen endgültiger, ein Kapitelende, wir spüren es beide. »Danke«, sage ich und meine es so. Ich brauche ein paar Tage oder Wochen, es ist an der Zeit, mein Leben selbst neu zu ordnen, das muss ich alleine schaffen, JC hat mir genug geholfen.

Wir werden uns ein andermal wieder treffen, später, wenn ich zu ihm aufgeholt habe.

JC kneift die Augen zusammen, dann entspannt sich sein Gesicht und er schmunzelt sanft, die Hände lässt er in den Taschen seiner Lederjacke verschwinden, er beginnt zu pfeifen und spaziert den Gehsteig entlang.

Engster, nicht bester. Es ist ein blöder Unterschied. Ich bin ihm dankbar, das weiß er hoffentlich.

Bleibt nur noch eine Sache: Jo und ich. Wir schauen uns an, und wir wissen, wir haben diese perforierte Stelle erreicht.

»Der Sommer ist vorüber«, flüstert sie.

»Mein Sommer«, entgegne ich.

»Dein Sommer«, sagt sie.

Wir wissen es. Wir wissen, wie wir beide funktionieren, wie das im Sommer war, warum wir uns gefunden haben und weshalb wir miteinander Zeit verbracht haben, aber wie ein chemisches Element, das künstlich im Reagenzglas erzeugt wurde, sind auch wir zwei, ist auch unsere Verbindung nicht von Dauer. »Das funktioniert nicht, oder?«

»Nicht in dem Ausmaß, in dem du es dir vorstellst, nicht

so, wie du es gerne hättest. Nicht länger als einen Sommer«, sagt Jo leise.

Ich nicke. Nicht, weil man das so tut, aber weil ich ein Kratzen und einen Druck in meinem Hals spüre, das hat nichts mit dem Ruß zu tun, den ich eingeatmet habe, aber ich kann nicht sofort antworten, muss zuvor ein bisschen was runterschlucken. Erst dann sage ich: »Weißt du, diesen Moment habe ich kommen gespürt und gefürchtet, letztens, als wir baden waren, oder vielleicht auch früher, egal. Ich habe lange darüber nachgedacht, welche Möglichkeiten es gibt. Am ehesten hätte ich erwartet, du würdest irgendwann erkennen, was für ein langweiliger Typ ich bin, eine ÖNORM aus dem Kaugummiautomaten, nicht den Schilling wert, mit dem du mich rausgeholt hast.« Was ich nicht sage, aber auch geglaubt habe: Wir würden auseinanderstieben, wie zwei leuchtende Kometen, die sich im Vakuum des Weltalls mit über Lichtjahren aufgestauter Wucht umkreisen, gemeinsam um Sonnen fliegen, miteinander kollidieren und nach dieser wahnsinnigen Zeit alleine durch den Raum driften. »Aber niemals habe ich an diese eine Möglichkeit gedacht, dass ich diese Einsicht gemeinsam mit dir bekommen würde.« Mit so Vielem habe ich nicht gerechnet, wollte ich noch sagen, aber dann war's schon egal.

»War aber schön. Für einen Sommer.«

»Ja, das war es.«

Als wir aufstehen, geben wir ein unrhythmisches Ächzen von uns, das erinnert mich an unsere gemeinsame Zeit, an die Körper, die wir kennenlernen und erforschen durften. Wir umarmen uns, als ob es abgesprochen wäre; es ist anders als bisher, freundschaftlich, trotzdem intensiv, als ob wir in der Vergangenheit ein gemeinsamer Organismus gewesen wären. Jo küsst mich auf die Wange, was unendlich schön, aber auch unendlich schmerzhaft ist. Auf die Wange hat sie mich noch nie geküsst.

»Lass mich dir noch einmal helfen«, sagt Jo und hält mir etwas vor Augen. »Hier«, und meint damit ihre Autoschlüssel, am Bund hängt ein kleiner, rosaroter Stoffhase.

Zuerst verstehe ich nicht, dann schon.

»Schau, da hinten«, sagt Jo und dreht sich mit mir in den Sonnenaufgang, ihr Zeigefinger geht in die Luft, deutet auf einen unbestimmten Punkt in der leuchtenden Scheibe, ihr Kranz sticht mir in die Augen. »Halt darauf zu, jeden Tag, jede Nacht, so lange, bis du nicht mehr willst. Und dann noch tausend Kilometer. Versprich es mir, ja?«

Statt dem Versprechen drehe ich mich stumm zu Wanessa, dem beigen GAZ, dem Russendampfer, der den Gesetzen der Physik meistens kritisch gegenübersteht. »Sicher, dass sie mich weit genug bringen wird?«

»Kein schlechtes Wort will ich über sie hören, gar keins! Kapische?«, funkelt mich Jo an und hält mir den ausgestreckten Zeigefinger knapp unter die Nase, »um die Heizung musst du dir keine Sorgen machen. Und Sprit trinkt sie vermutlich alles, was eine echte Russin aus Fleisch und Blut auch wegkippen würde, Hauptsache hochprozentig. Was willst du mehr?«

Mir würde etwas einfallen; ich schweige.

Wir ziehen unser Verabschiedungsritual in die Länge, halten uns, streicheln uns, küssen uns vielleicht doch noch einmal zärtlich, ich weiß es nicht genau. Unschärfen, sie treffen auch einen mittelmäßigen Erzähler. Oder mich. Jo und ich tauschen Zärtlichkeiten aus, Erinnerungen, aber die dürfen unter uns bleiben, müssen nicht den Weg in diese Geschichte finden. Jeder Mensch braucht Geheimnisse und eine andere Geschichte, die er nicht erzählen muss, auch das habe ich gelernt.

Dann steige ich in den Wagen, und weil mir gleich die Heizung auf höchster Stufe entgegenblasen wird und draußen die taufrische Morgenluft eines herbstlichen Sonnenaufgangs wartet, kurble ich beide Fenster runter. Jo lehnt sich rein, ihr ausgewaschenes T-Shirt lugt unter der Decke hervor, sie bringt mich zum Schmunzeln und sagt: »Schau aber niemals ins Handschuhfach, unter keinen Umständen, ja? Schwör es mir! Und solltest du unter den Sitzen noch etwas Gras finden, gehört es natürlich dir. Genieß es und denk an uns.«

Ich lasse den Motor an. Die Sonne steht im Osten, wenn ich jetzt losfahre, wird sie mich in die neuen Länder führen. Oder lieber in Richtung Süden? Dort wird's erst Sommer, das wäre eine zweite Chance, eine Nachspielzeit. Aber brauche ich die überhaupt? Schlechte Fortsetzung, denke ich nur.

»Sie ist aber nur geliehen, gell?«, ruft Jo und schaut mich verschmitzt an und grinst und beginnt zu lachen.

Der Beginn einer guten Geschichte sollte einem Filmanfang gleichen. Das Ende einer guten Geschichte wäre für mich dann ein langer Schwenk. Die Kamera zieht sich zurück und steigt gleichzeitig nach oben, dabei zeigt sie, wie der beige Wagen ausschert und die leer gefegte Straße entlangfährt, kurz sieht man noch das abgebrannte Kino. Ein Lied beginnt zu spielen, einzelne Synthiepopklänge, Ton auf Ton folgen die Impulse, ein Computerchip hat sie generiert und muss die monotonen Signale erst noch in Schallwellen umwandeln, trotzdem entsteht eine gefühlvolle Abfolge, malt die so entstehende Musik eine Stimmung an den Horizont. Zuerst ist sie leise, kaum hörbar, doch mit der Entfernung des Autos überschreitet sie eine Schwelle und übertönt den Motor. Der Wagen mit mir in seinem Inneren wird ganz klein, gleich ist er in der Ferne verschwunden, mit zusammengekniffenen Augen glaubt der Zuseher das Auto noch zu erkennen, ah, da, der beige Punkt, jetzt blinkt er und biegt ab.

Der Sonnenaufgang rückt ins Zentrum der Leinwand, die Kamera schwenkt in das gleißende Licht und wird geblendet. Dazu immer Synthiepopklänge.

Und aus.

Umschlag: & Co www.und-co.at
Satz: AD
Druck: Theiss

ISBN 978-3-99059-058-4

Literaturverlag Droschl Stenggstraße 33 A-8043 Graz
www.droschl.com